Désir sous le soleil

Le choix d'Aleksandra

JANICE MAYNARD

Désir sous le soleil

Traduction française de
ÉDOUARD DIAZ

DIADÈME

HARLEQUIN

Titre original :
MINDING HER BOSS'S BUSINESS

Ce roman a déjà été publié en 2016

HARPERCOLLINS FRANCE
83-85, boulevard Vincent-Auriol, 75646 PARIS CEDEX 13
Service Lectrices — Tél. : 01 45 82 47 47 - www.harlequin.fr
ISBN 978-2-2804-9133-4

Composé et édité par HarperCollins France.
Imprimé en mai 2023 par CPI Black Print (Barcelone)
en utilisant 100% d'électricité renouvelable.
Dépôt légal : juin 2023.

FSC
www.fsc.org
MIXTE
Papier issu de sources responsables
FSC® C159065

Pour limiter l'empreinte environnementale de ses livres, HarperCollins France s'engage à n'utiliser que du papier fabriqué à partir de bois provenant de forêts gérées durablement et de manière responsable.

Chapitre 1

Alex Ramon réprima une grimace. La douloureuse migraine qui battait derrière ses tempes était probablement le résultat du décalage horaire et du manque de sommeil de ces deux dernières semaines, mais elle pouvait aussi être attribuée au stress. Et, à cet instant précis, son principal facteur de stress était planté à l'autre bout de la pièce : une grande jeune femme blonde aux longues jambes, en robe aigue-marine et redoutables talons aiguilles.

Maria Ferro. Vingt-sept ans et de longs cheveux lisses de la couleur du miel qui coulaient comme une cascade de soie quasiment jusqu'à ses fesses. Il ne devrait probablement pas penser à cette partie de son anatomie. C'était même certain. Mais, ce soir, il était difficile de ne pas la remarquer.

Se détournant à contrecœur de la silhouette de sa collègue, il parcourut la salle d'un regard circulaire. Cette soirée était un succès. La délégation de chefs d'entreprise de l'île d'Alma et les membres de la famille Montoro bavardaient par petits groupes, et les conversations étaient animées et cordiales.

La grande salle de bal était située au rez-de-chaussée de l'un des palaces de Miami, et l'un de ses murs, entièrement vitré, offrait une vue superbe sur l'azur de l'océan. Des lustres de cristal projetaient une lumière scintillante sur le parquet de chêne poli. Le décor était luxueux sans ostentation, moderne et sophistiqué, et il correspondait tout à fait au caractère de la riche et puissante famille Montoro.

Il desserra discrètement le col de sa chemise de smoking. Il se sentait tendu et il avait trop chaud. Ces événements mondains n'avaient rien d'inhabituel, mais, en sa qualité de Vice-Premier ministre d'Alma en charge du commerce, la lourde charge de convaincre les Montoro de rentrer au pays et de remonter sur le trône reposait presque entièrement sur ses épaules.

Cette soirée et les jours qui allaient suivre décideraient d'enjeux d'une importance capitale.

La présente soirée n'était qu'un début, une occasion pour les membres de la délégation d'être présentés à la famille dont les ancêtres avaient naguère régné sur Alma et d'établir des contacts personnels avec ses membres. Malheureusement, les hommes et les femmes de la jeune génération, tous âgés de moins de trente ans, étaient plus intéressés par la perspective de signer de juteux contrats et de faire la fête jusqu'au matin que de restaurer la monarchie.

Un rire sonore parvint jusqu'à lui. À l'évidence, Maria appréciait énormément son séduisant compagnon. Gabriel Montoro, fils cadet de Rafael III, était l'exemple même du « bad boy », adorant s'amuser, refusant toute attache, indifférent à l'opinion des autres. Alex était tenté de ne voir en lui qu'un acteur mineur, mais il fallait bien reconnaître que Gabriel dirigeait la division latino-américaine de Montoro Entreprises avec un succès surprenant. Son siège social étant à Miami, Gabriel serait directement impliqué dans les négociations à venir.

Alex s'étonnait de ce que Maria, d'ordinaire si raisonnable, soit incapable de voir clair dans le jeu de Gabriel. Peut-être était-elle aveuglée par ses yeux verts, ses cheveux élégamment en désordre et sa peau dorée. Il n'était pas jaloux. Ce serait totalement ridicule. Maria et lui n'étaient que des collègues. Mais comme il était son aîné de six ans, il se sentait tenu de la protéger.

Autrefois, elle travaillait pour sa famille à Londres. Puis, lorsque le pouvoir politique avait changé de mains, et que les Ramon avaient pu retourner sur leur terre natale, Maria et sa mère étaient rentrées avec eux à Alma. Alex avait observé avec satisfaction la progression de Maria, qui, grâce à son talent et à son travail infatigable, avait su se créer des opportunités. En tant qu'experte en marketing et en communication, elle allait jouer un rôle essentiel dans le nouveau projet.

Il l'admirait et la respectait. Elle était trop bien pour se laisser berner par un play-boy blasé comme Gabriel.

Plusieurs décennies s'étaient écoulées depuis que le dernier représentant de la dynastie Montoro avait été déposé par un dictateur. Quatre générations plus tard, la famille avait bâti un empire dans le commerce et le transport maritime, établi aux quatre coins du monde.

Les Montoro étaient heureux à Miami. Leur fortune et leur style de vie y étaient légendaires. Seul le temps dirait s'ils pouvaient être persuadés, au nom du devoir et de l'honneur, de choisir une route différente.

Alex fit le tour de la salle, s'arrêtant pour faire des présentations et pour bavarder avec quelques personnes. Dans sa suite, il possédait de volumineux dossiers concernant chacun des invités de cette soirée. Il avait jeté un coup d'œil à ses notes avant de descendre, mais ce n'était pas vraiment utile, car il connaissait toutes ces informations par cœur.

C'était ainsi qu'il travaillait. Il était toujours prêt pour toutes les éventualités. Il ne commettait jamais d'erreur.

Il atteignit enfin la petite alcôve où se trouvaient Maria et Gabriel. Elle tenait un verre de vin dans une main, bien qu'Alex ne l'ait vue y tremper ses lèvres qu'une fois ou deux. Apparemment, Gabriel lui racontait des anecdotes coquines au sujet de leurs compagnons de soirée.

Alex alla reprendre sa place près de Maria et tourna un regard serein vers le play-boy.

— Bonsoir, monsieur Montoro. Je suis Alex Ramon.

— Oui, je sais, répondit Gabriel en lui serrant la main. Mon père a la plus haute opinion de vous. Je dois toutefois vous avertir qu'aucun de nous n'est très intéressé par un retour à un régime monarchique qui a fait son temps.

— Et si vous me disiez ce que vous en pensez vraiment ? répliqua Alex, s'efforçant de désamorcer ce moment gênant par un trait d'humour.

— Je ne suis pas certain de comprendre ce que vous espérez y gagner, répondit Gabriel avec un haussement d'épaules.

Maria dévisagea Alex pour l'inciter à la prudence. Mais il n'était pas dans un de ses grands jours, et il était irrité.

— Alma fait face à de grands bouleversements. La restauration de la monarchie constitutionnelle est une idée largement approuvée par le peuple. Les gisements de pétrole offshore ont apporté la prospérité au pays, mais nous avons besoin de stabilité. Un mariage royal nous l'assurerait.

— Monsieur Ramon, vous avez un esprit féodal, remarqua Gabriel avec un sourire moqueur.

— Il n'y a pas là matière à plaisanter. La vie de milliers de gens et leur bien-être sont en jeu. L'histoire de votre famille fait partie intégrante de l'identité d'Alma.

— Ils nous ont jetés dehors avec les vêtements que nous portions sur le dos, rappela Gabriel d'un ton léger.

Luttant contre une violente envie d'étrangler ce play-boy, Alex fourra ses mains au fond de ses poches.

— Ce n'est pas vous qu'ils ont jeté dehors, objecta-t-il. Vous n'étiez même pas né à l'époque. D'ailleurs, le peuple n'a pas eu son mot à dire dans cette décision. Le dictateur Tantaberra tirait d'abord et posait des questions ensuite.

— Peut-être, convint Gabriel, visiblement peu convaincu. Mais si votre intention est de nous convaincre, ma famille et moi, que nous sommes liés par une quelconque obligation, vous faites fausse route. Nous sommes heureux à Miami. Pourquoi retournerions-nous sur cette collection d'îles oubliées par le temps ?

— Alma a changé, monsieur Montoro, intervint alors Maria, ses magnifiques yeux bleu-vert étincelant de passion.

Nous avons un Internet à haut débit, la télévision et la radio par satellite, et des entreprises en plein essor. Sans oublier la beauté naturelle du pays. Nous avons énormément à offrir.

— Nous avons tout cela, et davantage encore, ici, aux USA.

— Mais pensez à votre tante, argua Alex, jouant son joker. Vous savez très bien ce qu'elle désire…

La lueur qu'il vit briller dans les yeux de son interlocuteur indiqua à Alex qu'il venait de marquer un point. Isabella, la doyenne de la famille Montoro, avait soixante-treize ans, et son plus cher désir était de voir ses petits-enfants et ses petits-neveux rentrer au pays. Pour elle, c'était une question d'honneur, et elle était mourante. Alex soupçonnait qu'elle ne s'accrochait à la vie que dans l'espoir de voir sa famille remonter sur le trône.

Gabriel avala le reste de son champagne et prit une autre coupe sur le plateau d'un serveur qui passait à proximité.

— Tante Isabella vit dans le passé, déclara-t-il. On ne peut pas toujours voir ses désirs se réaliser.

— N'est-ce pas le titre d'une chanson ? remarqua Maria, esquissant un sourire.

À l'évidence, elle s'efforçait de détendre l'atmosphère, mais Alex n'était pas d'humeur à plaisanter. Gabriel Montoro l'agaçait. Il était riche, puissant, et les femmes le trouvaient extrêmement sexy. On racontait même qu'une foule d'admiratrices faisaient le siège de sa porte nuit et jour. Maria ne serait tout de même pas naïve au point de se laisser séduire par un individu dans son genre !

— Par chance pour vous, observa Gabriel d'un air sombre, mon père n'a pas tout à fait renoncé aux anciennes traditions. Vous parviendrez peut-être à le convaincre. Qui sait ?

Alex tressaillit. Maria posa la main sur le bras de Montoro en un geste apaisant.

— Je crains que votre père ne puisse monter sur le trône, l'informa-t-elle d'une voix douce.

— Et pourquoi diable ne le pourrait-il pas ? s'offusqua Gabriel.

Il y avait une certaine ironie dans le fait que Gabriel, qui prétendait que sa famille se désintéressait totalement de la monarchie, soit à ce point offensé par l'idée que son père puisse se voir privé du trône.

— Votre père est divorcé, expliqua Alex en soupirant. Or, les lois en vigueur à Alma interdisent à une personne divorcée de monter sur le trône.

— Drôle de façon de diriger un pays, commenta Gabriel d'un ton dédaigneux.

— Cela n'a rien de personnel, monsieur Montoro, assura Alex. Nous nous efforçons seulement de suivre les traditions de notre peuple, et de respecter ses sensibilités.

— Alex a raison, intervint Maria. C'est une situation sans précédent, et nous faisons de notre mieux pour trouver des solutions que tout le monde puisse accepter.

— Mais aucun de vous deux n'a vécu à Alma avant la chute du régime Tantaberra, observa Gabriel. Pourquoi vous en soucier ?

Alex resta silencieux, incapable d'exprimer les émotions qui bouillonnaient en lui. Ce fut Maria qui répondit :

— Autrefois, la famille d'Alex a connu le même sort que la vôtre, Gabriel. Eux se sont fixés à Londres, et ils ont rebâti leur fortune grâce à l'exploration pétrolière. Lorsque Tantaberra a enfin été renversé, le père d'Alex a jugé que sa famille avait le devoir de rentrer à Alma.

— Si je comprends bien, observa Gabriel en vidant sa seconde coupe de champagne, je suis entouré de gens qui placent le devoir au-dessus du désir. Dieu merci, c'est mon frère qui est directement concerné par cette affaire. Vous ne trouverez aucun homme plus honorable que lui. Reste à savoir si l'idée de l'accession au trône l'intéresse.

— Si vous voulez bien nous excuser, monsieur Montoro, répliqua Alex en prenant délicatement Maria par le coude, ma collègue et moi devons retourner à nos autres invités. Je suis certain que nous nous reverrons.

— Je n'en doute pas, répondit Gabriel avec un sourire un peu mélancolique. Combien de temps comptez-vous rester à Miami pour faire avancer votre cause, tous les deux ?

— Un mois, plus ou moins, précisa Alex. Il nous reste beaucoup à faire. La pétition officielle d'Alma à la famille Montoro est en cours d'élaboration.

— De mon côté, intervint Maria, je vais travailler sur les communiqués de presse et sur les annonces publiques.

— Et si ma famille refuse ? s'enquit Gabriel d'un ton froid.

— Si votre frère accepte, le reste de votre famille reste libre de faire ses propres choix, répondit Alex avec un haussement d'épaules fataliste. Mais je pense qu'il apprécierait beaucoup pouvoir compter sur votre soutien afin d'assurer une transition la plus harmonieuse possible.

— C'est une énorme tâche, monsieur Montoro, renchérit Maria.

— Je vous ai demandé de m'appeler Gabriel, rappela-t-il. Et vous aussi, Alex. Je me passe facilement des cérémonies.

— Gabriel, notre mission est très sérieuse. J'espère que vous nous accorderez une chance de vous convaincre.

— Pourquoi pas ? répondit-il en riant.

Alex se sentit immensément soulagé par cette réponse détendue. S'aliéner l'un des membres de la famille avant même d'avoir commencé les négociations eût été de très mauvaise politique. Gabriel, qui avait semblé irrité l'instant précédent, avait retrouvé son sourire, et il s'en réjouissait.

— J'apprécie beaucoup votre franc-parler, assura-t-il, retrouvant son habituelle habileté de diplomate. J'ai hâte de reprendre cette conversation.

Maria ne protesta pas lorsque Alex l'entraîna loin du « bad boy », mais, pour une fois, elle ne comprenait pas les motivations de son patron.

— Avez-vous mangé quelque chose ? grogna-t-il en l'entraînant devant le buffet.

— Non, reconnut-elle. J'étais beaucoup trop nerveuse.

— Vous et moi venons de travailler d'arrache-pied durant deux semaines, objecta-t-il en lui tendant une assiette. Je crois que nous avons bien mérité un moment de détente.

Elle parcourut du regard l'extraordinaire variété de mets offerts à sa gourmandise. Sur les plats d'argent étaient exposées toutes les délices de la mer : cocktail de crevettes, pinces de crabe, huîtres. Et les innombrables salades et pains de toutes sortes n'étaient pas moins appétissants.

Elle garnit son assiette et suivit Alex jusqu'à une petite table pour deux. Les portes de verre coulissantes étaient ouvertes sur le patio, mais il faisait beaucoup trop chaud pour que quiconque se soit s'installé à l'extérieur.

Elle s'assit, tirant soigneusement sa robe sur ses genoux. Alex était d'une humeur bizarre. Dans une poche minuscule, elle transportait un tube de rouge à lèvres et un petit étui contenant quelques comprimés d'ibuprofène. Elle en retira deux et les lui tendit par-dessus la table.

— Tenez, prenez cela, dit-elle d'une voix douce. Je vois bien que vous avez une terrible migraine.

Il fronça les sourcils d'un air renfrogné, mais il n'opposa aucune résistance. Elle savait que les hommes en général, et celui-ci en particulier, détestaient montrer leurs faiblesses. Le fait qu'il n'ait pas refusé prouvait combien il devait souffrir.

Ils mangèrent en silence durant de longues minutes. Ce silence ne la gênait nullement. Elle avait grandi sans frère ni sœur, et elle avait passé beaucoup de temps toute seule à la maison, lorsque sa mère était au travail.

Ce soir, pourtant, elle était plus sensible que d'ordinaire à la présence de son patron à ses côtés. Il n'était guère surprenant qu'au cours des années, elle ait développé un petit béguin pour lui. Alex était viril, mince et athlétique. Même dans les coûteux complets qu'il affectionnait, il émanait de lui une impression de puissance physique. D'épais cheveux noirs coupés court, et des yeux bruns au regard profond complétaient l'image d'un homme extrêmement masculin et follement sexy.

À Londres, elle avait été sa secrétaire. Puis, lorsqu'ils étaient tous rentrés à Alma, elle avait été promue au poste qu'elle occupait aujourd'hui, attachée de presse et responsable de la communication. Son poste dépendait du ministère du Commerce, mais Alex n'était pas son supérieur direct, d'ordinaire. Pour cette mission, en revanche, il était clairement en charge des opérations.

Et c'était bien là le problème. Car, plus elle le côtoyait, plus elle craignait qu'il ne devine la secrète attirance qu'elle pouvait s'empêcher d'éprouver pour lui.

Elle ne se faisait aucune illusion à ce sujet. Alex était le fils aîné d'une famille aristocratique d'Alma. Un jour, il se marierait avec une femme de son milieu. Pas avec une personne comme elle, dont la mère travaillait comme blanchisseuse dans un quartier misérable de Londres pour essayer de joindre les deux bouts.

Maria était une femme pratique et ambitieuse. Pour réussir, elle ne comptait que sur son travail et son talent naturel. Mais, de temps à autre, elle se laissait aller à fantasmer qu'elle partageait le lit d'Alex. Qu'elle avait ces muscles durs et cette peau tiède à sa disposition. À cette idée, un frisson la parcourut tout entière. Par bonheur, Alex ne pouvait pas deviner les dérives de son imagination.

Lui-même restait très discret au sujet de ses relations. Un homme secret, avec un sens aigu des convenances. Elle avait remarqué une note de désapprobation dans son regard lorsqu'il avait vu la robe qu'elle portait. Pourtant, d'après les standards de Miami, c'était une tenue plutôt sage.

Néanmoins, elle avait senti qu'elle venait de recevoir une mauvaise note. Alex jugeait peut-être le décolleté trop osé, ou la robe trop courte. Il était, certes, follement séduisant, mais un peu collet monté, tout de même. Elle l'aurait peut-être taquiné à ce sujet si elle n'avait pas remarqué son expression sombre. Il prenait sa mission très au sérieux. Comme si la tâche de convaincre les Montoro de remonter sur le trône d'Alma reposait sur ses seules épaules.

Vers la fin de leur repas, les plis de contrariété aux coins de sa bouche avaient disparu. L'excellent dîner et les deux comprimés d'analgésique semblaient l'avoir détendu. Pourtant, le souvenir de son attitude envers Gabriel Montoro continuait à la tracasser. Loin d'essayer de le cajoler, il s'était montré presque hostile. Cela n'avait aucun sens.

Sirotant son verre de chablis, elle tourna le regard vers les participants de la soirée.

Rafael Montoro III était très entouré. Bien qu'il eût dépassé la cinquantaine, ses traits énergiques le faisaient paraître dix ans plus jeune. Se sentait-il offensé d'avoir été déclaré inéligible pour le trône ?

Son fils aîné, Rafael IV — que ses amis appelaient Rafe — était un homme charmant et affable et, bien qu'âgé de moins de trente ans, il manifestait déjà une parfaite maîtrise de soi. Mis à part son âge, il faisait un excellent candidat au trône d'Alma. Sa sœur Bella, à l'instar de leur père, était une personne vive et extravertie. Mais elle était très jeune. À peine vingt-trois ans, si Maria ne se trompait pas.

Ensuite venait Gabriel, et lui, c'était une tout autre histoire. Enfin, il y avait Juan Carlos, un cousin qui avait été élevé avec la fratrie Montoro suite au décès de ses parents. Mais, dans la transition à venir, Gabriel et Juan Carlos se contenteraient sûrement d'apporter leur soutien à Rafael IV.

Les autres parents présents n'offraient que peu d'intérêt, à ce stade. Le travail de Maria allait consister à forger l'image d'une famille royale forte, morale et charismatique. La seule personne susceptible de lui compliquer la tâche était Gabriel. Quels squelettes allait-on découvrir dans son placard ? Ce serait à elle de les trouver, et de s'assurer qu'ils ne deviendraient pas une cause d'embarras pour la famille à ce moment crucial.

En dépit de sa réputation sulfureuse, Gabriel ne lui semblait pas si mauvais. Peut-être un peu cynique, et très certainement coureur de jupons. Les femmes étaient folles du côté ange déchu qu'il affichait.

— Je ne sais vraiment pas comment cette affaire va tourner, déclara soudain Alex, l'arrachant à ses réflexions.

— Je ne vous avais jamais entendu suggérer que nous pourrions échouer, remarqua-t-elle.

— Regardez-les donc, marmonna-t-il en réprimant une grimace. Pourquoi auraient-ils besoin d'Alma ou d'un titre royal ? Ils sont déjà les rois ici, aux USA. À leur place, vous et moi renoncerions-nous à tout cela ?

— Peut-être, répondit Maria d'un air pensif. C'est difficile à dire. Tout le monde aime connaître ses racines. L'histoire de la famille Montoro est vieille de plusieurs siècles. J'imagine que lorsqu'ils auront eu le temps d'y réfléchir, ils auront envie de renouer avec leur héritage.

— J'espère que vous ne vous trompez pas.

À l'autre bout de la salle, l'orchestre venait d'attaquer le premier morceau. Alex se leva et lui tendit la main.

— Aimeriez-vous danser ?

— Oui, répondit-elle, le cœur battant. J'adore danser.

Alex la conduisit jusqu'à la piste de danse d'une main ferme, et elle fit de son mieux pour empêcher la sienne de trembler et de trahir ainsi son extrême nervosité.

Elle était une femme capable et énergique, mais, à cet instant, l'idée de s'abandonner dans les bras d'Alex et de se laisser guider lui semblait très excitante.

Il sentait merveilleusement bon, un mélange de coton empesé et de peau masculine auquel venait se mêler le parfum du gel douche de l'hôtel. Le cœur de Maria battait la chamade, et ses genoux tremblaient. À Alma, ils n'avaient jamais été aussi proches l'un de l'autre. C'était peut-être la raison pour laquelle elle percevait un changement chez lui.

Le premier morceau s'acheva, et l'orchestre enchaîna avec

un slow langoureux sans qu'Alex fasse mine de la relâcher. Cela lui convenait très bien, car elle n'avait pas du tout envie de renoncer à l'étreinte de ses bras. Une femme moins pragmatique qu'elle aurait qualifié ce moment de « romantique ». Mais elle n'était ni une romantique ni une rêveuse. Néanmoins, même une réaliste comme elle pouvait choisir de temps à autre de vivre simplement dans l'instant.

La vie était une affaire sérieuse, mais une femme pouvait bien s'offrir un moment de plaisir de temps en temps.

Et danser avec Alex Ramon était un plaisir délectable.

Chapitre 2

Alex avait commis une erreur tactique. Il l'avait su sitôt qu'il avait pris Maria dans ses bras. Dans la situation présente, il s'était dit que danser avec elle était une convention socialement acceptable, une manière polie de passer le temps.

Il s'était trompé. Ni la foule qui les entourait ni la prudente distance qu'il s'efforçait de maintenir entre eux ne pouvaient lui faire ignorer la douce tiédeur de son corps entre ses bras. Il sentait distinctement sa peau féminine à travers la texture soyeuse de sa robe.

La vague de désir qui déferlait sur lui le prenait au dépourvu. Tout à coup, il ne respirait presque plus. Ces dernières semaines, il s'était consacré corps et âme à son travail, au point d'ignorer ses besoins personnels. Un homme de son âge ne pouvait pas vivre très longtemps dans l'abstinence sexuelle. Et surtout pas lorsqu'il se trouvait face à cette délicieuse incarnation de la tentation.

Comment avait-il pu ne jamais remarquer que Maria était si grande… ou que sa joue reposait sur son épaule exactement au bon endroit ? Ne trouvant aucune bonne raison de la laisser partir, il la garda dans ses bras pour une troisième danse. Et, inévitablement, son corps réagit à cette proximité.

Il était à la fois en enfer et au paradis, frémissant de désir et privé de toute possibilité d'action.

Lorsque Gabriel passa près d'eux, tenant sa sœur dans ses bras, il se souvint de ce qu'il avait songé à lui dire plus tôt.

— Maria ?

— Oui, Alex ?

Sa voix était douce comme le miel. C'était la voix d'une femme pâmée dans les bras de son amant. Il toussota pour dissimuler son embarras.

— Vous devriez rester prudente avec Gabriel Montoro.

La réaction de Maria fut instantanée. Elle se raidit, puis elle s'écarta pour le fusiller du regard.

— Pardon ?

Il essaya de continuer à danser, mais elle ne l'entendait pas ainsi, et force lui fut de s'expliquer :

— Gabriel est un homme d'expérience, et vous n'êtes pas habituée à évoluer dans son milieu. Je détesterais le voir profiter de vous.

— Je prends bonne note de vos inquiétudes, répondit-elle d'un ton glacé, quoique rougissante. Mais je crains que vous ne deviez vous fier à mon jugement. Car je n'ai aucune intention de garder mes distances avec lui. Mon travail consiste justement à m'en rapprocher, à découvrir ses secrets afin d'éviter d'éventuels problèmes. Et je ne suis pas une enfant, Alex. Je trouve votre insinuation insultante.

— Je n'insinue rien du tout, se défendit-il. Mais j'ai remarqué sa façon de vous regarder.

— Cet homme-là flirterait avec une statue de bois, je l'ai bien compris. Mais je n'ai pas besoin de vous, ou de qui que ce soit, pour me protéger du grand méchant loup.

— Vous êtes en colère.

— C'est exact. J'ai été invitée à me joindre à cette délégation, et j'ai accepté. Je suis ici pour accomplir une mission. Je vous serai donc reconnaissante de garder vos conseils pour vous.

— Désolé, marmonna-t-il, froissé.

Redressant les épaules, elle le dévisagea sans aménité.

— Puis-je disposer, maintenant, monsieur Ramon ? Suis-je autorisée à retourner dans ma chambre ?

— Ne me poussez pas, Maria, répondit-il, les dents serrées. La journée a été longue, et celles à venir le seront tout autant.

— Il serait peut-être préférable que nous évitions de nous voir lorsque nous n'avons pas à travailler ensemble.

— Si c'est ce que vous désirez…

Comment avaient-ils pu passer d'une danse à une dispute en si peu de temps ? Durant un bref instant, il lut de la tristesse dans ses yeux, et il se sentit coupable de l'avoir provoquée.

— Je vous verrai demain matin à 10 heures, ajouta-t-elle, redressant les épaules d'un air digne.

Il la suivit des yeux tandis qu'elle s'éloignait, et le plaisir qu'il avait pris à cette soirée s'évapora instantanément. Il la vit prendre congé de plusieurs membres de leur délégation, ainsi que des Montoro. Les deux Rafael, puis Bella. Et enfin, bien sûr, Gabriel.

Alex le vit se pencher vers Maria pour lui chuchoter quelques mots à l'oreille. Ce devait être très drôle, car elle rit de bon cœur.

En voyant son visage s'illuminer de plaisir, il se souvint qu'elle était une travailleuse infatigable. À Alma, il n'y avait jamais eu le moindre accroc dans leur relation professionnelle. Mais la chaleur tropicale de Miami et l'atmosphère hédoniste du lieu semblaient avoir brouillé les lignes entre les affaires et le plaisir.

Maria avait raison. Une partie de sa mission consistait à veiller à ce que Gabriel Montoro n'embarrasse pas sa famille, ou ne fasse capoter le projet de restauration de la monarchie. Il comprenait ses priorités.

Mais il n'était pas obligé de s'en réjouir.

Maria avait mal dormi, et elle se réveilla tôt. Ses rêves avaient été peuplés d'images d'Alma, de Miami et d'Alex. Gabriel n'y figurait pas, ce qui n'avait rien d'étonnant, car, aussi séduisant et charismatique que puisse être le fils cadet des Montoro, il laissait son cœur indifférent.

Il l'amusait. Il la faisait rire. Et elle l'appréciait.

Mais il n'était pas Alex.

Elle se retourna dans son lit durant un petit moment, mais il devint vite évident qu'elle n'allait pas pouvoir se rendormir. Elle se leva donc et enfila son maillot de bain. C'était le meilleur moment pour profiter de la plage avant qu'il ne fasse trop chaud.

Miami vivait peut-être selon ses propres codes, mais elle était citoyenne d'Alma et habituée à d'autres coutumes. Ce fut donc vêtue d'une robe de plage très sage de dentelle écrue qu'elle descendit dans le hall.

Elle n'y croisa personne, mis à part quelques employés de l'hôtel. Ces premières heures du matin étaient le moment du jour qu'elle préférait. Paisibles. Pleines de promesses.

Cependant, dans la chaleur moite, tout changea brusquement. Pas à cause de la température, mais parce qu'elle entra en collision avec un corps masculin dur comme le roc.

— Alex ? bredouilla-t-elle, reprenant son équilibre.

Il était vêtu d'un T-shirt gris d'un short de sport bleu marine, et elle se rendit compte avec un peu d'appréhension qu'elle ne l'avait jamais vu jambes nues. Si ce spectacle ne l'avait privée de tous ses moyens, la largeur solide de son torse aurait suffi à le faire.

— Bonjour, Maria, la salua-t-il d'une voix sereine, comme si leur dernière rencontre ne s'était pas terminée en dispute. Vous vous êtes levée de bonne heure.

— Ma peau est très sensible au soleil, et j'ai pensé que ce serait le meilleur moment pour profiter un peu de la plage. Mais je serai à l'heure à notre réunion.

— Suis-je donc un tel ogre ? la taquina-t-il.

— Bien sûr que non, assura-t-elle, troublée malgré elle par ce regard hypnotique.

— Parfait.

Ils restèrent un instant face à face, chacun attendant que l'autre reprenne la parole.

— Vous êtes allé courir, observa-t-elle finalement.

— C'est un bon moyen d'évacuer le stress.

— Vous avez un programme chargé.

— C'est vrai. Et les Montoro ne sont pas le seul problème que j'aie à gérer en ce moment.

— Ah ? Et qu'y a-t-il d'autre ?

— Un certain nombre de choses.

Le ton était neutre, sans aucune inflexion. Mais l'intensité de son regard sombre fixé sur elle suffit à faire durcir les pointes de ses seins sous deux couches de tissu.

— Alors, je ne vous retiendrai pas plus longtemps, répondit-elle d'une voix mal assurée.

Il fit un pas vers elle, puis il s'arrêta net.

— Je ferais mieux d'aller prendre ma douche, marmonna-t-il. Je dois rencontrer Rafael Montoro pour le petit déjeuner.

— Le père ou le fils ?

— Le père. Il est de l'ancienne génération, et j'espère qu'il nous aidera à convaincre les jeunes.

— Etes-vous certain que notre mission soit bien avisée ?

— Non, reconnut-il, réprimant une grimace. Mais c'est celle que nous avons reçue. Si ce que nous souhaitons est le retour des « bons vieux jours », la restauration de la monarchie est nécessaire, afin que notre peuple ait l'impression que la vie a repris son cours normal.

— Plutôt un mal familier qu'un saut dans l'inconnu ?

— En quelque sorte, oui, convint-il avec un sourire qui illumina son visage. Je vous verrai à 10 heures.

Sur ces mots, il s'éloigna à grands pas pressés. Elle se demanda s'il lui arrivait jamais de se détendre réellement.

Sur la plage, elle choisit une chaise longue où elle étala sa serviette. À cette heure matinale, les adorateurs du soleil étaient peu nombreux. Quelques joggeurs et une ou deux personnes en train de promener leur chien.

Elle venait d'ouvrir son roman lorsqu'une ombre s'interposa entre le soleil et elle.

— Gabriel ? Que faites-vous ici si tôt ? Je n'aurais jamais cru que vous soyez matinal.

— Je ne le suis pas, répondit-il en étouffant un bâillement. Je rentre en fait d'une partie de cartes avec des amis, et je vais me coucher.

— Avez-vous gagné ?

— Je gagne toujours, assura-t-il avec un sourire sans joie.

En dépit de sa réputation sulfureuse, elle ne pouvait s'empêcher de le trouver sympathique. Il avait l'air en paix avec lui-même, et c'était un trait qu'elle admirait.

— Où habitez-vous ? s'enquit-elle.

— J'ai un appartement sur la plage, mais notre famille possède une grande propriété à Coral Gables. Vous devriez me laisser vous y emmener, un jour. Je crois que vous aimeriez énormément. C'est un endroit fabuleux.

— Je suis ici pour travailler, rappela-t-elle, souriant pour adoucir son refus.

— Si c'est votre patron coincé qui vous tracasse, dit-il en s'asseyant sur le bord de sa chaise longue, je l'inviterai aussi.

— Ce n'est pas très gentil. Alex est un homme merveilleux. J'ai beaucoup d'admiration pour lui.

— Est-il au courant de votre… dévotion ?

— Nous sommes collègues, répondit-elle, se sentant rougir. Rien de plus.

— Et cela vous satisfait-il ?

— Je préférerais que nous évitions ce sujet.

— Je vous demande pardon, dit-il en bâillant à nouveau. J'ai besoin d'aller dormir. Ne restez pas trop longtemps au soleil, jolie Maria.

— Pourquoi les gens semblent-ils aussi déterminés à me donner des conseils ? Au cas où vous ne l'auriez pas remarqué, je suis une femme adulte.

Gabriel se leva et s'étira paresseusement.

— Croyez-moi, je l'ai remarqué, répondit-il avec un sourire un peu coquin. Mais je sais reconnaître une cause perdue d'avance. Vous êtes une femme beaucoup trop bien pour un individu dans mon genre.

— Je crois que je viens d'être insultée.

— Pas du tout, protesta-t-il. C'est juste que mes expériences passées avec les douces jeunes femmes se sont plutôt mal terminées. Quelqu'un finit toujours le cœur brisé.

— Vous arrive-t-il jamais de prendre la vie au sérieux ?

— Pas si je peux l'éviter, lança-t-il par-dessus son épaule, en s'éloignant déjà. Pas si je peux l'éviter.

Une heure plus tard, elle rassembla ses affaires pour rentrer à l'hôtel. Elle avait juste le temps de se préparer pour la réunion avec Alex, à laquelle devait aussi participer Jean Claude, l'avocat chargé de la préparation des documents juridiques pour la restauration de la monarchie.

Maria avait plusieurs raisons de se réjouir de sa présence. Jean Claude était un avocat de grand talent, mais, plus important encore, il servirait de tampon entre Alex et elle. Elle était de plus en plus consciente de la virilité de son patron, et ce sentiment devait disparaître.

Durant deux heures entières, ils se concentrèrent tous les trois sur les aspects juridiques de leur proposition. À midi, le service d'étage monta leur déjeuner. Quarante-cinq minutes plus tard, ils se remirent au travail. Elle était consciente de l'importance historique des documents qu'ils rédigeaient, mais après être restée des heures enfermée dans une petite chambre, elle se sentit soulagée lorsque Alex déclara enfin qu'ils en avaient terminé.

— Nous ne pouvons pas tout régler en un jour, ni même en une semaine, mais nous avons avancé.

— Quand pourrons-nous présenter aux Montoro une première ébauche de ce document ? s'enquit Jean Claude.

— Pas avant d'être raisonnablement sûrs qu'ils ont l'intention d'accepter l'offre d'Alma. S'ils refusent, nous devrons tout annuler, et passer au plan B.

— Tout ce travail pour rien ? gémit-elle. Je ne veux même pas y penser. C'est une idée déprimante.

Jean Claude rangea les documents dans sa luxueuse mallette. C'était un homme d'une trentaine d'années au physique agréable, d'une discrétion absolue, et totalement digne de confiance. C'est pourquoi il avait été choisi pour cette mission.

— Nous devons rester positifs, déclara-t-il. Les Montoro sont conscients des liens historiques qui unissent leur famille à leur pays d'origine. Même s'ils apprécient leur vie aux USA, les liens du sang finiront par prévaloir.

— Je le souhaite sincèrement, répondit Alex en soupirant.

Lorsque la porte se fut refermée derrière Jean Claude, un lourd silence régna entre eux. Maria se leva, ramassa ses affaires et se dirigea vers la porte.

— Demain, même heure ? s'enquit-elle, pressée de s'enfuir.

— Demain, on est samedi, observa Alex. Toute la délégation a quartier libre. Nous reprendrons notre travail lundi.

— Pouvons-nous nous permettre ce délai ?

— Si nous souhaitons convaincre les Montoro de notre sincérité, nous ne pouvons pas apparaître trop impatients. Nous sommes à Miami, Maria. Soleil, plage et shopping.

— Je ne vous reconnais plus, le taquina-t-elle.

— Je sais aussi m'amuser, assura-t-il en esquissant un sourire.

— Je vous crois sur parole.

Soudain, ils étaient revenus au flirt. Alex rassembla une liasse de document et murmura sans la regarder :

— Saviez-vous que j'avais un frère ? Un frère jumeau ?

— Non, reconnut-elle. Mais j'aimerais beaucoup que vous me parliez de lui.

— Il est décédé lorsque nous avions dix ans, répondit-il d'un air sombre. Des complications d'une grippe. Mes parents étaient effondrés.

— Et vous ?

Il parut surpris, comme si personne ne s'était jamais intéressé au chagrin d'un frère dans de telles circonstances.

— J'ai perdu une partie de moi-même, avoua-t-il d'une voix lente. C'était comme si j'avais été amputé d'un membre.

Elle se figea, sa serviette serrée contre sa poitrine.

— Pourquoi me racontez-vous cela ? murmura-t-elle.

— Je voudrais que nous soyons amis, Maria, dit-il, son regard rivé au sien. Vous me prenez pour un forcené du travail, n'est-ce pas ?

— Je vous considère comme un homme extrêmement consciencieux, répondit-elle d'un ton hésitant.

— Je n'ai pas toujours été aussi à cheval sur les règles, expliqua-t-il d'un air grave. Mais, après la mort de mon frère, j'ai eu le sentiment que je devais compenser sa disparition en devenant parfait. C'est ce qui m'a conduit à devenir l'homme que je suis aujourd'hui.

— Un choix de vie difficile, observa-t-elle.

— Oui, c'est vrai.

Il marqua une pause, visiblement ému, avant d'ajouter :

— Si je vous pousse trop, rappelez-moi à l'ordre, d'accord ?

— Ce n'est pas mon rôle.

— Si, puisque c'est ce que j'attends de vous.

— Est-ce tout ce que vous désirez de ma part ?

Elle avait prononcé ces mots sans réfléchir. En découvrant la surprise dans ses yeux, elle regretta aussitôt sa gaffe.

— Je n'aurais pas dû dire cela, s'excusa-t-elle.

— N'avez-vous pas envie d'entendre ma réponse ?

— Je crois que je devrais vous répondre « non », fit-elle d'une voix mal assurée.

— Je ne vous avais jamais prise pour une poule mouillée.

— Nous sommes très loin de chez nous… dans un environnement inconnu, se défendit-elle. Nous ne sommes pas nous-mêmes.

— Ou peut-être le sommes-nous davantage qu'il ne nous est permis de l'être à Alma.

Ces paroles la laissèrent sans voix. Prenant une profonde inspiration, elle pesa soigneusement sa réponse. Alex était un homme très séduisant. Partager son lit serait une expérience mémorable, elle n'en doutait pas une seconde.

Mais ils étaient issus de milieux très différents. Aux USA, une personne partie de rien pouvait peut-être s'élever jusqu'au sommet. Mais elle connaissait ses propres limites.

— Ma mère a trimé dix heures par jour dans une blanchisserie industrielle pour m'envoyer étudier à Londres, rappela-t-elle. Et, outre cela, j'avais deux emplois.

— Je connais parfaitement votre passé.

— Les Ramon font partie de l'aristocratie. À Alma, ils sont les égaux des Montoro. Je ne pense pas qu'il soit sage de faire quelque chose que nous pourrions regretter.

— Vous dressez des barrières là où il n'en existe aucune. Notre délégation a été triée sur le volet. Si vous en faites partie, c'est grâce à votre intelligence et à vos compétences. Personne ne vous reproche de ne pas être née à Alma.

— Ce n'est pas ce que j'ai voulu dire, et vous le savez.

— Nous sommes au XXIe siècle, Maria.

— Peut-être, mais à Alma, on vénère la tradition. Aucun de nous ne serait ici à essayer de restaurer la monarchie s'il en allait autrement. Je suis fière de ce que je suis, mais je suis aussi réaliste. Vous et moi suivons des chemins différents.

Il la dévisagea durant un long moment d'un regard hypnotique, avant de remarquer :

— C'est vous qui m'avez demandé ce que je désirais.

— Je n'aurais pas dû, dit-elle, le cœur battant.

Il lui offrit un sourire qui acheva de la priver de toute volonté, avant de répondre :

— Je vais attendre que vous me posiez à nouveau la question, Maria. Mais, la prochaine fois, je vous répondrai.

Chapitre 3

Après cela, elle s'enfuit dans sa chambre, les jambes flageolantes et la bouche sèche. C'était une chose de ressentir de l'attirance pour Alex. Et une autre de découvrir qu'il partageait peut-être ses sentiments.

Elle passa une tenue confortable, puis appela sa mère en vidéoconférence.

— Comment vas-tu, ma chérie ? s'enquit celle-ci.

— Très bien, maman. Dommage que tu ne puisses pas être ici avec moi. Miami est un endroit fabuleux.

— Je suis très fière de toi, Maria.

— Tout cela n'aurait jamais été possible sans tous les sacrifices auxquels tu as consenti pour moi, répondit-elle, la gorge serrée d'émotion.

— C'est le rôle d'une maman. Je l'ai fait avec joie. Comment va M. Ramon ?

— Pourquoi cette question ? demanda-t-elle en rougissant.

— Je ne suis pas aveugle, Maria. Je sais que tu as le béguin pour lui.

— C'est tout ce qu'il y a entre nous, répondit-elle, trop abasourdie par la clairvoyance de sa mère pour songer à mentir. Nous sommes collègues, rien de plus.

— Il ne pourrait trouver de meilleure épouse que toi.

— Je crois que ton jugement est légèrement biaisé.

Elles bavardèrent encore cinq minutes, abordant des sujets moins sensibles, puis Maria lui souhaita une bonne nuit.

Elle n'était pas assez brave pour s'aventurer seule dans une ville inconnue, mais elle avait remarqué un charmant petit café dans le hall de l'hôtel, ainsi que quelques boutiques aux vitrines extrêmement tentantes. Cette exploration serait bien suffisante pour un premier jour.

Ramassant son portefeuille, elle glissa la clé de sa chambre dans son sac et se dirigea vers les ascenseurs. Elle avait craint de ne pas se sentir à sa place, ici, mais le personnel de l'hôtel était extrêmement aimable et respectueux. Comme il commençait à être l'heure du dîner, on la conduisit jusqu'à une table près d'une fenêtre qui offrait une merveilleuse vue sur l'océan.

Alma s'enorgueillissait d'une florissante industrie de la pêche, mais la variété des fruits de mer à Miami était époustouflante. Elle commanda des crevettes à la béchamel accompagnées de légumes de printemps et de pâtes appelées « cheveux d'ange ». Chaque bouchée était un délice.

Après cela, elle explora les boutiques, faisant de son mieux pour ne pas sursauter à la vue des prix.

À l'évidence, les clients de cet hôtel disposaient de revenus confortables, et ils ne lésinaient pas à la dépense. Le premier ensemble de bain qui attira son attention coûtait l'équivalent de deux mois de son salaire.

Par bonheur, elle n'avait jamais eu besoin d'un tel luxe pour être heureuse. Sa mère lui avait appris à dénicher les bonnes affaires et à faire durer son argent. Elle admirait ces marchandises comme elle l'aurait fait avec des objets exposés dans un musée. Elle n'en convoitait aucune.

Lorsqu'elle eut fait le tour des boutiques du hall, il était encore trop tôt pour monter se coucher. Elle décida donc de retourner au restaurant pour prendre un café. Elle s'apprêtait à payer et à repartir lorsque Gabriel Montoro entra dans la salle en compagnie de trois autres hommes. À sa surprise, il abandonna ses compagnons et vint tout droit vers sa table.

— Si j'avais su que vous étiez seule, je vous aurais invitée à dîner avec moi, lui confia-t-il en s'asseyant en face d'elle.

— Inutile, répondit-elle. Quelquefois j'apprécie d'être seule avec mes pensées.

— Aïe ! fit-il avec une grimace théâtrale.

— Voyons, ce n'était pas du tout ce que je voulais dire.

Elle étudia attentivement son expression. Pour un homme qui prétendait vivre sa vie à sa guise, il paraissait tendu.

— J'apprécie votre sollicitude, ajouta-t-elle, mais tout va bien. Je tuais le temps avant d'aller dormir.

— La caféine ne vous y aidera pas.

— C'est ce que l'on prétend. Mais ce café est extraordinaire.

Lorsqu'elle se leva, il l'imita.

— Je vais au moins vous raccompagner jusqu'au hall.

— Vos amis ne vous attendent-ils pas ?

— Ils ne sont que des associés d'affaires. Rien ne presse.

Il lui fut impossible de l'en dissuader. Ils sortirent du restaurant et il l'entraîna vers une boutique où elle n'était pas entrée parce qu'on y vendait principalement des bijoux.

— Que faites-vous ? s'étonna-t-elle.

— J'ai besoin de vos conseils avisés, répondit-il, désignant l'une des vitrines. Lequel est le plus joli, à votre avis ? Le palmier ? Le crabe ?

Elle examina les deux pièces qu'il lui montrait, des pendentifs en or sur des chaînes délicates. Le palmier était orné d'une minuscule noix de coco de diamant. Les yeux du crabe étaient deux ravissantes émeraudes.

— Euh… l'un et l'autre sont magnifiques.

— Mais encore ?

— Eh bien, si j'avais à choisir, je prendrais le crabe. C'est un bijou très original.

— Parfait, décréta-t-il, tendant sa carte au vendeur.

Sous ses yeux médusés, Gabriel effectua la transaction. Alors qu'ils sortaient de la boutique, il s'empara de sa main et déposa le sachet vert acide dans sa paume.

— Ceci pour m'excuser de m'être conduit comme un idiot

hier. Vous faites tout votre possible pour aider ma famille, et je me suis montré grossier avec vous.

— Monsieur Montoro, non ! protesta-t-elle en lui rendant le bijou. Ce n'est pas nécessaire. Vous ne me devez aucune excuse.

— Je vous ai demandé de m'appeler Gabriel.

— Gabriel, alors. Il serait très inconvenant de ma part d'accepter un bijou d'une telle valeur.

— Pardonnez-moi d'être grossier, mais ceci n'est rien, répliqua-t-il avec un sourire un peu mélancolique. Simplement un moyen d'apaiser ma conscience. Je ne voudrais pas que vous jugiez ma famille d'après mon comportement. Je dois vous quitter. Dormez bien, Maria.

Sur ce, aussi brusquement qu'il était apparu, il s'éloigna.

Elle fixa le sachet dans sa main, l'air embarrassé. Mais qu'aurait-elle pu faire d'autre ? Elle ne pouvait se permettre d'offenser un membre de la famille royale.

Une voix masculine vint interrompre sa rêverie. Le ton était brusque et froid.

— Je crois que je me suis trompé à votre sujet, Maria. Je croyais que vous étiez trop inexpérimentée et trop naïve pour vous protéger des hommes comme Gabriel Montoro, mais, à l'évidence, vous savez parfaitement ce que vous faites.

Elle leva les yeux et se retrouva face au regard dédaigneux, voire désapprobateur, d'Alex.

— Ce n'est pas ce que vous pensez, se défendit-elle.

— Quel cliché, ma chère ! Un homme offrant un bijou à une femme qu'il connaît à peine ? Je crois que j'ai parfaitement compris la situation.

— Tout d'abord, votre attitude est déplacée, répliqua-t-elle, sentant monter sa colère. Ensuite, je n'ai pas à m'expliquer devant vous. Occupez-vous de vos affaires, Alex. Vous ne savez pas ce que vous dites. Gabriel s'excusait seulement d'avoir critiqué nos efforts, hier.

— Peut-être, mais à moi, il ne m'a pas offert de bijou.

— Cela suffit, Alex. Je monte me coucher. Bonne nuit.

Sur ces mots, elle tourna les talons et se dirigea vers les ascenseurs. Mais elle ne pouvait s'empêcher d'être blessée par sa critique, car elle se sentait coupable d'avoir accepté le cadeau de Gabriel.

Elle n'avait fait que quelques pas lorsque Alex la rattrapa.

— J'ai appelé votre chambre, mais vous n'y étiez pas.

— Il était trop tôt pour dormir, alors j'ai dîné au restaurant, puis j'ai fait le tour des boutiques. Est-ce un crime ?

— Je vous demande pardon, répondit-il d'un ton embarrassé. Je vous avais appelée pour vous proposer une promenade avec moi sur la plage.

Elle lut dans son regard sombre qu'il était sincère, et son irritation s'évapora d'un coup, la rendant dangereusement vulnérable à son charme.

— J'apprécie beaucoup votre proposition, mais je tombe de sommeil. Peut-être un autre soir ?

— Oui, bien sûr, répondit-il.

— Bonne nuit, Alex.

Il saisit son poignet mais, la voyant sursauter, il la relâcha précipitamment.

— Vous avez beaucoup impressionné la famille royale, remarqua-t-il.

— Que voulez-vous dire ?

— Ils nous ont invités à passer le week-end dans leur propriété de Coral Gables.

— Toute la délégation ?

— Non. Seulement vous et moi.

— Dans ce cas, j'inventerai une excuse. Il serait plus convenable que vous y alliez seul.

— Je ne pense pas que votre refus serait apprécié, Maria, observa-t-il en s'adossant à une colonne de marbre. Et nous ne pouvons pas nous permettre de les insulter. J'ai déclaré à M. Montoro que nous serions très honorés d'accepter leur invitation. Rafael semble intéressé par notre cause, et nous avons besoin de son soutien. Nous irons donc là-bas.

— À quelle heure devons-nous partir ? s'enquit-elle avec un soupir de lassitude.

— Une voiture passera nous prendre à 11 heures. Prenez tout ce dont vous aurez besoin pour un week-end. Mais nous conserverons nos chambres à l'hôtel.

— N'est-ce pas un peu extravagant ?

— Détendez-vous, Maria, répondit-il avec un sourire qui lui donna l'air d'un adolescent. Votre souci d'économie est louable, mais à présent, nous jouons dans la cour des grands.

Elle rêva de ce sourire. Et d'autres choses encore. À son réveil, elle se sentait fiévreuse et agitée. Elle se doucha et se sécha les cheveux sans cesser de penser à ces deux jours qu'elle s'apprêtait à passer avec Alex dans une ambiance très peu professionnelle. Il continuait à la déstabiliser sans qu'elle sache vraiment si c'était délibéré de sa part, ou si ce changement faisait partie de leur nouvelle relation.

À 10 h 45, elle suspendit son fourre-tout à son épaule et empoigna sa valise. Dans le hall, elle chercha Alex du regard, mais il n'était nulle part en vue. Elle alla se planter dans un coin à l'écart de la foule et sortait son téléphone pour lui envoyer un texto lorsqu'une grande main vint se poser sur son épaule.

— Désolé d'être en retard, s'excusa-t-il. Un représentant d'Alma a téléphoné. Apparemment, certains députés sont pressés d'avoir une réponse de notre part. J'ai tenté de leur expliquer que cela n'allait pas être possible dans l'immédiat.

— Ne comprennent-ils pas que la famille royale hésite encore à accepter notre proposition ? s'étonna-t-elle en le suivant dehors.

— Je crois qu'il ne leur est même pas venu à l'esprit que les Montoro pourraient refuser ce que nous leur offrons.

Un chauffeur en uniforme brandissait une pancarte avec leurs noms, et, peu de temps après, ils étaient installés à l'arrière d'une limousine filant vers Coral Gables. Maria se contentait de regarder le paysage défiler derrière sa vitre. Étant donné la chaleur, Alex portait une tenue décontractée, un pantalon kaki et une chemise de coton couleur ivoire, mais il était visiblement tendu. En sa qualité de Vice-Premier ministre en charge du commerce, il assumait de lourdes responsabilités, et tout spécialement maintenant qu'ils étaient engagés dans de délicates négociations.

Coral Gables n'était qu'à une demi-heure de route de Miami en temps normal, mais en cas d'embouteillages, le trajet pouvait prendre beaucoup plus longtemps. Heureusement, la chance était de leur côté. Ils entrèrent bientôt dans une zone résidentielle, et elle découvrit avec effarement cette luxueuse communauté à l'architecture Arts déco datant des années 1920, avec ses exubérants jardins tropicaux et ses somptueuses propriétés.

À l'entrée de la magnifique résidence des Montoro, le chauffeur pressa le bouton de l'Interphone pour annoncer ses passagers. Les grilles s'ouvrirent automatiquement.

La propriété était somptueuse. De tous côtés, des palmiers projetaient leur ombre sur des allées de coquillages broyés et de sable blanc. Çà et là, des perroquets sauvages exhibaient leurs brillantes couleurs dans ce paysage de rêve.

— Ce lieu a l'air tout droit sorti d'un conte de fées, murmura Maria.

Alex, qui consultait ses mails sur son téléphone, ne répondit pas. Elle crut nécessaire d'insister :

— Alex ?

Cette fois-ci, il releva la tête et se tourna vers elle, ôtant ses lunettes de soleil.

— Oui, qu'y a-t-il ?

Elle ne lui tint pas rigueur de la note d'irritation dans sa voix, car elle soupçonnait qu'il n'avait pas beaucoup dormi la nuit passée, tant à cause du stress que du décalage horaire.

— Je pense que vous avez besoin de vous détendre, dit-elle. Jetez un coup d'œil autour de vous. Nous sommes dans un véritable paradis. C'est l'occasion de rencontrer les Montoro sur leur territoire, de produire une bonne impression sur eux. De leur montrer que nous les comprenons.

— Croyez-vous vraiment les comprendre ? répondit-il avec un rire sans joie. Ni vous ni moi ne sommes de sang royal. Que savons-nous des obligations de rang et de lignage ?

— C'est vrai, concéda-elle. Mais c'est notre seule occasion d'aller au-delà des apparences, de les voir tels qu'ils ne sont réellement. Alors nous aurons peut-être plus de chances de les convaincre d'accepter notre proposition.

Il rempocha son téléphone et lui offrit un sourire qui la fit frissonner de la tête aux pieds.

— Je suis impressionné, Maria. Je ne vous connaissais pas ce côté machiavélique. Ce talent pour la machination et l'intrigue. Qui l'eût cru de votre part ?

— Ne soyez pas aussi dramatique. Je remarque seulement que nous devrions chercher leurs vulnérabilités, leurs faiblesses. Nous savons tous deux qu'Alma a besoin des Montoro. Ce qu'il nous faut à présent découvrir, c'est pourquoi les Montoro ont besoin d'Alma. Alors, nous serons mieux en mesure de réussir notre mission.

Le chauffeur arrêta la limousine sur l'allée circulaire devant la maison. Sans attendre la réponse d'Alex, Maria rassembla ses affaires et descendit du véhicule. Une gouvernante en uniforme vint les accueillir pour les conduire jusqu'à un pavillon réservé aux invités.

— Bienvenue, lança-t-elle. Les Montoro sont heureux que vous ayez accepté leur invitation. Je vous ai préparé un repas léger, et ensuite, vous désirerez peut-être vous détendre un moment. À 16 heures, quelqu'un passera vous chercher pour vous escorter jusqu'à la grande maison où vous attend la famille.

— Merci, répondit Alex, hochant la tête.

La gouvernante attendit patiemment tandis qu'ils exploraient le pavillon. Il ne put s'empêcher de sourire devant l'expression émerveillée de Maria, tandis qu'elle découvrait leur luxueux hébergement. La maison disposait de deux chambres pour les invités, toutes deux dotées d'un lit immense et de très beaux meubles en teck massif. Le chauffeur apporta leurs bagages. Il déposa ceux de Maria dans une suite gris tourterelle et rose coquillage, et ceux d'Alex dans l'autre, aux tons bleu océan et jaune pâle.

— Souhaitez-vous déjeuner sur la terrasse ? s'enquit la gouvernante lorsqu'ils eurent terminé leur tour du propriétaire.

— Oui, bien sûr, répondit-il en consultant Maria du regard.

Quelques minutes plus tard, ils étaient assis devant un déjeuner léger mais succulent, composé de tacos au poisson et de beignets de conques accompagnés d'une sauce à la mangue.

Alex but une gorgée de son excellent pinot noir et hocha la tête d'un air satisfait.

— Je crois qu'ils essaient de nous impressionner, remarqua-t-il. C'est probablement leur façon de nous dire qu'ils ne tiennent pas du tout à retourner s'installer à Alma, quelle que soit la teneur de notre proposition.

— Oh !

Elle avait l'air si découragé qu'il fut tenté de la réconforter. Mais cette soudaine vague de tendresse pour elle était aussi inappropriée que dangereuse. Comment pouvait-il accomplir sa mission s'il devait constamment lutter contre ses propres instincts ?

Il était au service de son pays, et cela signifiait qu'il devait se maîtriser pour se concentrer sur l'intérêt général. Son devoir exigeait qu'il ignore les sentiments qu'elle éveillait en lui.

Aujourd'hui, elle avait laissé ses cheveux blonds tomber librement sur ses épaules, retenus seulement par deux barrettes d'écaille de tortue sur ses tempes. Il savait qu'elle était issue d'un milieu bien plus modeste que le sien, mais son gracieux maintien et sa dignité étaient ceux d'une reine.

Ils avaient terminé leur repas. La gouvernante débarrassa leurs assiettes et remplit leurs verres, puis elle se retira.

— Aimeriez-vous faire une petite sieste ? s'enquit-il.

— Et si nous allions plutôt nous promener un peu pour nous débarrasser des effets du décalage horaire ?

— Il fait horriblement chaud, rappela-t-il.

— Oui, mais nous sommes en Floride, et c'est la première fois que je visite cette région.

— Si je ne peux pas vous en dissuader, je vais vous accompagner pour m'assurer que vous ne vous perdez pas.

Maria se changea à une vitesse stupéfiante. Lorsqu'elle réapparut, elle avait troqué sa sage robe bleue contre un short blanc qui mettait en valeur ses longues jambes bronzées et un petit haut sans manches couleur framboise. Ses cheveux étaient à présent attachés en queue-de-cheval. Cette tenue lui donnait l'air d'une toute jeune fille, lui rappelant une nouvelle fois leur différence d'âge.

— Vous avez fait vite, observa-t-il, la gorge serrée.

— Ma mère dit toujours qu'une femme doit rester naturelle et éviter autant que possible les crèmes et les produits de beauté. J'ai commencé à utiliser du mascara en cachette lorsque j'avais quatorze ans.

— Vous étiez une petite rebelle, la taquina-t-il.

— J'adorais ma mère, mais je voulais être comme toutes les filles de mon âge.

— C'est un défaut bien pardonnable.

— Oui, probablement, répondit-elle avec un haussement d'épaules. Mais, un jour, elle est rentrée avant que j'aie eu le temps de me laver le visage, et elle était tellement…

— En colère ?

— Non, c'était pire que cela. Je l'avais… déçue. Elle m'a dit qu'une jeune fille ne devrait pas se maquiller pour plaire aux garçons. Qu'elle devrait être fière de ce qu'elle était à l'intérieur. Que les apparences ne comptaient pas.

— De sages paroles.

— Oui. Mais elles étaient l'expression d'une souffrance. Je ne connaissais pas tous les détails, mais je savais que mon père l'avait abandonnée avant ma naissance. En amour, elle avait fait le mauvais choix, et elle en a souffert toute sa vie. Mon but était de gagner assez d'argent pour lui acheter un appartement et lui offrir une chance de profiter de la vie.

— Vous êtes une fille très attentionnée.

Le temps d'une seconde, il entrevit une surprenante vulnérabilité dans ses yeux d'aigue-marine.

— Je l'espère, répondit-elle simplement.

Chapitre 4

Alors qu'ils sortaient du pavillon, Alex réfléchit aux paroles de Maria. Il la savait ambitieuse, mais, contrairement à certains hommes, il n'y voyait pas un défaut.

Toutefois, son ambition était-elle d'assurer son avenir et celui de sa mère, ou de grimper les échelons au service du gouvernement ? Désirait-elle un mari et des enfants ? L'expérience malheureuse de sa mère l'avait-elle dissuadée de confier son avenir à un homme ? Plus il y réfléchissait, et moins il était sûr de la réponse à ces questions.

Ce qui le tracassait le plus, c'était l'idée qu'elle pourrait manœuvrer pour atterrir dans le lit de l'un des Montoro. Et, plus précisément, dans celui de Gabriel. Maria rêvait-elle de devenir une princesse ?

Presque aussitôt, il eut honte de ses doutes. Il n'avait aucun droit de faire de telles suppositions. Ce n'était que la voix de sa jalousie. Il savait qu'une relation avec Maria risquait de s'avérer désastreuse pour eux deux, mais l'idée qu'elle puisse appartenir à un autre homme le déprimait.

Tandis qu'ils déambulaient dans les jardins, il fit de son mieux pour se concentrer sur la faune et la flore, et pas sur la beauté aux longues jambes marchant près de lui. Hélas ! plus le temps passait et plus il lui était difficile d'ignorer le désir qu'elle éveillait en lui. Depuis le début de ce voyage, il s'était déjà réveillé à deux reprises, assailli par des rêves intensément érotiques.

À cet instant, alors qu'elle se trouvait à quelques pas devant lui, il luttait contre un besoin presque irrépressible de glisser les doigts dans sa chevelure soyeuse. Il ne pouvait s'empêcher d'imaginer ses cheveux blonds étalés sur son oreiller, ses beaux yeux levés vers lui, brûlants de passion.

Il tremblait de désir pour elle, et cet état ne convenait pas à un homme engagé dans un ballet diplomatique qui pourrait affecter la vie de milliers de ses concitoyens.

Serrant les mâchoires, il se concentra sur les noms des arbustes fleuris qui défilaient devant eux, au lieu de fixer son regard sur ces hanches rondes et cette taille fine qui semblaient faites pour les caresses d'un homme.

Malgré les effets du décalage horaire, Maria paraissait infatigable. Les allées des jardins les ramenèrent enfin vers le pavillon des invités. Au dernier tournant, ils s'arrêtèrent à l'ombre, sur le bord d'un petit lagon. Deux paons déambulaient sur la rive opposée. Les chants des oiseaux parvenaient jusqu'à eux de toutes les directions.

— J'adore cette nature, murmura-t-elle en s'adossant au tronc d'un arbre. C'est un paysage vivant, vibrant de passion.

— À leur place, accepteriez-vous de retourner dans un pays où vous n'avez jamais vécu ? Dans le seul but d'accomplir une destinée que vous n'auriez pas choisie ?

— Franchement, je l'ignore, répondit-elle en tournant son regard vers le lagon. Ma vie est très différente de la leur. Lorsque ma mère ne sera plus de ce monde, je n'aurai jamais plus aucune chance d'apprendre qui était mon père. Ma mère refuse même de parler de sa propre famille, car ils l'ont chassée lorsqu'elle est tombée enceinte. L'idée de faire partie d'un arbre généalogique vieux de deux mille ans m'est totalement étrangère. Mon passé est un grand vide.

— Je suis désolé, murmura-t-il.

— C'est la vie.

Elle n'essayait pas d'éveiller sa sympathie. Son ton était

neutre, et il se demanda si elle était consciente de la tristesse qu'il devinait dans ses paroles.

Son ravissant visage semblait rayonner de l'intérieur, et sans doute aurait-il le même aspect après l'amour.

Refoulant son besoin de la serrer dans ses bras, il toussota pour s'éclaircir la voix.

— Nous devrions rentrer faire un peu de toilette.

Elle acquiesça et lui offrit un sourire qui lui serra le cœur.

— Je suis heureuse de faire partie de cette mission, dit-elle d'une voix douce. Je sais que vous êtes intervenu en ma faveur, et je vous en suis reconnaissante.

— Je n'ai pas besoin de votre gratitude, Maria, répondit-il, luttant contre une violente vague de désir.

— Je vous ai déjà demandé ce que vous attendiez de moi, et vous avez refusé de me répondre, observa-t-elle.

— Ce n'est pas tout à fait exact, répliqua-t-il. Si je ne vous ai pas répondu, c'est seulement parce que vous n'étiez pas prête à entendre ma réponse.

Elle quitta l'appui du tronc d'arbre et fit un pas vers lui.

— Et si je l'étais maintenant ?

Il frissonna de tout son corps, désormais incapable de dissimuler la passion qu'elle faisait naître en lui.

— Venez plus près, murmura-t-il, prenant sa main pour l'attirer contre lui et enlacer sa taille fine.

Lorsqu'il se permit de mordiller brièvement son oreille de nacre, elle leva des yeux immenses vers les siens.

— Les hommes sont des créatures étranges, lâcha-t-elle dans un soupir. Je suis pourtant couverte de transpiration.

— Vous êtes extrêmement désirable, croyez-moi.

Sur ces mots, il posa sa bouche sur la sienne, goûtant avec délices toutes les nuances de son essence féminine.

Maria n'était pas timide, mais il sentit une légère hésitation dans sa réponse, probablement due à son manque d'expérience. Et, malgré lui, il ressentit une nouvelle vague de tendresse pour elle. Soudain, il avait envie de la protéger. De la protéger de lui. N'était-ce pas étrange ?

Finalement, elle noua ses bras autour de son cou. À présent, ils étaient poitrine contre poitrine, hanches contre hanches, et elle ne pouvait plus ignorer la force de son désir.

Par un énorme effort de volonté, il s'obligea à ne pas la serrer trop fort, à l'embrasser seulement avec tendresse. Là où ils étaient, n'importe qui aurait pu les voir. Sans oublier qu'ils avaient un rendez-vous d'une importance capitale dans moins d'une heure.

— Maria, lorsque je suis près de toi, j'oublie jusqu'à mon propre nom.

— Alex, murmura-t-elle, se haussant sur la pointe des pieds pour presser son corps contre le sien. Intelligent, sexy, adorable Alex.

— Adorable ? répéta-t-il, fronçant les sourcils.

— Oui, confirma-t-elle d'un ton ferme. Tu es sérieux, dévoué et droit, et je trouve cela absolument adorable.

Il s'obligea à la relâcher, mais elle se serra plus fort contre lui, et il sentit sa détermination faiblir.

Le cœur battant à tout rompre, il lui saisit les poignets et s'écarta.

— Prends garde, Maria. Sans ces alligators qui nous surveillent sans doute du fond du lagon, je t'allongerais sur le sol pour te faire l'amour sans plus attendre.

— Alligators ? répéta-t-elle d'un air apeuré.

— Nous sommes en Floride, lui rappela-t-il, conscient qu'il venait de se priver de toute chance de lui faire l'amour. Dans ce cadre, ils sont chez eux.

— J'ignorais qu'ils étaient partout, même dans ce jardin, dit-elle en s'accrochant craintivement à son bras.

Ils reprirent le chemin de leur pavillon, et il referma aussitôt la porte derrière eux.

— Pardonne-moi, murmura-t-il. Je n'avais pas l'intention de t'effrayer, tout à l'heure. En règle générale, les alligators ne sont pas agressifs, même s'il leur arrive à l'occasion de croquer un chat ou un chien.

— Oh ! mon Dieu ! s'écria-t-elle en pâlissant.

— Va prendre ta douche, conseilla-t-il d'un ton rassurant. Tu n'as rien à craindre d'eux tant que tu restes à l'écart des étangs et des voies d'eau inconnues.

Il se pencha pour déposer un dernier baiser sur ses lèvres, avant d'ajouter.

— Sois tranquille, en cas de besoin, je te défendrai.

Maria passa sous la douche, s'efforçant de faire cesser les tremblements de son corps. Sa frayeur était peut-être irrationnelle, mais si elle supportait à la rigueur la vue d'une araignée ou d'une souris, les alligators ne faisaient pas partie de son expérience ordinaire. Miami et Coral Gables étaient des lieux merveilleux, des paradis tropicaux, mais elle n'avait jamais songé à leur face sombre.

Lorsqu'elle se fut séchée, elle remit les vêtements qu'elle portait en arrivant, espérant que sa tenue était adéquate. Malheureusement, il n'existait aucun manuel susceptible de lui indiquer comment s'habiller pour un week-end chez une famille royale en Amérique.

Sa robe fourreau bleu sombre était toute simple, avec pour seule fantaisie trois boutons de bois sur chaque épaule. Elle était chaussée de sandales à talons presque plats d'un ton neutre avec des semelles de liège. Était-ce trop ? Pas assez ? De toute façon, elle n'avait pas emporté suffisamment de vêtements pour avoir le loisir de se poser la question.

D'ailleurs, cela n'avait pas d'importance. Elle n'était pas le membre éminent de la délégation. C'était Alex qui la dirigeait, et c'était lui qui serait sur la sellette. Pauvre Alex.

Elle se recoiffa. Les barrettes empêcheraient ses cheveux de tomber sur son visage. Selon toute probabilité, la réunion aurait lieu dans un espace climatisé. En Floride, s'il faisait une chaleur étouffante à l'extérieur, il faisait aussi froid à l'intérieur des habitations que dans un réfrigérateur.

Lorsqu'elle sortit de sa chambre, Alex l'attendait au salon. Son sourire était simplement aimable, sans aucun signe qui puisse suggérer que, quelques minutes plus tôt, ils avaient partagé un baiser qui l'avait laissée brûlante de désir et les jambes flageolantes.

— Sommes-nous prêts ? s'enquit-elle, décidant d'arborer une sérénité égale à la sienne.

Il acquiesça, et, au même moment, on sonna à la porte. Un jeune homme souriant, probablement du même âge qu'elle, était planté sur le seuil, vêtu d'un polo à manches courtes qui soulignait la largeur de ses épaules.

— Je suis chargé de vous conduire à la grande maison, déclara-t-il. La Jeep nous attend.

Le véhicule était impeccable, même s'il n'était pas vraiment idéal pour une femme en robe courte. Elle se sentit rougir lorsqu'elle se vit obligée d'accepter l'aide d'Alex pour grimper sur le siège arrière. Les deux hommes prirent place à l'avant.

Elle comprit alors que cette propriété devait être encore plus vaste qu'elle l'avait imaginé, car il leur fallut cinq bonnes minutes pour arriver à destination. Tous les bâtiments, petits et grands, étaient conçus dans le même style, avec des murs de stuc blanchis à la chaux et des toitures de tuiles bleues. Lorsqu'ils arrivèrent à la résidence des Montoro, elle constata sans surprise que c'était le plus grand bâtiment sur la propriété.

La maison sur deux niveaux, entourée d'une terrasse citréesur trois de ses côtés, avec des ventilateurs aux plafonds, des meubles en rotin et une multitude de fenêtres, était une véritable œuvre d'art. Les vitres devaient être en verre teinté, sinon les résidents auraient été grillés par le soleil.

Leur escorte les déposa au pied de l'escalier monumental.

— Vous n'avez qu'à frapper, déclara-t-il avant de les abandonner à leur sort.

Alex ne semblait pas aussi nerveux qu'elle, mais, bien sûr,

sa famille jouissait d'un prestige égal à celui des Montoro, même s'ils n'étaient pas de sang royal. Si Alex le désirait, il pourrait être appelé à gouverner le pays lorsque le Premier ministre actuel arriverait à la fin de son mandat.

Ils gravirent l'escalier ensemble. Alex sonna à la porte et, une seconde plus tard, un homme grisonnant vint leur ouvrir. Tout comme Alex, il portait une tenue adaptée au climat, mais son attitude digne et déférente n'avait rien à envier à celle d'un maître d'hôtel anglais.

— Bienvenue à Casa Montoro, annonça-t-il d'un ton cérémonieux. La famille vous attend au salon.

La maison lui rappelait une réalisation architecturale qu'elle avait admirée dans un magazine de décoration. Chaque détail était un exemple de perfection. Des parquets de chêne poli, des tapis aux couleurs vives et des vues superbes. Une immense baie vitrée occupait tout un mur, offrant une vue magnifique sur l'océan.

Lorsque Alex et elle pénétrèrent dans l'immense salon, Rafael III se leva pour venir à leur rencontre.

— Ah ! vous voici enfin ! Nous sommes honorés de vous accueillir dans notre maison.

Il serra la main d'Alex et embrassa Maria sur les deux joues à la manière européenne. Tous les acteurs principaux des négociations à venir étaient présents — Gabriel, Bella et Rafael IV, ainsi que Juan Carlos II, leur cousin. Et, enfin, Isabella Salazar, une petite femme frêle mais douée d'une volonté de fer. Clouée dans un fauteuil par la maladie, elle exerçait encore néanmoins une grande influence dans la famille. Et elle était favorable aux anciennes traditions, ce qui, naturellement, faisait d'elle une alliée.

À l'exception d'Isabella, ils avaient rencontré toutes ces personnes à la réception. Sachant cela, et par courtoisie, Rafael les emmena aussitôt s'asseoir près d'elle.

La vieille dame, âgée de soixante-treize ans, avait encore une vue perçante et un esprit vif.

— Vous vous demandez probablement pourquoi nous n'avons pas invité toute votre délégation, aujourd'hui, déclara-t-elle sans préambule.

— J'avoue que cette question nous a traversé l'esprit, reconnut Alex.

— C'est simple, mon garçon. Il était prévu que les autres membres de votre groupe aient quartier libre ce week-end pour se détendre et profiter de Miami. Correct ?

— Oui.

— C'est pourquoi nous les avons laissés tranquilles. Toutefois vous deux êtes ici parce que Gabriel m'a avoué s'être conduit comme un sot lors de votre première rencontre. Gabriel est un peu tête brûlée, mais c'est un bon garçon, et il regrette son comportement. Au nom de la famille, je vous prie d'accepter nos excuses. Sachez que votre proposition recevra toute notre attention lorsqu'elle sera prête.

— Maria et moi apprécions beaucoup votre invitation, mais il n'est pas nécessaire de vous excuser, répondit Alex en fin diplomate. Nous traversons tous une période difficile, et je m'attends à ce que les pourparlers à venir soient marqués par quelques tensions. Mais j'espère que nous arriverons à une solution profitable à Alma comme à votre famille.

Rafael III hocha la tête. Il avait permis à sa tante de parler la première par égard pour son âge et pour sa position, mais à présent, il reprenait le contrôle.

— Monsieur Ramon, mon fils aîné et moi-même aimerions nous asseoir dans mon bureau avec vous pour vous exposer notre position dans cette affaire afin que vous vous fassiez une idée claire de nos responsabilités. J'ai demandé à Bella et à Gabriel de veiller au confort de Mlle Ferro.

Juan Carlos, le jeune homme de haute taille aux manières réservées, prit alors la parole :

— Ma grand-mère a des obligations sociales cet après-midi, et j'ai promis de l'accompagner. Mais nous vous rejoindrons pour le dîner, ce soir. Je vous prie de nous excuser.

Lorsque la vieille dame et son petit-fils eurent quitté la pièce, Maria remarqua qu'Alex observait Gabriel, une drôle d'expression sur le visage. Était-il mécontent qu'elle reste seule avec le « bad boy » de la famille Montoro, même si Bella leur servirait de chaperon ? Si c'était le cas, elle n'y pouvait rien. Elle ne pouvait refuser sans insulter leurs hôtes et, d'ailleurs, elle n'avait pas envie de refuser. Gabriel était un homme intéressant dont elle appréciait la compagnie. En outre, ce serait une excellente opportunité de connaître la très jeune et très jolie Bella.

Sur ce, Rafael escorta Alex et son fils hors du salon, et Bella poussa un soupir.

— Enfin seuls ! remarqua-t-elle. Sans vouloir vous offenser, mademoiselle Ferro, je suis lasse de toutes ces palabres au sujet d'Alma.

— Je ne suis nullement offensée. Mais appelez-moi Maria, je vous en prie.

— Ma jeune sœur a pensé que vous apprécieriez peut-être de passer un moment à la piscine, lança Gabriel, serrant affectueusement l'épaule de la jeune fille. Elle a une collection de maillots de bain suffisante pour équiper toutes les femmes à trente kilomètres à la ronde. Mais, si vous préférez, nous pouvons faire une promenade en bateau.

— La piscine est une excellente idée, répondit Maria. Et j'ai apporté un maillot de bain. Si vous pouviez me prêter un peu de crème solaire, j'adorerais nager.

— Je crois que je vais vous laisser dépenser votre énergie, tous les deux, dit alors Bella. Je suis rentrée très tard, cette nuit, et il se pourrait que je fasse une petite sieste derrière mes lunettes de soleil.

— Notre Bella adore faire la fête, expliqua Gabriel en riant. Ce n'est un secret pour personne, Elle connaît par cœur toutes les boîtes de nuit de Miami, mais, par miracle, elle a toujours su éviter les ennuis.

— Tout le contraire de toi lorsque tu avais mon âge, répliqua

Bella avec un sourire affectueux suggérant qu'ils étaient très proches, tous les deux.

En voyant Bella dans son Bikini, Maria se réjouit d'avoir apporté son propre maillot. La jeune fille avait un corps superbe. Maria se sentirait plus à l'aise dans son sage maillot une pièce bleu.

Lorsqu'elles ressortirent de la cabine, Gabriel était déjà dans la piscine, ses larges épaules bronzées luisantes d'eau sous le soleil brûlant. Cet homme avait un physique extrêmement avantageux, mais il n'éveillait aucune émotion dans son cœur. De toute évidence, seul un certain diplomate aux yeux sombres savait le faire battre plus vite.

Bien décidée à oublier le travail, Alex et Alma durant un moment, elle monta sur le plongeoir et exécuta un plongeon impeccable dans l'eau turquoise.

Chapitre 5

Lorsqu'elle remonta à la surface, Maria riait de bonheur, ragaillardie par la sensation de l'eau fraîche sur sa peau brûlante de soleil.

— C'est merveilleux, dit-elle. Lorsque nous sommes partis d'Alma, il pleuvait depuis une semaine. Je pourrais facilement m'habituer au soleil de Floride.

— Tant de perfection peut être lassante, à la longue, répondit Bella en s'allongeant sur sa chaise longue avec un soupir. Notre grand frère vous le dira.

— Tu ne rends pas justice à Rafael, répliqua Gabriel, dont les yeux verts brillaient de bonne humeur. Essaie donc de prendre sa place de P-DG de Montoro Entreprises, et tu m'en diras des nouvelles.

Chaussant ses lunettes de soleil, Bella fit mine de frissonner.

— Non, merci, répondit-elle. Mon rôle consiste à dépenser de l'argent, pas à en gagner.

Sur ce, elle se mit à somnoler. Gabriel s'approcha de Maria en quelques brasses, et lui chuchota à l'oreille :

— Ma jeune sœur joue un personnage. Bella joue la personne frivole et superficielle, mais elle est une excellente actrice. Peu de gens en dehors de la famille sont au courant de son dévouement pour les œuvres de charité, et de sa passion pour la défense de l'environnement.

— Pourquoi s'en cache-t-elle ?

— Je crois que les gens s'en sont fait une fausse image

lorsqu'elle était adolescente et, à cet âge vulnérable, les critiques peuvent blesser. Et, à présent, elle fait de son mieux pour apparaître comme une riche héritière indifférente à ce qui n'est pas son plaisir.

— Que pense-t-elle de l'éventualité de devenir un membre de la famille régnante d'Alma ?

— Je l'ignore, répondit-il avec un haussement d'épaules. Je suis le seul de la famille à avoir exprimé mes sentiments à ce sujet depuis le début. Les autres restent discrets là-dessus. Qui sait ? Bella aime peut-être l'idée de commencer une nouvelle vie ailleurs. Mais il est un peu tôt pour le savoir.

— Qu'y a-t-il de si terrible à réclamer un trône et un héritage qui sont vôtres de droit ? L'histoire des Montoro est indissociable de celle d'Alma.

— Vous proposez de déchirer ma famille. Si Rafe consent à cette folie, il s'en ira vivre de l'autre côté de l'océan.

— Vous avez déjà entendu parler des avions, non ?

— Ce n'est pas la même chose, observa Gabriel. Notre famille est extrêmement unie. Si nous acceptions la proposition d'Alma, l'un de nous devra rester ici pour gérer nos affaires. Il a fallu deux décennies de travail pour faire de Montoro Entreprises un leader sur deux continents.

— Je ne sais pas quoi répondre à cela, Gabriel. Cette proposition d'Alma à votre famille a acquis sa propre dynamique. Je comprends votre position, mais je dois assumer mes responsabilités jusqu'à ce que quelqu'un m'ordonne de renoncer.

— Vous pensez que notre famille va accepter ?

— Je l'espère, convint-elle prudemment. Alma a souffert d'années de privation, de corruption et d'injustice. Aujourd'hui, l'espoir renaît. Le retour d'un Montoro sur le trône serait très stimulant pour le moral et l'identité du peuple d'Alma. Pouvez-vous me blâmer de l'espérer ?

— Non, reconnut-il, soudain sérieux. Je suppose que non.

— Attendons de voir ce qui arrivera. Le résultat de cette démarche dépend pour beaucoup de votre frère. Il est fort dommage que votre père ne soit pas éligible pour le trône. Il fait très jeune pour ses cinquante ans, exubérant et charismatique. Je pense qu'il aurait fait un excellent roi.

— Mon frère pareillement… s'il décide d'accepter.

— Vous avez une attitude très protectrice envers votre famille, n'est-ce pas ? Et vous êtes très fier d'eux.

— Ils valent tous beaucoup mieux que moi. Je suis un cynique, Maria… et je ne fais pas facilement confiance aux gens. Cette affaire de retour de la monarchie me semble assez intéressée de la part de votre pays d'adoption. Il est insultant pour ma famille d'être exhibée comme une monarchie d'opérette dans le seul but que les marchands d'Alma puissent vendre des cartes postales et des T-shirts.

Elle étudia ses traits de dieu grec, et le sincère désarroi qu'elle y lut l'amena à répondre d'une voix douce :

— Accordez-nous une chance de vous convaincre. Je pense que vous serez agréablement surpris en prenant connaissance de notre proposition. Personne ne cherche à rabaisser les Montoro, bien au contraire. Votre famille est de sang royal, et cela a du sens pour nous.

Gabriel se dérida un peu, mais elle sentit qu'il n'était pas convaincu. Chacun d'eux était accroché à un côté de l'échelle métallique, remuant lentement les jambes dans l'eau fraîche, et il lui apparut soudain que ce qu'ils faisaient ressemblait à ces affaires qui se traitaient sur le terrain de golf.

Gabriel était un incorrigible séducteur, mais il n'avait rien tenté qui puisse l'embarrasser à l'idée de se trouver si près de lui en petite tenue. Ils n'avaient parlé que d'affaires importantes, et barboter dans la piscine avait juste contribué à empêcher que cette conversation prenne un tour hostile. Il était difficile de se mettre en colère dans un environnement aussi agréable. Elle se sentait sincèrement désolée pour Gabriel. Ce devait être douloureux pour lui de voir les gens qu'il aimait face à des changements aussi radicaux.

— Vous aussi serez un représentant de la famille royale,

ajouta-t-elle d'une voix douce. Si tout se déroule comme je le pense.

— Aucune chance, répliqua-t-il d'un ton ferme. Si mon frère décide d'accepter, je le soutiendrai volontiers, mais pas question que je joue le jeu de la monarchie. Lorsque Bella était petite et qu'elle s'amusait avec sa poupée Ariel, elle me demandait de jouer le rôle du prince Eric et je détestais déjà. Je sais qui je suis et qui je ne suis pas.

Elle se garda bien de lui décrire le rôle qu'il aurait à jouer lors du couronnement de son frère, ou de décrire les somptueux habits d'apparat et la joaillerie royale qui étaient restés cachés bien à l'abri depuis des décennies. Il serait toujours temps de le faire plus tard. En attendant, elle avait deux missions : tout d'abord, le convaincre de l'importance des Montoro dans la renaissance d'Alma, et, ensuite, tenter de déterminer si quelque épisode de son passé mouvementé pouvait resurgir et embarrasser la famille royale.

— Vous pouvez protester tant qu'il vous plaira, dit-elle, mais comme l'affirme le dicton, bon sang ne saurait mentir.

— Vous vous trompez, répliqua-t-il. Votre sang et le mien sont exactement les mêmes. Je suis un Américain, et notre pays s'est bâti sur des principes d'égalité.

— Peut-être, convint-elle d'un ton serein. Mais on ne peut pas réécrire l'histoire.

— Au nom du ciel ! intervint Bella, remontant ses lunettes de soleil pour leur lancer un regard excédé. Ne pourriez-vous pas discuter de littérature, de cinéma ou de base-ball, tous les deux ? Votre conversation me donne la migraine.

— Même s'il me coûte de le reconnaître, ma sœur a raison, concéda Gabriel en posant la main sur son bras. Cette journée doit être entièrement consacrée à la détente.

Alex sortit juste à temps pour voir Gabriel caresser le bras nu de Maria. Il se sentit submergé par une vague de furie primitive mais, serrant les dents, il s'avança vers eux comme si tout allait pour le mieux dans le meilleur des mondes.

Le visage de Maria s'éclaira lorsqu'elle l'aperçut, dissipant partiellement sa colère.

— Alex ! lança-t-elle. Avez-vous apporté un maillot ?

— Il y a tout ce qu'il faut dans la cabine d'habillage, assura Gabriel, une main en visière au-dessus de ses yeux.

Alex réfléchit. Ce qu'il désirait réellement, c'était faire sortir Maria de cette piscine, la ramener à leur pavillon et lui faire l'amour jusqu'au bout de la nuit. Mais puisque c'était impossible, il décida de tirer le meilleur parti possible de cette situation. Dès qu'il se fut changé, il retourna au bord de la piscine, pieds nus sur le ciment brûlant. Bella elle-même avait renoncé à se dorer au soleil pour batifoler dans l'eau. Quelqu'un avait tendu un filet au centre du bassin, et le frère et la sœur avaient apparemment formé une équipe.

— Venez vite ! lança Maria. Ces deux-là se prennent pour des champions, mais je leur ai dit que vous étiez un formidable athlète à l'université.

— Pas au volley, précisa-t-il en se glissant avec délices dans l'eau fraîche.

— Cela ne fait rien, je suis sûre que nous allons les battre.

Le corps presque nu de Maria ne faisait certainement rien pour faciliter sa concentration.

Mais lorsque Gabriel marqua deux points de suite, il détourna le regard de la poitrine généreuse de Maria pour se concentrer sur la partie en cours et sortir le grand jeu. L'adrénaline de la compétition était un excellent réducteur de stress. Et c'était aussi très amusant.

Maria et Bella étaient toutes deux souples et adroites. Elles relevaient le ballon, et les deux hommes smashaient tour à tour pour marquer des points. Maria plongeait sans relâche pour rattraper le ballon et resurgissait, son ravissant visage ruisselant d'eau, riant comme une enfant.

Il était comme envoûté par sa beauté. Il y avait tant de vie en elle, tant de joie, qu'il en avait la gorge serrée. Il brûlait de l'embrasser. Profitant de son état de distraction, Gabriel réussit à marquer un autre point, et Alex se demanda s'il n'avait pas fait exprès de placer Maria dans son équipe.

Cela dit, si elle avait été de l'autre côté du filet, le résultat eût été identique.

Chacune des équipes remporta deux victoires, et l'on décida de jouer la belle. Les quatre joueurs étaient essoufflés à force de lutter contre la résistance de l'eau pour atteindre le ballon. Alex tourna le regard vers Maria, faisant de son mieux pour ne pas remarquer les pointes durcies de ses seins sous le mince tissu de son maillot.

— Toujours en forme ? s'enquit-il.

— Bien sûr. Et je veux gagner.

Il lui sourit, oubliant momentanément ses responsabilités gouvernementales.

— Alors, allons-y.

Le match était furieux et rapide, chacune des deux équipes s'efforçant de remporter la victoire. Bella n'était pas très grande, mais elle jouait avec habileté. À l'évidence, son frère et elle avaient l'habitude de jouer en équipe. Maria, qui était plus grande, réussissait de temps à autre à frapper le ballon par-dessus le filet, mais, le plus souvent, elle se contentait de faire des passes à Alex.

Ils allaient jouer la balle de match lorsque Rafael père apparut au bord de la piscine et réclama leur attention d'un large sourire.

— Nous dînons dans une demi-heure. Ne m'obligez pas à revenir vous chercher.

Alex sourit à son équipière. Elle avait les joues roses de soleil et d'effort, et ses yeux brillaient comme des étoiles sous ses cils humides.

— Nous sommes allés trop loin pour échouer, dit-il.

Et, à cet instant, ils savaient tous deux que cette déclaration aurait pu aussi bien concerner leur mission que le match.

— Prêts, lança-t-il en se tournant vers le filet.

Bella exécuta un service impeccable. Maria rattrapa le ballon et le releva pour qu'il le renvoie par-dessus le filet. Le match se poursuivit ainsi quelque temps, puis Maria commença à se fatiguer. Mais elle tenait bon et remonta une nouvelle fois la balle. Comme il bondissait pour marquer le point, il perdit l'équilibre et tomba contre le filet. Gabriel en profita pour renvoyer le ballon de toutes ses forces dans le camp adverse.

Hélas ! le smash puissant frappa Maria en plein visage.

Alex sentit que son cœur cessait de battre. Il entendit vaguement les cris de Bella et de Gabriel, mais il arriva le premier auprès de Maria et l'aida à se redresser. Elle avait les yeux fermés, et son visage était crispé de douleur. Son œil gauche avait déjà commencé à enfler.

— Vous avez failli l'assommer, dit-il d'un air réprobateur à Gabriel, qui s'approchait à son tour.

— Je suis sincèrement désolé, s'excusa-t-il. Je me suis laissé emporter par la compétition. Je suis impardonnable.

— Je vais bien, assura Maria en tentant de se dégager.

— Ne bougez pas, ordonna Alex en la serrant davantage dans ses bras.

— Laissez-moi vous aider, proposa Gabriel. Si vous sortez de l'eau, je la soulèverai pour vous la passer.

— Non, gronda Alex en le fusillant du regard. Je m'en charge.

— Je vais bien, je vous assure, insista Maria.

Ignorant ses protestations, il entraînait Maria vers l'échelle lorsque Bella s'interposa :

— Vous vous comportez comme des hommes des cavernes, tous les deux. Reculez, s'il vous plaît. Maria peut grimper à l'échelle toute seule. N'est-ce pas, Maria ?

— Oui, bien sûr, répondit-elle, le visage très pâle.

À contrecœur, Alex desserra l'étreinte de ses bras, mais sans cesser de la soutenir.

— Etes-vous sûre d'y arriver ?

— Oui, assura-elle en s'accrochant au premier barreau pour remonter sur le bord. Pas de problème.

Il sortit rapidement de l'eau et lui enlaça la taille pour la soutenir.

— Il y a un sofa dans la cabine d'habillage, dit Bella. Elle pourra s'y étendre. Je vais appeler les urgences.

— Non, c'est inutile, protesta Maria. Donnez-moi une aspirine et tout ira bien.

Allongée sur le confortable sofa, Maria se sentait terriblement embarrassée. Ses trois compagnons l'entouraient comme des mères poules. En dépit de ses protestations, le médecin particulier des Montoro avait été appelé en urgence, et il était arrivé à son chevet avec une rapidité stupéfiante. Priant les autres de sortir, il l'examina soigneusement avant de déclarer qu'elle n'avait rien de grave. Elle n'avait souffert d'aucune commotion, même si elle pouvait s'attendre à une migraine carabinée.

Lorsque les trois autres furent autorisés à revenir, elle s'efforça de se remettre sur son séant.

— Nous devrions nous changer, marmonna-t-elle. Nous sommes déjà en retard pour le dîner à cause de moi.

— Vous devriez laisser Alex vous ramener au pavillon. Vous n'êtes pas en état de supporter un dîner mondain. Ma famille comprendra, j'en suis sûr. Si vous vous sentez mieux demain matin, vous pourrez vous joindre à nous pour le petit déjeuner.

— Mon gros maladroit de frère a raison, intervint Bella en rassemblant leurs affaires. Nous vous ferons apporter votre dîner. Profitez de cette soirée pour récupérer vos forces.

— Prenez la voiturette de golf qui est dehors, Alex, suggéra Gabriel en lui tendant des clés. Et n'hésitez pas à nous appeler si vous avez besoin de quelque chose ou si son état s'aggrave.

Alex l'aida à se lever et la soutint gentiment tandis qu'ils ressortaient de la cabine. Dehors, Bella la serra affectueusement dans ses bras.

— Je suis navrée de ce qui est arrivé.

Visiblement frustré et honteux, Gabriel ne disait rien.

— Ce n'est rien, insista Maria. Je vais bien.

Alex et elle purent enfin s'échapper. Alex conduisait la voiturette de golf d'une main experte, et il les ramena rapidement à leur pavillon.

— Je peux marcher toute seule, déclara-t-elle alors qu'il tentait à nouveau de la soutenir.

Portant toujours son maillot de bain humide, elle se sentait vulnérable, même si Alex était lui-même à moitié nu. Ou, peut-être, justement à cause de ccla.

Car, malgré la migraine qui battait à ses tempes, elle restait toujours sensible à sa masculinité.

Elle avait l'habitude de le voir tiré à quatre épingles, élégant jusqu'au bout des ongles. Et cet homme était incroyablement séduisant.

Cette étendue de peau nue provoquait une étrange pulsation au centre de son être. La légère toison qui recouvrait son torse et ses cuisses musculeuses disait mieux que les mots qu'il était un homme viril dans la force de l'âge. Si elle ne s'était pas sentie aussi mal, elle aurait eu toutes les peines du monde à ne pas se jeter sur lui pour le dévorer de baisers. Cela étant, elle dut se contenter de l'admirer du regard.

Même si elle ne l'aurait jamais avoué, elle se sentait vaguement nauséeuse lorsqu'elle entra dans sa chambre. Alex la laissa marcher sans son aide, mais il se tint tout près d'elle à chaque pas. Puis elle lui fit face, esquissant un sourire mélancolique.

— Je vais aller prendre une douche, murmura-t-elle. Je serai prudente, je te le promets.

— Est-ce bien sage ?

Elle voyait qu'il était inquiet, mais à moins de l'attacher sur une chaise, il ne lui restait plus d'autre recours que reculer d'un pas et refermer la porte de la chambre.

Sitôt qu'elle se retrouva seule, elle alla s'asseoir sur le bord du lit, les jambes tremblantes. Sa tête lui faisait affreusement mal. Lorsqu'elle osa aller s'examiner dans le miroir de la coiffeuse, elle ne put s'empêcher de pousser un gémissement. Son œil et une partie de sa joue étaient gonflés, donnant à son visage un étrange aspect asymétrique.

Si elle avait caressé l'espoir d'entraîner Alex dans son lit, cet espoir s'était envolé. Il avait peut-être été tenté de l'embrasser lorsqu'elle était couverte de transpiration, mais qui se sentirait attiré par une femme au sortir de trois rounds contre le champion du monde de boxe ?

Découragée et souffrant le martyre, elle sortit des sous-vêtements propres, sa chemise de nuit et son peignoir aubergine. Et elle ne put s'empêcher de penser que son œil serait bientôt exactement de la même couleur.

Elle prit sa douche en se retournant pour empêcher les jets d'eau de frapper son visage, puis elle se frictionna avec une serviette et enfila sa chemise de nuit et son peignoir avant de se sécher les cheveux devant la coiffeuse.

Lorsqu'elle eut terminé, sa tête la faisait atrocement souffrir. Le médecin lui avait laissé des antalgiques, mais ces comprimés devaient être pris durant un repas, et, au demeurant, elle était affamée.

Pieds nus, vêtue de son peignoir court mais parfaitement respectable sous ce climat, elle ressortit dans le salon. Elle trouva Alex installé sur le sofa en train de regarder la télévision ; il avait remis les vêtements qu'il portait en arrivant.

— Le dîner est dans la cuisine, l'informa-t-il en se levant d'un bond. Aimerais-tu manger tout de suite ?

Elle acquiesça, la gorge serrée. L'inquiétude sincère qu'elle lisait dans ses yeux sombres lui donna la sensation très agréable d'être appréciée, protégée.

— Oui, j'ai très faim, reconnut-elle d'une voix douce.

Alex insista pour l'aider à s'asseoir et pour la servir à table, lui apportant les plats qu'il avait disposés sur le plan de travail. Elle était à peine consciente de ce qu'elle mangeait.

Les mets étaient très raffinés mais, obnubilée par la tension qui régnait dans la pièce, elle sentait à peine leur goût. Elle se remémorait le baiser qu'ils avaient partagé plus tôt.

Et il y avait fort à parier qu'Alex s'en souvenait lui aussi.

Chapitre 6

Alex faisait de son mieux pour que Maria ne devine pas à quel point il était inquiet. Elle était à bout de forces, et elle ne tenait plus qu'à force de volonté. L'ecchymose causée par le choc du ballon de volley sur son visage était à présent bien visible.

Il s'était assis à la table pour dîner avec elle, bien qu'il n'eût pas très faim. Elle prit l'un des comprimés que lui avait laissés le médecin, et lorsqu'elle rejeta sa tête en arrière pour l'avaler avec un verre d'eau, son peignoir se tendit sur sa poitrine, révélant qu'elle était nue sous le tissu soyeux. C'était parfaitement logique, bien sûr, mais cette constatation provoqua une petite tempête dans ses veines.

— Il n'est pas très tard, constata-t-il, mais peut-être souhaites-tu aller dormir de bonne heure ?

— Non, répondit-elle. Je viens tout juste de m'habituer au décalage horaire, et je n'ai pas envie de devoir recommencer. Et si nous regardions un film ?

— Oui, bien sûr, répondit-il d'une voix un peu rauque.

Lorsqu'ils eurent terminé leur repas, il débarrassa la table. Maria, qui était restée assise à l'observer, remarqua :

— C'est vraiment étrange.

— Quoi donc ?

— Nous avons une mission très importante à accomplir, et voilà que je t'oblige à me dorloter comme un bébé. Je suis sincèrement désolée.

— Ne sois pas désolée, Maria. Je t'ai embrassée aujourd'hui, et tu m'as rendu mon baiser. Il est malheureux que tu aies été victime de cet accident, mais je ne regrette pas une seule seconde du temps que nous passons ensemble.

Lorsqu'elle se leva, il se précipita pour la soutenir, et elle protesta comme elle l'avait fait plus tôt.

— Je peux marcher seule jusqu'au salon.

— Laisse-toi faire, murmura-t-il en resserrant son étreinte autour de ses épaules. Il se trouve que j'aime beaucoup te serrer dans mes bras.

— Ne penses-tu pas que nous commettons une erreur ? demanda-t-elle lorsqu'il la fit asseoir sur le sofa.

— Depuis que nous sommes en Floride, je ne suis plus sûr de rien, répondit-il, enivré par sa merveilleuse fragrance. Mais j'ai envie de voir où tout cela nous mène. Attendre et voir venir, voilà ma nouvelle devise.

Sentant son regard rivé dans son dos, il plaça un DVD dans le lecteur et coupa le son. Le film lui importait peu. Il avait d'autres projets.

— Je te connais depuis longtemps, Alex, remarqua-t-elle alors qu'il s'asseyait en lui enlaçant la taille. Attendre et voir venir n'a jamais été ton genre.

— Si tu préfères rester seule pour regarder ce film, je me retirerai dans ma chambre, répondit-il, soudain un peu coupable. J'ai encore pas mal de travail à terminer.

Sa petite main vint se poser sur sa cuisse, et elle resta là, lui causant une délicieuse brûlure.

— J'ai envie que tu restes, murmura-t-elle.

Il cessa de respirer. Ne commettaient-ils pas une folie ? Il était presque certain que Gabriel Montoro avait des projets pour Maria. Pouvait-il risquer d'offenser un membre de la famille royale en plein milieu d'une négociation délicate ?

Mais lorsqu'il prit sa main dans la sienne, entremêlant leurs doigts, il comprit que, pour la première fois de sa vie, il était prêt à placer ses désirs personnels au-dessus des obligations de sa charge.

Avec une extrême prudence, lui laissant tout le temps de le repousser, il la souleva et l'assit sur ses genoux. Maria posa tout naturellement la tête sur son torse, comme s'il l'avait tenue ainsi toute sa vie.

— Comment te sens-tu ? murmura-t-il.

— Suffisamment bien pour ce que tu as en tête, répondit-elle, effleurant sa joue d'une caresse.

— J'en doute sérieusement.

Si elle avait lu dans ses pensées, elle se serait peut-être enfuie à toutes jambes.

— Nous allons prendre tout notre temps, promit-il. Ce soir et toujours. Je ne veux pas te faire souffrir.

— Je suis une adulte, Alex, répliqua-t-elle. Tu as énormément de responsabilités, mais je n'en fais pas partie.

— Je ne peux pas m'excuser d'avoir envie de veiller sur toi, Maria. Tu fais ressortir le gentleman en moi.

— Ce n'est peut-être pas le gentleman que je recherche en toi, observa-t-elle, lui glissant une main derrière la nuque pour attirer sa bouche vers la sienne. Embrasse-moi, Alex.

Ce qu'il lui restait de contrôle s'évapora d'un coup. Il l'allongea sur les coussins et écarta les pans de son peignoir, voguant sur la crête d'une immense vague de désir mêlé de tendresse.

— Tu es incroyablement belle, murmura-t-il, effleurant la pointe rose et durcie d'un sein, le souffle coupé.

— J'ai l'air d'un clown.

— Tu es un peu cabossée, c'est vrai, ma chère Maria, répondit-il en souriant. Mais je ne te désire que davantage.

— Est-ce ainsi que tu séduis toutes tes conquêtes ? Avec de gros mensonges ?

— J'ai trop de travail pour qu'il me reste beaucoup de temps à consacrer aux conquêtes, répondit-il, recueillant la courbe d'un sein dans sa paume. Mais lorsqu'il m'arrive de passer du temps en compagnie d'une femme, je suis toujours honnête.

— J'ignore pourquoi, mais je te crois, murmura-t-elle dans un souffle, ses yeux assombris de désir.

Le sofa était immense, et il était idéal pour ce qu'il projetait. S'allongeant près d'elle, appuyé sur un coude, il acheva d'écarter les pans de son peignoir, laissant apparaître la minuscule culotte de satin noir qu'elle portait. Il suivit du bout d'un doigt le contour de l'élastique, effleurant la peau douce de son ventre plat, avant de déclarer, un peu à contrecœur :

— Nous n'allons pas prendre de risques inconsidérés, Maria. Il ne me viendrait pas à l'esprit de faire l'amour à une femme blessée.

— Ce n'est pas juste ! protesta-t-elle. J'ai aussi le droit d'exprimer mon opinion à ce sujet, non ?

— Pas ce soir, Maria.

Il ne pouvait pourtant pas s'empêcher de jouer avec le feu, même si le contact de son corps contre le sien éveillait en lui un désir presque douloureux.

— Tu me rends fou, gémit-il.

Il l'embrassa avec le sentiment de s'enfoncer dans des sables mouvants, le souffle coupé par la sensation de sa peau féminine contre la sienne. Tremblant de tout son corps, il glissa une main entre ses cuisses, et la chaleur brûlante, l'humidité qu'il sentit sous ses doigts lui prouva qu'elle était prête pour lui.

Les préliminaires constituèrent une véritable torture pour eux deux. Il brûlait de lui faire l'amour jusqu'à ce qu'il la sente fondre entre ses bras, mais il craignait qu'elle ne supporte pas le choc de l'orgasme. Par un gigantesque effort de volonté, il déplaça sa main vers des zones moins sensibles.

— Alex ! protesta-t-elle en frémissant. S'il te plaît !

Il était dévoré par la tentation. Son besoin de la posséder, de satisfaire le désir qui grandissait en lui depuis des semaines devenait presque irrésistible. Il croyait déjà sentir l'étroitesse de son sexe autour du sien.

Mais lorsque ses petites mains entreprirent de déboutonner sa chemise, il l'arrêta, frissonnant de tout son corps, luttant pour retrouver son self-control.

— Non, nous ne pouvons pas, haleta-t-il. Pas ce soir.

Si elle avait été en pleine possession de ses moyens, elle aurait sans doute tout entrepris pour le faire changer d'avis. Mais souffrante, elle était sans énergie.

— Alors laisse-moi, gémit-elle, des larmes dans la voix.

C'était une requête à laquelle il lui était impossible d'obéir. Il se redressa, se déplaçant pour la laisser allongée sur le côté, sa tête sur ses genoux, puis, ramassant la commande, il rembobina le film jusqu'au début et rétablit le son. C'était un film classique en noir et blanc.

— Repose-toi, mon cœur, murmura-t-il.

Elle avait les yeux ouverts, mais il ne pouvait voir son expression. Durant quelques instants, il sentit que tout son corps était crispé, puis elle se détendit progressivement. Lorsqu'il jugea qu'elle commençait à somnoler, il entreprit de lui caresser les cheveux.

Cette expérience l'avait transformé, et il en restait tout étonné. Son travail et son désir de satisfaire son père avaient été si longtemps l'épicentre de sa vie qu'il ne se souvenait pas d'avoir jamais vécu autrement. Mais, ce soir, avec Maria, il se surprenait à désirer quelque chose qu'il ne parvenait pas même à identifier.

Il ne s'était jamais considéré comme un homme jaloux. En réalité, il n'avait jamais désiré une femme au point que le problème se présente.

Maria répondait physiquement à ses caresses, il ne pouvait en douter. Mais elle réservait encore son cœur et ses émotions. Désirait elle-même autre chose de lui qu'un moment de plaisir ?

Ce qui l'inquiétait le plus, c'était l'idée qu'elle puisse lui préférer le prince play-boy. Les femmes semblaient trouver ce dernier irrésistible. Même s'il n'était pas pressenti pour le trône, ses exploits faisaient la joie des torchons à scandale.

Pis encore, il était conscient que Gabriel appréciait beaucoup Maria et qu'il l'admirait. Et elle partageait ces sentiments. Si une telle relation pouvait aider à convaincre Gabriel du bien-fondé de la restauration de la monarchie, avait-il le droit de s'interposer entre eux ? Il avait consacré des mois de travail, mis en jeu sa carrière pour arriver à ce but dans l'intérêt d'Alma. Si une union entre Gabriel et Maria rendait les Montoro plus réceptifs à leur proposition, il devrait avoir l'intelligence de leur laisser le champ libre. Hélas ! chaque cellule de son corps se révoltait à cette idée. Il avait toujours mis son talent à être un diplomate d'abord, et seulement ensuite un homme. Mais, à présent, son intégrité lui paraissait dérisoire, et il ne supportait pas l'idée de renoncer à Maria.

Il avait été envoyé ici en tant que Vice-Premier ministre de son pays, pour rétablir un lien ancien qui ferait d'Alma un acteur mondial dans le vingt et unième siècle.

Comment pourrait-il trahir la confiance de son peuple pour satisfaire ses désirs égoïstes ?

La respiration régulière de Maria lui apprit qu'elle s'était enfin endormie. Jamais il n'oserait la réveiller.

Le médicament qu'elle avait pris avait fait son œuvre. Lorsqu'il s'écarta doucement pour quitter le sofa, elle n'esquissa pas le moindre mouvement. Malheureusement, son peignoir était toujours entrouvert, et ses seins exposés à son regard fiévreux.

Il lui sembla inconvenant de continuer à l'admirer sans qu'elle en soit consciente. Resserrant délicatement les pans de son peignoir autour d'elle, il renoua sa ceinture. La laissant seule un instant, il se rendit dans sa chambre et tira les couvertures de son lit avant d'aller allumer une veilleuse dans la salle de bains, afin qu'elle sache tout de suite où elle se trouvait si elle se réveillait au milieu de la nuit.

Lorsqu'il retourna dans le salon, il vit qu'elle souriait dans son sommeil. Il aurait tout donné pour être le sujet de ce rêve si plaisant.

Serrant les dents pour tenir en échec le désir qui l'assaillait, il se pencha et la souleva délicatement. Son peignoir était à présent sagement refermé, mais il avait une excellente mémoire.

Maria resta inerte dans ses bras. Cette immobilité totale l'inquiéta un peu, mais le médecin connaissait sûrement son métier, et il fallait lui faire confiance. Il l'allongea dans son lit et remonta le drap sur elle. Il savait déjà qu'il ne dormirait pas beaucoup cette nuit. Sa tension sexuelle et une inquiétude sincère au sujet de Maria étaient l'assurance d'une nuit d'insomnie.

Il sortit son téléphone et régla le réveil. Il allait vérifier son état toutes les heures. Elle n'en saurait rien, mais, au moins, il serait tranquille.

Maria s'étira dans le lit, et constata que sa tête lui faisait encore un peu mal. Tous les événements de la veille resurgirent alors dans sa mémoire, y compris le souvenir des grandes mains tièdes d'Alex sur son corps.

Mais comment était-elle arrivée du sofa à son lit ? Alex semblait s'être fait une spécialité de la porter dans ses bras, et c'était probablement là sa réponse.

Il l'avait veillée tandis qu'elle dormait ! Cela lui procurait un sentiment de gêne. Il y avait du danger à se montrer ainsi vulnérable. Elle devait rester sur ses gardes. Ce serait une erreur de ne pas garder un minimum de distance avec lui jusqu'à ce qu'elle sache ce qu'il souhaitait vraiment.

Peut-être simplement une petite aventure pendant un voyage d'affaires. La position d'Alex était solide. C'était elle qui avait le plus à perdre dans cette affaire.

Mais… et s'il désirait davantage ? De retour à Alma, ils reviendraient à l'ancien statu quo. Alex continuerait à être riche, puissant et influent, tandis qu'elle redeviendrait la fille bâtarde d'une blanchisseuse. Et cette idée n'était pas seulement une façon de s'apitoyer sur elle-même. C'était la froide, la dure vérité.

Elle quitta le lit, et constata avec plaisir qu'elle souffrait moins que la veille. Mais son optimisme s'envola lorsqu'elle vit son reflet dans le miroir. Il allait falloir beaucoup de maquillage et une main habile pour la rendre présentable pour une journée avec les Montoro.

Une journée avec les Montoro. À cette idée, elle ne put s'empêcher de pouffer de rire. On aurait dit le titre d'une mauvaise émission de télévision. La différence, c'était qu'elle n'aurait pas la possibilité de changer de chaîne. Elle devait s'habiller et jouer son rôle. Même si l'agenda d'aujourd'hui ne prévoyait que détente et récréation, ils étaient en mission. Tout ce qu'ils diraient ou feraient pourrait influer sur le résultat des négociations. Ils ne pouvaient oublier leurs responsabilités.

Il lui fallut une demi-heure pour s'habiller et dissimuler partiellement son magnifique coquard. En se coiffant différemment, en laissant retomber ses cheveux sur sa joue, elle parvint à améliorer son apparence.

Ce fut alors seulement qu'elle remarqua le petit bout de papier plié sur la table de nuit.

Elle le déplia avec des doigts tremblants et lut les quelques lignes tracées d'une écriture masculine :

« Je suis allé prendre le petit déjeuner à la grande maison. Nous avons tous pensé que tu avais davantage besoin de te reposer que de manger. Lorsque tu auras faim, tu trouveras dans la cuisine un en-cas que la gouvernante t'a préparé.

A. »

Si elle s'attendait à un billet doux, elle s'était trompée. Il n'y avait rien de personnel dans ce message. Mais Alex avait raison sur un point : il était déjà 10 h 30, et elle commençait seulement à retrouver figure humaine. Comme l'heure du déjeuner approchait, elle ne fit que picorer dans l'assortiment de mets délicats qui l'attendait sur un plateau dans la cuisine : mangues, kiwis, petits pains à la cannelle et un pichet de jus d'oranges fraîchement pressées.

Lorsqu'elle se fut brossé les dents, personne n'était encore venu la chercher. Plutôt que d'attendre les bras ballants, elle sortit du pavillon et découvrit la voiturette de golf devant la porte, la clé sur le contact.

Au souvenir des histoires d'alligators que lui avait racontées

Alex, elle considéra le petit véhicule dépourvu de protection d'un œil dubitatif, mais sa curiosité fut la plus forte, et elle grimpa à bord.

Elle ne se trompa qu'une seule fois de chemin et arriva sans incident devant la grande maison. Le même maître d'hôtel, toujours aussi cérémonieux, vint lui ouvrir lorsqu'elle sonna à la porte.

Luttant contre un nouvel accès de nervosité, elle le suivit jusqu'au salon où Alex et elle avaient été reçus par la famille. Gabriel fut le premier à la voir lorsqu'elle fit son entrée dans la pièce. Il se leva vivement et vint à sa rencontre.

— Comment vous sentez-vous, Maria ? s'enquit-il d'un ton anxieux, repoussant délicatement une mèche de cheveux de sa joue pour examiner l'œil tuméfié qu'elle avait pris tant de soin à maquiller.

— Beaucoup mieux, assura-t-elle. Ce n'est pas très grave.

Il l'embrassa sur les joues, puis il remarqua en la relâchant :

— Vous mentez très mal.

Elle fut un peu surprise lorsque Bella se précipita à son tour pour la serrer dans ses bras.

— Je m'inquiétais beaucoup pour vous, hier soir. Je sais que le médecin n'a pas détecté de traumatisme crânien, mais il aurait pu se tromper.

— Je vais bien, je vous assure, déclara Maria, un peu gênée d'être le centre d'attention de toute la famille Montoro. Mais je vous remercie de votre sollicitude.

— Nous parlions affaires, expliqua Rafael Montoro père en lui désignant un siège à sa droite. Alex était intéressé par les projets de développement de notre société.

Elle tourna son regard vers l'intéressé, qui conservait une expression réservée, et elle lui sourit.

— Cette journée n'était-elle pas censée être consacrée aux loisirs ?

— C'est Bella qui a abordé ce thème juste avant votre arrivée, expliqua Rafael. Je lui ai promis que nous n'aborderions plus aucun sujet ennuyeux aujourd'hui. Je pense que vous, les jeunes gens, allez beaucoup vous amuser. Gabriel a organisé un tour des Everglades en hydroglisseur.

— C'est très aimable à vous, répondit-elle, soudain inquiète. Mais je suis sûre que vous y êtes tous déjà souvent allés. Inutile de jouer les touristes pour nous.

Alex lui lança un regard surpris. Il se tenait près de la fenêtre dans une attitude nonchalante, mais elle le connaissait suffisamment pour détecter une certaine tension derrière la façade sereine.

— Ce que Maria ne vous a pas dit, remarqua-t-il d'un ton léger, c'est qu'elle n'est pas très à l'aise avec les alligators.

Tout le monde se tourna vers elle, y compris Isabella. La vieille dame semblait particulièrement étonnée.

— C'est sans danger, assura-t-elle de sa voix chevrotante. J'ai souvent parcouru ces marais lorsque j'étais plus jeune, et c'était un vrai bonheur pour moi.

— Il fait un temps magnifique, renchérit Rafe, le frère de Gabriel. Je vous promets que vous allez adorer.

— En temps normal, je vous accompagnerais aussi, intervint Juan Carlos. Ce serait une expérience formidable. Hélas ! aujourd'hui j'ai d'autres obligations. Mais vous n'avez aucun souci à vous faire, je vous assure.

Comprenant qu'elle n'avait pas d'autre choix, elle ravala ses craintes.

— Oui, concéda-t-elle, ce sera sûrement très amusant.

Chapitre 7

Deux heures plus tard, après un délicieux déjeuner de porc rôti aux courgettes, Maria était assise près de Bella sur le siège arrière d'un minibus luxueusement aménagé. À l'avant, Gabriel conduisait et son frère occupait le siège du passager. Alex s'était installé sur la troisième rangée de sièges, flanqué de deux volumineuses glacières contenant des boissons et de quoi se restaurer.

Elle jeta un coup d'œil inquiet aux glacières. Combien de temps cette expédition devait-elle durer, au juste ?

Ils s'arrêtèrent enfin dans une station-service anonyme, où ils rencontrèrent leur guide qui les conduisit ensuite dans son vieux pick-up jusqu'au quai où étaient amarrés les aéroglisseurs.

À première vue, les engins paraissaient modernes et bien entretenus. Ils étaient dotés de six sièges d'allure confortable, trois derrière et trois devant, surélevés pour offrir une meilleure vue sur les animaux sauvages qu'ils croiseraient. Mais ils n'étaient dotés d'aucune barre de protection.

— Nous vous laisserons le siège du milieu, promit Bella en prenant son bras.

Cette assurance ne lui procura qu'un réconfort limité. Elle avait espéré qu'Alex aurait peut-être envie de s'asseoir à côté d'elle, mais il s'installa près de Rafe dans l'autre rangée de sièges. Elle se retrouva donc entre Gabriel et Bella.

L'aéroglisseur n'était pas aussi bruyant qu'elle l'avait craint en voyant son énorme hélice. Ils filèrent à bonne vitesse le long de diverses voies d'eau, puis ils arrivèrent enfin dans les Everglades proprement dites, et leur guide ralentit. À présent, ils glissaient sur des prairies noyées. Partout des oiseaux s'envolaient sur leur passage. Le premier reptile qu'ils aperçurent ne fut pas un alligator, mais un serpent rayé d'une espèce rare.

Entourée par toute cette beauté, elle en oublia d'avoir peur. Enfin, presque. La végétation était luxuriante, la chaleur oppressante. Avant leur départ, elle avait noué ses cheveux en queue-de-cheval sur le sommet de sa tête, et elle s'était coiffée d'un chapeau et de lunettes de soleil. Mais l'atmosphère était celle d'une étuve. Bientôt, ils pénétrèrent dans une épaisse mangrove. La voie d'eau sur laquelle ils glissaient se rétrécissait tant par endroits que leur aéroglisseur avait à peine la place de passer.

Et à chaque seconde, elle était consciente de la présence d'Alex assis dans son dos. À quoi pensait-il ? Peut-être pas du tout à elle. Ce qui s'était passé entre eux hier soir n'était peut-être pour lui qu'une distraction anodine. Cette idée lui serra la gorge. Et elle eut honte d'elle-même.

Alex ne voyait-il en elle qu'une proie facile ?

Lorsque Gabriel lui tapota le bras pour lui montrer un pygargue à tête blanche, l'oiseau emblématique des États-Unis, elle s'obligea à ignorer Alex. Les Everglades étaient un lieu extraordinaire… totalement différent de tous les lieux qu'elle avait visités.

Une nouvelle fois, elle douta que les Montoro puissent être tentés de retourner à Alma. Pour les membres de la nouvelle génération, Alma n'était pas davantage une patrie que pour elle-même. Elle avait choisi de s'y installer pour conserver son emploi lorsque les Ramon avaient délocalisé leur société pétrolière. Mais pour Bella, Rafael et Gabriel, le seul lien qui les rattachât à cette île était quasiment oublié entre les pages poussiéreuses des livres d'histoire. Comment espérer d'eux qu'ils s'arrachent à leurs racines pour aller vivre sur une île à six mille kilomètres de chez eux ?

Après un périple qui avait duré une heure et demie, leur guide dirigea son engin vers un promontoire couvert de forêt, et s'y amarra.

— Pourquoi nous arrêtons-nous ici ? s'étonna-t-elle.

— Nous aimons beaucoup explorer cette île, déclara Rafael. On peut y voir à quoi ressemblait cette région avant l'arrivée des humains.

— Non, merci. Je crois que je vais vous attendre ici.

Tous les autres, y compris leur guide grisonnant, se retournèrent d'un air étonné.

— Hier, j'ai regardé sur Internet plusieurs vidéos montrant des attaques d'alligators, expliqua-t-elle, embarrassée.

— À mon avis, vous serez plus en sécurité à terre, observa leur guide en mâchonnant un cure-dents. Aucun alligator n'osera attaquer un groupe de six adultes. Mais l'un d'eux pourrait être tenté par une personne seule.

Elle descendit précipitamment sur la rive sous les rires des autres. Les hommes installèrent une table et des chaises pliantes, et leur guide sortit des plats de gambas ainsi que des baguettes de pain des glacières.

Le repas fut un moment un peu surréaliste. Même si Alex continuait à l'ignorer, elle se surprit à prendre un plaisir serein à cette équipée. Ce séjour aux USA serait peut-être sa dernière opportunité de voyager avant de nombreuses années. Son job était relativement bien rémunéré, mais si elle avait l'intention d'aider sa mère à prendre une retraite méritée, elle n'aurait sans doute pas les moyens de découvrir le vaste monde.

Les soucis auxquels elle devait faire face continuaient à s'accumuler. Leurs négociations s'annonçaient sous de mauvais auspices. Alex continuait à l'ignorer, elle arborait un énorme hématome sur le visage et elle avait la migraine. Mais en dépit de cela, elle ne parvenait pas à regretter cette excursion. Les Montoro étaient des personnes agréables et intéressantes, et elle découvrait un écosystème d'une sombre beauté.

Leur repas terminé, pendant que les Montoro se disputaient

pour savoir comment ranger les restes du festin, leur guide remonta à bord de l'aéroglisseur. Durant un instant, Alex et elle se retrouvèrent dans une bulle de silence, à quelques mètres des autres. Rassemblant tout son courage, elle lui posa la question qui lui brûlait les lèvres :

— Es-tu en colère contre moi, Alex ?

— Non, assura-t-il d'un air embarrassé. Bien sûr que non.

— Tu m'as à peine adressé un regard durant toute la journée. Je ne peux m'empêcher de penser que ce changement provient de ce qui s'est passé entre nous hier soir.

Elle le vit pâlir sous son hâle. Il jeta un regard inquiet autour de lui comme s'il espérait que quelqu'un viendrait à sa rescousse, mais les Montoro étaient occupés ailleurs.

— Je ne sais pas à quoi tu fais allusion, répondit-il.

— Alex, je t'en prie ! protesta-t-elle, sentant monter sa colère. Ne mens pas. Je mérite sûrement mieux que cela.

— Cela n'est ni le lieu ni le moment d'en parler, marmonna-t-il, le visage fermé.

— De parler de quoi ? s'enquit-elle, bien qu'elle eût parfaitement compris ce qu'il voulait dire.

— Nous avons commis une erreur, répondit-il d'une voix à peine audible. Nous sommes à Miami pour accomplir un travail. Nous devons terminer la rédaction du document et les convaincre de le signer. Nous ne pouvons pas nous permettre de...

Le reste de sa phrase resta en suspens, mais le message était clair. Une affreuse douleur lui coupa le souffle. Un flot de larmes brûlait derrière ses paupières, mais elle ne pleurerait pas devant lui. Sa blessure et une nuit agitée avaient affaibli toutes ses défenses.

— Je vois, répondit-elle simplement. Je n'y ferai jamais plus allusion. Ce n'était pas important, de toute façon.

Alex la suivit des yeux tandis qu'elle s'éloignait, réprimant un flot de jurons. Ce qu'il avait espéré éviter à tout prix venait de se produire. Il avait blessé Maria, juste parce qu'il n'avait pas pu s'empêcher de la toucher.

Elle alla rejoindre les Montoro pour les aider à faire disparaître les dernières traces de leur pique-nique, et lorsque Gabriel proposa une petite promenade sur l'île, elle acquiesça aussitôt. Ce détail, plus que tout autre, renseigna Alex sur son état d'esprit. Elle aimait mieux s'aventurer dans un marécage grouillant d'alligators que rester une seconde de plus en sa présence.

Alex les laissa partir. Elle glissa familièrement son bras sous celui de Gabriel, et il détourna les yeux, incapable de supporter ce spectacle, tandis qu'ils s'éloignaient tous les quatre. Rafael et Bella échangeaient des plaisanteries au sujet des bêtes féroces qui peuplaient les marais. Gabriel, lui, se contentait de serrer Maria contre lui, en jurant de la défendre jusqu'à la mort. Maria riait.

Furieux, il décocha un solide coup de pied à une racine.

Il devenait chaque jour plus évident que Gabriel Montoro appréciait Maria. Qu'il l'appréciait même beaucoup. D'une façon romantique ? Qui sait ? Ce dont lui était sûr, c'était qu'il devait garder ses distances avec elle s'il ne voulait pas courir le risque de compromettre des relations essentielles pour l'accomplissement de sa mission au service d'Alma.

À bord de l'aéroglisseur, il écouta le vieux capitaine lui raconter des histoires de l'ancienne Floride, celle qui existait avant l'arrivée de Disney et des autoroutes. Alex l'écoutait d'une oreille distraite, réfléchissant aux options qui lui restaient ouvertes.

L'une d'elles serait de renvoyer Maria à Alma sous un prétexte quelconque. Non seulement cela mettrait immédiatement un terme à la tentation qu'elle représentait, mais la placerait aussi hors d'atteinte de Gabriel.

Mais il repoussa aussitôt cette idée. Maria était une femme extrêmement brillante et une travailleuse infatigable. Elle jouait un rôle précieux dans la délégation, et elle méritait cette chance de prouver son talent. Il n'avait pas le droit de l'exclure de l'équipe, pas plus que celui de s'interposer entre Gabriel et elle.

Ses conclusions étaient donc toutes trouvées. Mais il n'était pas obligé de s'en réjouir.

Une vingtaine de minutes plus tard, les hardis explorateurs remontèrent à bord de l'aéroglisseur. Gabriel fit remarquer à Maria qu'ils étaient tous sains et saufs. Elle s'esclaffa à la plaisanterie et alla s'asseoir à la place qu'elle occupait plus tôt, sans accorder un seul regard à Alex.

Le capitaine fit démarrer le moteur, et le reste de l'après-midi s'écoula sans incident notable. Pour l'œil critique d'Alex, Maria paraissait fatiguée vers la fin de cette journée, mais il avait renoncé au droit de veiller sur son bien-être. Lorsque les Montoro les déposèrent au pavillon des invités, elle disparut dans sa chambre sans un mot.

Plus tard, ils se rendirent ensemble à la grande maison dans la voiturette de golf, mais ils firent le trajet en silence.

Le dîner, ce soir-là, fut à la fois plaisant et tendu, si un tel mélange était possible. Isabella y assista dans son fauteuil roulant, assise à la droite de Rafael III. Son neveu l'encouragea à raconter des anecdotes du temps jadis, et la vieille dame s'exécuta avec enthousiasme.

Elle était dans l'un de ses bons jours. Son corps était secoué de tremblements et sa voix chevrotait un peu, mais il était évident pour toutes les personnes présentes que son esprit restait toujours aussi vif. Isabella n'était qu'une petite fille lorsque la famille royale avait été chassée du trône. Elle ne se souvenait pas nettement des détails de ces événements traumatisants, mais elle avait souvent entendu ces récits en grandissant, et la fin du règne des Montoro était encore très présente dans son esprit.

Il savait — comme probablement toute la famille — qu'Isabella ne connaîtrait pas la paix avant d'avoir vu un autre Montoro sur le trône qui était légitimement le leur. Elle était de santé fragile, et il ne lui restait peut-être pas longtemps à vivre. Qu'adviendrait-il si elle décédait avant qu'une décision ait été prise ? La famille Montoro choisirait-elle de rester à Miami ?

Beaucoup de questions, et peu de réponses.

Gabriel proposa à Maria de rester après le dîner pour prendre un café.

— Je vous la ramènerai, avant l'heure du couvre-feu, je vous le promets, lui lança-t-il.

Alex réussit à sourire, mais il était au supplice. Sortir de cette maison en laissant Maria avec Gabriel était l'acte le plus héroïque qu'il ait jamais eu à accomplir de toute sa vie. Le vide immense qu'il ressentait au creux de sa poitrine ne lui laissait plus aucun doute. Il avait un grave problème. Il s'était trop longtemps menti à lui-même en niant l'intensité des sentiments qu'il éprouvait pour Maria.

Cette révélation était accompagnée d'un sentiment de douloureux regret. Avait-il écrasé une merveilleuse fleur fraîchement éclose sous le talon de son devoir et de son ambition ?

Son dévouement à son pays et sa détermination à le servir auraient dû l'emplir de fierté.

Mais ce n'était pas la fierté qui l'empêcha de fermer l'œil jusqu'à 3 heures du matin, tant qu'il n'eut pas entendu la porte du pavillon s'ouvrir et se refermer…

Le lundi matin, Maria avait réussi à dissimuler presque entièrement les marques de sa brutale rencontre avec le ballon de volley-ball de Gabriel. Son œil était moins enflé, et avec quelques habiles retouches de maquillage, son visage avait presque retrouvé son apparence normale.

Jamais elle ne s'était sentie aussi reconnaissante de la présence de Jean Claude. L'avocat servait de tampon entre Alex et elle, ce qui leur permit de travailler côte à côte à l'élaboration de leur proposition officielle sans aborder le sujet des événements du week-end. À midi, ils étaient si profondément concentrés sur les questions épineuses du langage et du cérémonial que les questions personnelles étaient reléguées au second rang.

La rédaction du document avançait à grands pas. Ils travaillaient sur la forme, et Jean Claude fournissait le nécessaire cadre juridique. Leur collaboration fonctionnait de façon très satisfaisante, mais tout en transcrivant fiévreusement ces conversations sur son ordinateur portable, elle ne pouvait s'empêcher de se demander si leurs efforts ne seraient pas vains.

Ce soir-là, elle se fit apporter son dîner par le personnel de service et alla se coucher aussitôt après, trop épuisée par les efforts de cette journée pour être capable d'autre chose que de rêver d'Alex. Le même scénario se répéta durant les trois jours suivants. Le vendredi matin, la première mouture du document était prête. Bien sûr, ce n'était qu'une ébauche. Elle devrait être faxée au Premier ministre d'Alma, puis, la semaine suivante, toute la délégation se réunirait pour une critique en règle, afin d'en détecter les éventuelles faiblesses.

À midi, malheureusement, Jean Claude reçut un appel téléphonique l'informant qu'il devait rentrer d'urgence à Alma pour un enterrement.

Une expression triste et tendue sur le visage, il remit à Alex un volumineux dossier.

— Maria et vous êtes parfaitement capables de régler les derniers détails ce week-end. Voici toutes mes notes. Je vous rappellerai d'ici à lundi pour répondre à toutes vos questions.

Après son départ, un lourd silence plana dans la pièce. Elle se sentait très nerveuse. Alex et elle avaient à peine échangé quelques remarques personnelles depuis leur excursion en hydroglisseur. Elle souffrait beaucoup de cette distance entre eux. Pendant des années, ils avaient travaillé ensemble en parfaite harmonie.

Même après qu'elle avait été promue à un poste où elle n'était plus directement sous les ordres d'Alex, ils étaient toujours restés en contact au sein du ministère du Commerce. Et ici, à Miami, il était son patron, bien entendu. Si elle avait été ravie d'être choisie pour participer à la délégation, c'était en grande partie parce que cela allait lui permettre de travailler à nouveau avec Alex.

Depuis qu'ils étaient à Miami, elle l'avait vu sous un jour nouveau — pour tout dire, comme un amant potentiel. Et il lui avait semblé qu'il partageait cette nouvelle approche de leur relation. Un lien silencieux s'était développé entre eux, une proximité qui avait fleuri au grand jour dans l'atmosphère hédoniste de Miami.

Leur premier baiser l'avait laissée bouleversée… l'avait obligée à être honnête avec elle-même, à reconnaître que son admiration pour Alex avait mûri en un sentiment bien plus profond et plus volatil. Elle le désirait.

Lorsqu'elle s'était blessée, il l'avait soignée avec dévouement, obtenant des résultats si spectaculaires qu'elle avait été certaine de la réciprocité de sa passion. Mais, presque aussitôt, il avait repris ses distances avec elle. Ce qui suggérait que ses émotions n'étaient pas encore bien définies.

Il réagissait peut-être tout simplement à elle en tant que femme. Mais elle voulait davantage. Bien davantage. Elle avait besoin d'autre chose.

— Veux-tu que nous reprenions ? s'enquit-elle. Je veux parler des corrections, bien sûr.

— Non, je ne crois pas, répondit-il, une expression indéchiffrable sur le visage. Nous avons énormément travaillé, cette semaine. Que dirais-tu de prendre le reste de cette journée ? Décrétons une trêve, et allons jouer les touristes.

Elle cessa de respirer. Il lui tendait le calumet de la paix, mais au pire moment possible.

— C'est très gentil à toi, Alex. Et je suis très tentée. Mais j'ai promis de dîner tôt avec Bella, Gabriel et Rafe.

Une lueur étrange brilla durant une fraction de seconde au fond de ses yeux sombres, puis il reprit son expression impassible.

— Je vois.

— Non, je ne crois pas, répliqua-t-elle, la gorge serrée. Ils sont inquiets pour l'avenir. Ils savent que je ne suis pas née à Alma, et ils me pensent capable de leur offrir un point de vue totalement objectif.

— Est-ce le cas ?

— Je me suis consacrée à cent pour cent au travail de notre délégation, observa-t-elle, blessée par le ton sarcastique de cette question. Et je ferai tout de qui est en mon pouvoir pour les convaincre que la restauration de la monarchie est dans l'intérêt de tous.

— Autre chose ?

Il ne tentait même pas de dissimuler l'ironie grinçante de sa voix, mais elle était suffisamment en colère pour ne pas se laisser affecter par son mépris.

— Si tu tiens vraiment à le savoir, j'essaie de me rapprocher de Gabriel.

— Cela, je n'en doute pas une seconde.

— Ne fais pas l'enfant, le tança-t-elle. Quelqu'un doit bien essayer de lui faire révéler les secrets de ses frasques, surtout si elles risquent d'embarrasser les Montoro lorsque la famille sera de retour à Alma.

— Et tu penses être la mieux qualifiée pour cela ?

— Si tu as une meilleure idée, je t'écoute, répliqua-t-elle. Il m'aime bien, et je pense qu'il me fait confiance. Je vais donc utiliser ce lien pour faire mon travail.

— Je ne voudrais surtout pas m'interposer, mademoiselle Ferro, rétorqua-t-il en la fusillant du regard. Bonne chance à vous.

Au comble de la fureur, elle traversa la pièce pour aller se planter juste devant lui.

— Comment ai-je jamais pu te trouver sympathique ? gronda-t-elle. Tu es un personnage arrogant, autoritaire, et querelleur…

Il la fit taire en posant sa bouche sur la sienne. Ce ne fut un baiser ni suave ni sophistiqué, mais une réponse de pur désespoir. Deux secondes durant, elle demeura sans réaction sous l'effet du choc, puis elle leva les mains vers ses épaules pour le repousser mollement.

— Je ne te permets pas de m'embrasser, protesta-t-elle.

Mais en dépit de ses réticences, elle noua les bras autour de son cou, et ses lèvres s'entrouvrirent pour répondre à son baiser.

Elle était furieuse contre lui, mais, pour une raison mystérieuse, sa colère se transforma en passion dévorante.

— Je ne sais plus quoi faire à ton sujet, Maria, murmura-t-il tout contre ses lèvres. Sincèrement, je ne sais plus.

S'accrochant aux derniers vestiges de son respect d'elle-même, elle se dégagea de son étreinte. Elle avait les jambes flageolantes, ne respirait plus qu'à grand-peine. Mais il n'était pas question de lui permettre de jouer avec ses émotions. Pas de cette façon.

Elle s'essuya les lèvres d'un revers de main, s'efforçant d'éliminer le goût de sa bouche, avant de déclarer d'une voix tremblante :

— Tu dois absolument te décider, Alex. Que suis-je pour toi ? Une précieuse collaboratrice, une amante potentielle ou une croqueuse de diamants tentée de se trouver un mari au sein de la famille royale ? Lorsque tu auras trouvé la réponse, n'oublie pas de m'en informer.

Sur ces mots, elle se dirigea vers la porte, se retournant une dernière fois sur le seuil pour lui décocher un regard sans aménité.

— On se revoit lundi matin à 9 heures précises. Si tu as besoin de nouvelles corrections sur le document ce week-end, envoie-les moi par mail. Je pense que, pour le moment, il vaut mieux pour nous deux que nous restions à l'écart l'un de l'autre.

Chapitre 8

À l'heure du dîner, Maria était passée par toute la gamme des émotions. Elle avait brûlé de colère, pleuré de regret, puis, enfin, elle avait retrouvé une certaine paix de l'esprit en se rappelant qu'elle n'était que l'un des rouages d'un projet bien plus grand. Sa relation avec Alex — ou, plutôt, sa non-relation — était secondaire.

En tant que nation, Alma était à un carrefour critique de son histoire. En de tels moments, les problèmes personnels devaient passer au second plan, et il devenait nécessaire de se concentrer sur le bien commun. Ce n'était pas la guerre, mais, dans un sens, Alex et elle vivaient les secousses d'une nouvelle conception de l'identité nationale.

Ce rappel de l'importance des enjeux l'aidait à voir ses propres problèmes sous une perspective différente. Les cœurs brisés étaient treize à la douzaine. Le sien guérirait un jour. D'ailleurs, il n'était peut-être qu'un tout petit peu meurtri. Elle avait eu un béguin… et c'était tout.

Rencontrer Bella, Rafe et Gabriel dans le hall de l'hôtel s'avéra pour le moins très intéressant. À Miami, les paparazzi n'étaient pas aussi omniprésents que dans d'autres parties du monde. Toutefois, les Montoro n'étaient pas seulement célèbres, ils avaient un style de vie flamboyant, et le public s'intéressait à leurs aventures… surtout maintenant que la rumeur courait de leur possible retour à Alma.

Si elle se trouva assez déconcertée lorsque le premier flash lui explosa au visage, le trio des Montoro parut ne pas s'en émouvoir. Ils avaient décidé de parcourir à pied les quelque cinq cents mètres qui les séparaient de leur restaurant de fruits de mer favori. Lorsque le photographe comprit qu'aucun scandale intéressant n'était à espérer, il disparut.

Le restaurant surplombait l'océan, et bien que la soirée ne fît que commencer, il était déjà bondé. Les réservations étaient obligatoires. On s'empressa cependant de conduire les Montoro jusqu'à la meilleure table devant la baie vitrée, et Maria comprit que cette branche moderne de la monarchie se sentait parfaitement à l'aise avec les symboles de la fortune et du privilège. Ils allaient peut-être devoir s'adapter à un nouveau pays et à de nouveaux titres, mais leur histoire ne serait en aucune manière le récit d'une ascension de la misère à la richesse.

Durant le repas, qui s'avéra exquis en tout point, ses compagnons de table lui posèrent mille questions concernant Alma et sa situation actuelle.

— Par où commencer ? hésita-t-elle, s'essuyant les lèvres avec sa serviette de lin. Vous serez heureux d'apprendre que le gouvernement fait de la technologie, autant dans l'éducation que dans le secteur privé, sa priorité. Certains livres et films étaient interdits sous l'ancien régime, mais, aujourd'hui, l'information circule librement.

— Le palais est-il habitable ? voulut savoir Bella.

— Oui, ne vous inquiétez pas. Le dictateur Tantaberra, et plus tard son fils et son petit-fils, veillaient à leur propre confort. Même durant la révolution, le palais n'a subi pratiquement aucun dégât. Je pense que vous serez agréablement surpris lorsque vous le découvrirez.

— Pas « lorsque », rectifia Rafe en fronçant les sourcils. Disons plutôt : « si ».

— Désolée, s'excusa-t-elle, se sentant rougir. Mes paroles ont dépassé ma pensée.

— La population est-elle réellement en faveur du retour

de la monarchie ? s'enquit Gabriel d'un air sérieux qui lui était inhabituel. Ou ce projet est-il l'œuvre d'une petite élite ?

— La presse a fait un excellent travail pour porter ce sujet sur la place publique. Les derniers sondages indiquent que 72 % de la population est en faveur du retour de la monarchie traditionnelle.

— Et que pensent les 28 % restants ? s'enquit Bella en réprimant une grimace.

— Bon nombre d'entre eux sont des jeunes gens qui se méfient de toutes les formes d'autorité. Ils exigent des assurances de liberté et de choix personnel. Lorsqu'ils constateront qu'Alma fonctionne parfaitement sous une monarchie constitutionnelle, je pense que les résultats des sondages seront encore meilleurs.

D'eux trois, Rafe était resté le plus silencieux. Elle ne parvenait pas à déterminer si c'était à cause de la situation ou bien parce qu'il avait un caractère plus réservé que ses cadets.

— Au bout du compte, remarqua-t-il avec un haussement d'épaules fataliste, quelle différence cela ferait-il, que je dise oui ou non à votre plan ?

Elle faillit répliquer en lui débitant la réponse officielle, puis elle se ravisa et décida de lui parler en toute sincérité.

— J'ai grandi à Londres, déclara-t-elle. Ma mère et moi n'avions rien. Pour elle, chaque jour était une lutte pour la survie. Et pourtant, elle adorait la famille royale, comme si elle représentait un aspect spécial de l'Angleterre dont elle faisait aussi partie, même s'il était hautement improbable qu'elle rencontre un jour l'un de ses membres en personne. Je l'ai toujours vue se réjouir de leurs réussites et s'attrister de leurs malheurs.

— Pourquoi avez-vous quitté l'Angleterre, alors ? s'enquit Gabriel.

— Je travaillais pour la famille d'Alex depuis plusieurs années déjà lorsque la situation politique a changé à Alma, et que les Ramon ont décidé de rentrer dans leur pays. Mon salaire était bien supérieur à celui de ma mère et, à Alma, je pouvais espérer voir évoluer ma carrière. Alors, maman et moi avons décidé ensemble de quitter l'Angleterre. Si les Montoro remontent sur le trône, je peux affirmer que ma mère sera l'un de vos plus fervents partisans. Elle sait ce que la monarchie signifie pour le peuple.

Autour de la table, tout le monde s'était tu. Elle n'avait pas parlé ainsi pour se faire plaindre, mais plus aucun d'eux ne pouvait ignorer l'énorme fossé qui séparait les Montoro — ou même la famille d'Alex — et de sa propre famille.

Ses compagnons de table dégustèrent leur dessert en silence, et elle craignit d'avoir nui à leur cause. S'était-elle montrée trop franche ? Les Montoro considéraient-ils ses propos déplacés ?

— Une dernière chose, ajouta-t-elle, repoussant sa tarte au citron meringuée qu'elle avait à peine touchée. Ensuite, nous pourrons changer de sujet. Votre famille est très connue en Floride, et peut-être même dans tous les États-Unis. Mais la tempête médiatique qui se déclenchera si vous décidez d'accepter la couronne d'Alma risque de dépasser tout ce que vous avez pu imaginer. Ce sera l'événement de l'année.

— Vous exagérez sûrement, dit Bella d'un air dubitatif.

— Non, je ne crois pas. Le trône d'Alma est resté vacant près de soixante-dix ans. Si un nouveau roi, à la fois séduisant, charismatique et célibataire accepte la couronne, toute la famille se retrouvera sous les projecteurs.

— Dieu du ciel ! marmonna Gabriel.

Rafe demeura silencieux. Bella s'excusa et s'éclipsa pour se rendre aux toilettes. Elle se tourna alors vers Gabriel.

— Une partie de mon travail va consister à gérer la presse et les relations publiques. Étant donné votre réputation de vilain petit canard de la famille, je vais devoir vous demander… y a-t-il des épisodes de votre vie que nous devrions connaître ?

— À ma connaissance, je n'ai aucun enfant secret caché quelque part. Et il n'y a aucun avis de recherche contre moi. Mes péchés sont plutôt véniels. N'est-ce pas, Rafe ?

Son frère aîné répondit par un grand sourire. Pour la première fois, il paraissait presque détendu.

— Je n'irai pas jusqu'à lui donner le bon Dieu sans confession, répondit-il. Mais vous pouvez être tranquille, Maria. Il ne risque pas de nous embarrasser. Il est trop habile et charmant. Si les critiques s'en prennent à lui, il les réduira au silence avec ses boniments.

Les assurances de Rafe la rassurèrent. Gabriel n'était peut-être pas, comme elle l'avait craint, une bombe à retardement pour la famille. Ce qui était excellent pour eux tous.

Lorsque Bella réapparut à la table, ils se levèrent tous pour partir. Bella et Rafael étant invités à une soirée, Gabriel proposa de raccompagner Maria à son hôtel. Alors qu'ils marchaient côte à côte, Gabriel la surprit en déclarant d'un ton grave :

— Je me fais du souci pour mon frère. Je ne veux pas qu'il renonce à sa vie actuelle.

— A-t-il abordé ce sujet avec vous ?

— Pas vraiment. Mais j'ai appris aujourd'hui que mon père et lui sont au courant de ce projet de restauration de la monarchie depuis au moins deux mois.

— Et pas vous ?

— Non. Apparemment, le Premier ministre d'Alma avait contacté notre père pour lui expliquer ce qui se préparait… et, en même temps, pour l'informer qu'il n'était pas éligible pour le trône.

— Cela a dû être une conversation embarrassante.

— Sûrement. Quoi qu'il en soit, on a fait promettre à Rafe de garder le secret jusqu'à l'arrivée de la délégation. Mais cela explique beaucoup de choses.

— Que voulez-vous dire ?

— Eh bien, il y a quelques semaines, Rafe s'est rendu à Key West. Lui et moi y allions souvent pour pêcher ou faire de la plongée sous-marine, mais lorsque j'ai proposé de l'accompagner cette fois-ci, il a refusé, prétextant qu'il avait besoin d'être seul quelque temps pour réfléchir. À ce moment-là, j'ignorais ce qu'il entendait par là.

— Et aujourd'hui, vous le savez ?

Ils étaient arrivés devant l'hôtel de Maria. Gabriel se planta face à elle.

— Oui, répondit-il. Aujourd'hui, je le sais.

— Vous pouvez beaucoup l'aider, dit-elle en posant doucement la main sur son bras. Quelle que soit sa décision, je sais qu'il a une grande estime pour vous.

— J'apprécie beaucoup vos paroles d'encouragement, Maria. Rien d'étonnant à ce qu'Alex soit amoureux de vous.

— Pardon ? balbutia-t-elle en reculant d'un pas.

— Allons, Maria, vous avez bien dû vous en apercevoir. Chaque fois que je m'approche de vous, j'ai l'impression qu'il s'apprête à me mordre.

— Vous vous trompez, répondit-elle d'une voix faible. Nous sommes des collègues, rien de plus.

— Vous pouvez me croire, insista-t-il en souriant. Je suis un homme. Je sais très bien comment les hommes fonctionnent.

— Il m'a accusée de vous faire les yeux doux dans le but de devenir princesse.

— Est-ce la vérité ? répliqua-t-il en riant de bon cœur. Rêvez-vous d'être princesse ?

— Pas particulièrement, reconnut-elle en soupirant.

— Je crois que vous et moi allons devenir d'excellents amis lorsque toute cette histoire sera terminée, murmura-t-il en lui adressant un sourire d'une étrange douceur. Et en ce moment, j'aurais vraiment besoin d'une amie.

— Vous avez une solide réputation de play-boy. J'ai peine à croire que vous n'ayez pas une foule de confidentes dans toute la ville.

— Il y a beaucoup de femmes dans ma vie, je le reconnais. Mais toutes attendent quelque chose de moi. Vous, Maria, vous êtres un livre ouvert pour moi. Je vous aime beaucoup, même si nous ne sommes pas attirés l'un vers l'autre d'une manière romantique.

— Et Alex ?

— Votre patron ne suscite pas chez moi la même approbation. Je pourrais vous aider à le rendre jaloux.

— Non, s'empressa-t-elle de répondre, imaginant déjà l'expression glaciale d'Alex s'il pensait qu'elle encourageait Gabriel à lui faire la cour. Je vous remercie. D'ailleurs, je lui ai déjà dit qu'il n'y avait que de l'amitié entre nous.

— Et vous a-t-il crue ?

— Je ne sais pas vraiment ce qu'il pense, convint-elle.

Consciente que cette conversation avec un membre de la future famille régnante d'Alma était tout à fait inappropriée, elle conclut d'une voix douce :

— Je ferais mieux de vous laisser, maintenant.

— Je vous ai embarrassée. Je vous demande pardon.

— Non, je vous assure. Tout va bien. Mais je dois rester dans mon rôle. Votre famille et vous êtes très importants pour le futur d'Alma. Je ne voudrais pas que vous pensiez que je prends ma mission à la légère.

— Personne ne pense cela, Maria. Croyez-moi ou non, aucun de nous n'accorde la moindre importance aux hiérarchies sociales en vigueur à Alma.

— Vous, peut-être pas, répondit-elle. Mais d'autres y sont très attachés. Je vous remercie d'avoir pris le temps de parler avec moi, ce soir. Remerciez aussi Rafe et Bella de ma part.

— Quelle formalité ! Quel sérieux !

Elle savait qu'il la taquinait, mais soudain, elle avait désespérément besoin de rétablir une certaine distance entre eux… comme si Alex était présent et qu'il voyait à quel point Gabriel et elle se sentaient en harmonie.

— Bonne nuit, Gabriel.

Elle commençait à monter les marches du perron lorsque Gabriel lança derrière elle :

— Ne vous inquiétez pas, Maria. Tout va s'arranger. Les choses s'arrangent toujours.

— J'espère que vous dites vrai.

Alex faisait les cent pas comme un ours en cage dans l'espace confiné de sa chambre d'hôtel. Pratiquement huit heures s'étaient écoulées depuis qu'il avait vu Maria pour la dernière fois. S'il la laissait faire, ils ne se reverraient pas jusqu'au lundi matin, et alors, ce serait en présence de toute la délégation d'Alma.

Il avait géré la situation avec une maladresse affligeante depuis le début, probablement parce que, pour une fois, il ne savait plus ce qu'il convenait de faire. Son incertitude ne concernait pas la proposition qu'il soumettait aux Montoro. De ce côté-là, tout était parfaitement en ordre. C'était sa vie personnelle qui semblait hors de contrôle. Il n'avait jamais songé jusqu'à récemment qu'il aurait une vie personnelle un jour, et que celle-ci inclurait une relation de nature permanente avec une femme.

Mais, avec la présence presque constante de Maria à ses côtés, il lui devenait de plus en plus difficile de se considérer d'abord comme un patriote, et seulement en second lieu comme un homme.

Il jeta un coup d'œil à sa montre. Il était tard, mais pas trop. Il lui serait impossible de dormir s'il ne la revoyait pas d'abord. Cette constatation était dérangeante en elle-même. Ils se connaissaient depuis des années. Ils avaient travaillé ensemble dans toutes sortes de situations. Depuis quand la nature de leur relation avait-elle commencé à changer ? Quand avait-il remarqué pour la première fois que son sourire le laissait ébloui ? Quand avait-il commencé à éprouver ce besoin presque douloureux de la toucher ? De la faire rire ?

Ramassant sa clé et son téléphone, il traversa la chambre à

grands pas. Lorsqu'il ouvrit la porte pour sortir, il se retrouva en face de Maria qui s'apprêtait à frapper.

— Alex ! balbutia-t-elle, laissant retomber son bras.

— Maria, murmura-t-il, le souffle coupé par l'idée que c'était elle qui était venue à lui.

Pour un observateur extérieur, ce tableau aurait été comique. Maria se reprit la première et recula d'un pas.

— Tu sortais, constata-t-elle. Je te parlerai plus tard.

— Non, répliqua-t-il, la saisissant par le bras pour l'entraîner à l'intérieur. Nous allons parler tout de suite.

— Mais…

— J'allais chez toi, coupa-t-il, posant ses doigts sur ses lèvres pour l'interrompre.

— Si tu as l'intention de me rabrouer une nouvelle fois, je préfère m'en aller.

— Je ne t'ai jamais rabrouée, protesta-t-il.

— Comment appellerais-tu cela ?

— Une différence d'opinion, peut-être ?

— D'accord, répondit-elle en réprimant un sourire.

— Pourquoi es-tu venue me voir ?

— Je souhaitais t'informer du déroulement du dîner.

— Très bien, répondit-il, faisant de son mieux pour dissimuler sa déception. Je t'écoute.

— Puis-je m'asseoir ?

— Oui, bien sûr.

Ils passèrent dans le salon, meublé de sofas et de fauteuils. C'était une très grande suite. Il n'avait pas demandé un tel luxe, mais il supposait que sa position de chef négociateur de la délégation lui avait valu ce somptueux logement.

Maria portait une tenue décontractée, une jupe d'un tissu bigarré qui s'arrêtait à ses genoux et un petit haut de soie sans manches couleur ivoire. Ses sandales légères exhibaient des orteils laqués de rose.

Elle prit place sur la causeuse mais, à cet instant précis, il se sentait beaucoup trop nerveux pour l'y rejoindre.

— Raconte-moi, l'encouragea-t-il. Comment cela s'est-il passé ?

— Difficile à dire, répondit-elle d'un air pensif. Ils m'ont posé une foule de questions. D'excellentes questions. Comme toujours, Rafe s'est montré le plus réservé.

— Semblent-ils tous ouverts à notre proposition ?

— Ils n'ont encore pris aucune décision. N'oublie pas qu'ils n'ont pas encore lu le document officiel.

— C'est vrai. Si la première mouture de notre proposition est approuvée la semaine prochaine, nous avions l'intention de la leur montrer à ce moment-là.

— Cela signifie-t-il que chacun d'eux aura une chance de l'approuver ou de la désapprouver ?

— Je ne pense pas que la délégation aimera beaucoup cette idée. À moins, bien sûr, que nous n'ayons d'abord de solides assurances de réussite.

— En d'autres termes, ce sera deux groupes d'entêtés face à face, et une situation bloquée ?

— Personne n'a envie de perdre la face, ou de négocier en position de faiblesse, observa-t-il.

— Je suis persuadée que ce sera la touche personnelle qui fera la différence. S'ils ont confiance en toi et en la délégation, ils seront beaucoup plus enclins à accepter notre proposition.

— En tout cas, ils ont confiance en toi. C'est un bon début.

— Voilà que tu recommences avec tes insinuations, observa-t-elle, redressant les épaules.

— Pas du tout, se défendit-il. C'était un compliment.

— Cela n'en avait pourtant pas l'air, répondit-elle, visiblement sceptique.

Se jugeant désormais mieux préparé à contrôler ses émotions, il alla s'asseoir à côté d'elle.

— Je me réjouis sincèrement qu'ils se sentent suffisamment à l'aise avec toi pour te parler avec franchise. Tu es un élément précieux pour notre délégation.

Elle leva son regard vers lui, une expression de vulnérabilité au fond de ses beaux yeux. Il lui arrivait parfois d'oublier totalement ses débuts modestes, et la maturité dont elle faisait preuve malgré son jeune âge.

— Je suis sérieux, Maria. J'ai beaucoup d'admiration pour toi. Tu es une femme brillante. Tu réfléchis vite, et tu comprends l'âme humaine beaucoup mieux que moi. Merci d'avoir passé cette soirée avec Rafe, Bella et Gabriel.

— Inutile de me remercier, répondit-elle d'une voix faible.

À présent, elle évitait son regard, et il crut nécessaire de lui relever le menton.

— Je n'aime pas que nous nous disputions, murmura-t-il.

Maria ne répondit pas, mais sa petite main vint se poser sur la sienne. Il avait pensé que c'était pour le repousser mais, au lieu de cela, elle entremêla ses doigts aux siens.

— Moi aussi, je déteste cela, dit-elle d'une voix douce.

Dix secondes s'écoulèrent ainsi. Ou était-ce dix minutes ? Leur désir mutuel faisait crépiter l'air entre eux. Son cœur battait à tout rompre. Maria avait rougi, et ses yeux brillaient d'un sentiment auquel il n'osait pas donner un nom. Par la suite, il lui fut toujours impossible de se souvenir lequel d'eux deux avait pris l'initiative.

Leurs lèvres se rencontrèrent lentement, presque timidement. Il glissa les doigts dans ses cheveux pour lui saisir la nuque, et il l'attira à lui. Il était un diplomate chevronné, avec une belle réputation d'orateur, mais en cet instant, il se sentait aussi maladroit qu'un adolescent à son tout premier rendez-vous.

— J'ai envie de toi, murmura-t-il.

Maria se blottit contre lui, confiante. Elle effleura du bout des doigts sa joue couverte de barbe naissante, et lorsqu'elle plongea son regard au fond du sien, il eut l'impression de se perdre dans ses profondeurs.

— Je te désire aussi, Alex, et je n'en ai aucun regret. Si cette parenthèse que nous vivons à Miami est tout ce qui nous est permis, qu'il en soit ainsi.

Chapitre 9

Ces mots lui firent froncer les sourcils. Ce qu'elle lui offrait aurait été un scénario idéal pour la plupart des hommes. Une liaison temporaire, sans aucune responsabilité. Et, cependant, sa déclaration le troublait profondément.

Parce qu'il ne désirait pas y répondre, il laissa ses gestes exprimer ce qu'il ne pouvait pas encore lui dire. Son petit haut de soie passa aisément par-dessus sa tête, et il prit une profonde inspiration en découvrant ses seins à peine dissimulés par leur enveloppe de satin ivoire. Lorsqu'il laissa le vêtement tomber à leurs pieds, il s'aperçut que ses mains tremblaient.

Maria s'était figée dans une immobilité totale, son regard brillant fixé sur lui, attentive et nerveuse comme une biche sentant le danger dans la forêt. Mais elle ne résista pas lorsqu'il la remit debout.

— J'ai envie de te voir nue, murmura-t-il en tirant la fermeture à glissière de sa jupe avant de la laisser glisser à ses pieds.

Sa culotte minuscule était assortie au soutien-gorge. Simple, sans fioritures, mais diablement sexy.

Maria était restée silencieuse depuis qu'il avait commencé à la dévêtir. Était-ce par timidité qu'elle ne disait rien ?

— Je n'ai aucune idée de ce que tu penses, murmura-t-il.

Le soutien-gorge atterrit à son tour sur le sol, et il la soutint pendant qu'elle se débarrassait de ses sandales. Suivant du bout d'un doigt l'élastique du seul vêtement qu'il lui restait, il poussa un soupir.

— Dis quelque chose, je t'en prie.

— Je n'ai pas fait ce genre de choses très souvent, s'excusa-t-elle d'une voix mal assurée.

— Je ne te demande pas de comptes.

En vérité, il préférait ne pas savoir. La seule pensée de sa Maria dans les bras d'autres hommes le rendait un peu fou.

— Ce n'était pas ce que j'ai voulu dire. J'ai très envie de te donner du plaisir. Mais mon expérience n'est pas…

— Ton expérience n'a aucune importance, coupa-t-il, posant à nouveau sa main sur sa bouche. C'est la première fois pour nous deux. Tout ce que nous dirons, tout ce que nous ferons dans cette pièce sera une nouveauté.

Il posa les lèvres sur sa peau si douce, juste en dessous de son oreille, avant de murmurer :

— Une nouveauté totale, Maria.

Il lui fallut rassembler tout son courage pour permettre à Maria de le déshabiller. Mais elle mettait tant de douceur dans ses gestes qu'il la laissa prendre cette initiative. Néanmoins, lorsque ses doigts légers se saisirent de la boucle de sa ceinture, il cessa tout à fait de respirer.

Quand une femme avait-elle réussi à faire ainsi flamber son corps avec des gestes aussi innocents ? Torturé par un désir inassouvi, il banda tous ses muscles lorsqu'elle fit glisser sa chemise sur ses épaules, puis le débarrassa de ses chaussures, de ses chaussettes, et de son pantalon.

Son caleçon bleu marine ne dissimulait que très imparfaitement l'intensité de son désir pour elle. Et, pendant tout ce temps, elle resta encore silencieuse.

— Je crois que nous devrions nous mettre au lit, lâcha-t-il d'un ton qui se voulait rassurant.

Maria acquiesça. La soulevant dans ses bras, il la porta jusqu'au grand lit. Lorsqu'il l'y déposa, elle déclara en riant :

— Il t'en aura fallu, du temps, pour me remarquer. Je commençais à me sentir presque insultée.

— Je t'ai désirée dès premier jour où tu es venue travailler pour notre société, à Londres. Mais tu étais trop jeune. Et moi, j'avais beaucoup trop de travail.

— Et plus tard ?

— J'ai vu la frêle jeune fille se transformer en une femme fascinante, répondit-il en s'allongeant près d'elle. Mais à ce stade, nous étions tous deux trop occupés à préparer l'avenir d'Alma.

— Est-ce pour cette raison que tu m'as proposé de faire partie de la délégation ?

Sa question le prit au dépourvu. Du bout d'un doigt, il traça une ligne entre ses seins et descendit lentement jusqu'à son ventre. Avait-il envisagé que ce moment se produirait ?

— Cela ne fait rien, murmura-t-elle, constatant qu'il ne répondait pas. Parce que, même si tu n'y avais jamais songé, moi, j'y ai pensé souvent. J'avais un énorme béguin pour toi. Et lorsque nous sommes arrivés en Floride, cela a encore empiré.

Devait-il s'en inquiéter ou s'en réjouir ? Faute de réponse, il effleura délicatement les pointes de ses seins, et, lorsqu'elle cambra les reins pour venir à la rencontre de ses caresses, il sentit sa propre respiration s'accélérer.

Cet instant… cette précieuse première fois… il savait qu'il devait en faire un moment spécial pour elle. Mais un volcan de désir incandescent s'était réveillé en lui, submergeant toute autre considération. Honneur… tendresse… douceur.

Maria tremblait contre lui comme un chaton effrayé, et il voulut la rassurer :

— Détends-toi, murmura-t-il. Je ne ferai rien qui te déplaise.

Mais lorsqu'il enfouit son visage entre ses cuisses pour s'enivrer de son essence féminine, aucune force au monde n'aurait pu l'arrêter avant qu'il ne l'ait fait basculer dans un abîme de plaisir.

Il sentait encore les dernières pulsations de son orgasme frémissant lorsqu'il la pénétra, incapable de retarder plus longtemps cet instant. Son étroitesse, sa moiteur brûlante, achevèrent de lui faire perdre ce qui lui restait de raison. Puis, alors qu'il voguait avec délices sur la crête de cette vague d'euphorie, une autre idée lui traversa l'esprit.

Une idée terrifiante.

Il était peut-être amoureux d'elle.

Maria flottait encore dans l'éther chatoyant de ce qui avait été le plus fantastique orgasme de sa vie. Elle avait toujours cru que de tels événements ne se produisaient que dans les romans. Était-il donc vrai que la terre basculait sur son axe lorsque l'homme de votre vie vous serrait dans ses bras ?

Alex l'emplissait totalement, d'une façon qu'elle n'aurait jamais crue possible. Malgré son expérience limitée dans ce domaine, elle pressentait que ce qu'ils vivaient ensemble allait bien au-delà d'une simple aventure. Peut-être pas pour lui, mais certainement pour elle.

Et parce qu'elle avait espéré cet instant avec toute son âme, c'était elle qui avait le plus à perdre. Alex Ramon n'était pas disponible pour l'amour éternel. Il était brillant, merveilleux et passionné, mais il n'était pas à elle.

Cette effrayante réalité ne pouvait toutefois pas s'imposer dans sa conscience très longtemps tandis qu'il poursuivait la douce invasion de son corps, ne cessant ses coups de boutoir que pour se laisser rouler sur le dos et l'encourager à prendre l'initiative, à califourchon sur lui.

— Prends tout ce que tu voudras Maria, dit-il d'une voix essoufflée. Je suis tout à toi.

Son air satisfait aurait pu lui valoir une réponse cinglante… sauf qu'elle vacillait déjà au bord d'un nouvel orgasme de proportions monumentales. Sous ce nouvel angle, il semblait plus grand en elle. Plus dur.

Elle le contempla un instant, admirant la puissance de ses larges épaules, la symétrie parfaite de ses pectoraux, avant de murmurer :

— Tu es un très bel homme. Je n'avais jamais imaginé

que tu dissimulais tant de perfection sous tes beaux costumes d'homme d'affaires.

— J'en ai autant à ton service, répondit-il d'une voix haletante. Et je ne suis pas sûr de vouloir te permettre de te rhabiller, ni aujourd'hui ni jamais.

Avec un dernier coup de reins, il les fit basculer ensemble dans un abîme de délices. Une immense vague de plaisir déferla sur elle, gigantesque, violente et totalement satisfaisante. Puis elle s'affaissa contre son large torse et compta les battements de son cœur.

Alex ne sentait plus ses jambes. La paralysie, d'ordinaire, est un état effrayant. Mais en cet instant, il ne parvenait pas à s'en inquiéter.

Maria dormait à poings fermés, son corps alangui allongé sur lui comme la plus merveilleuse des couvertures.

Il avait ses longs cheveux dans la bouche et dans les narines, et l'un de ses genoux menaçait la partie la plus virile de son anatomie.

Mais il pouvait seulement sourire et remercier son ange gardien pour ce cadeau.

Les anges gardiens étaient-ils seulement au courant des choses du sexe ? Sans doute, parce qu'il était persuadé qu'il venait d'entrevoir le paradis.

Il n'était pourtant pas homme à se laisser guider par ses émotions. C'est pourquoi les changements qui se produisaient en lui à cet instant étaient d'autant plus alarmants et stupéfiants.

Maria. C'était Maria qui les avait produits. Dans un recoin de sa conscience, les problèmes de la vie ordinaire étaient encore présents, n'attendant que l'occasion de détruire cette parenthèse de pur bonheur. Mais il refusait d'y penser. Une nuit. Une nuit d'oubli, de merveilleuse folie. C'était tout ce qu'il demandait. Au lever du soleil, il reprendrait les rênes du devoir civique.

Mais cette nuit leur appartenait. À Maria et à lui.

Il la réveilla avec un baiser. Un baiser qui se poursuivit par un doux mordillement du lobe de son oreille, avant que ses lèvres ne descendent jusqu'au creux de son épaule.

— Que fais-tu ? murmura-t-elle, refusant d'ouvrir les yeux.

— Si tu te sens obligée de me le demander, c'est sûrement que je le fais mal.

— Alex…

— Tu es incroyablement belle, et si douce… Je te désire encore plus fort qu'il y a une demi-heure.

— Comment est-ce possible ?

— Regarde-moi et dis-moi que tu me désires tout autant, répliqua-t-il en souriant.

Ses longs cils aux pointes d'or se relevèrent lentement. Dans cette lumière, ses iris étaient plus bleus que verts. Elle avait les pupilles dilatées. Physiquement repue, somnolente, elle était irrésistible.

— Je devrais retourner dans ma chambre, Alex.

— Pourquoi ? s'étonna-t-il.

— Nous devons nous montrer prudents. Tu es un homme très important, et les ragots pourraient nuire à ta carrière.

— Au diable ma carrière.

Comment pouvait-elle y penser en un instant pareil ? Ils étaient nus dans les bras l'un de l'autre, et cette présence d'esprit, ce souci des convenances l'irritaient.

— Sois raisonnable, Alex, le supplia-t-elle, recueillant son visage entre ses mains fines. S'il te plaît.

— Je suis toujours raisonnable, rétorqua-t-il, les dents serrées. Et j'en ai plus qu'assez de l'être. Si j'ai mon mot à dire, tu ne quitteras pas cette chambre jusqu'à lundi matin.

— As-tu pensé à notre travail de correction ?

— Nous avons chacun notre ordinateur, rappela-t-il, ému malgré lui par la merveilleuse conscience professionnelle qui la poussait à essayer de le sauver de lui-même. Personne ne s'attend à avoir des nouvelles de nous avant demain, ou même dimanche. Le moment est on ne peut mieux choisi. Je te ferai l'amour jusqu'à ce que toi et moi soyons à bout de souffle et, après cela, nous nous ferons monter le déjeuner par le service d'étage. Ensuite, nous travaillerons un peu sur notre document, puis nous retournerons nous coucher.

— Tu es sérieux ? demanda-t-elle d'un air incrédule.

Il savait très bien que son comportement était tout à fait anormal. Son père aurait été horrifié. Mais son père était très, très loin d'ici, et lui était au commencement d'un éveil sexuel de proportions inouïes.

Et si ce qu'il vivait avec Maria était davantage qu'un simple élan physique ? Si c'était ce qui lui avait douloureusement manqué durant toute sa vie d'adulte ?

Elle poussa un soupir, qui signifiait peut-être qu'elle capitulait, avant de remarquer :

— J'aurai quand même besoin de retourner dans ma chambre pour prendre quelques affaires. Et si quelqu'un me voyait ?

— Nos chambres sont au même étage, rappela-t-il. Tu feras très vite l'aller-retour. Cesse de t'inquiéter.

— D'accord, se rendit-elle enfin.

Lorsqu'elle quitta le lit et commença à rassembler ses vêtements, il fut frappé par l'idée qu'elle pourrait ne pas revenir. Il se leva à son tour et lui saisit doucement le menton.

— Tu ne changeras pas d'avis, n'est-ce pas ?

Il avait tenté de faire preuve d'autorité mais, à son grand chagrin, sa question ressemblait plutôt à une supplication. Ils étaient nus tous les deux, debout face à face. Il lui suffirait de la soulever un peu pour la pénétrer à nouveau. Cette image lui coupa le souffle.

— Je vais revenir, le rassura-t-elle.

En guise d'assurance, il confisqua sa culotte et son soutien-gorge, qu'il glissa dans un tiroir.

— Je veux que tu penses à moi lorsque tu marcheras dans ce couloir à moitié nue, remarqua-t-il d'un ton suave.

— Je ne peux pas faire cela ! s'exclama-t-elle, épouvantée. Et si quelqu'un s'en rendait compte ?

— Je suppose que tu ferais mieux de te dépêcher.

Maria détala à toutes jambes dans le couloir, les bras serrés autour de sa taille, consciente que sa poitrine devait être parfaitement visible sous le tissu léger de son petit haut. Malgré la climatisation glaciale de l'hôtel, ses joues étaient brûlantes, mais cette chaleur n'était rien comparée à celle que provoquait en elle le souvenir de leurs étreintes passionnées.

Si elle ne lui avait pas promis de revenir, il était fort probable qu'elle aurait évité Alex jusqu'au lundi matin. Lisait-il aussi clairement en elle ?

Enfin à l'abri dans le refuge de sa propre chambre, elle resta un instant adossée à la porte, respirant par saccades. Elle n'était pas femme à se lancer dans des liaisons secrètes juste sous le nez des gens qui attendaient qu'elle se consacre à la cause d'Alma d'une façon éthique et professionnelle.

Avait-elle seulement imaginé que c'était ce qu'on exigeait d'elle ? Ses collègues de travail étaient peut-être simplement des êtres humains, faillibles, imprévisibles, bons et mauvais à la fois.

Le fait de désirer Alex ne nuisait en aucune manière à son travail dans la délégation. Leur groupe avait été envoyé à Miami avec pour instructions de passer les week-ends à se reposer. Les gens sains et productifs savaient se détendre. Alors pourquoi se sentait-elle coupable de se conduire d'une manière spontanée avec Alex Ramon ?

Renonçant à répondre à sa propre question, elle choisit un sac de plage en rotin qui n'avait pas trop l'air d'une valise, et elle y fourra quelques objets essentiels : des articles de toilette, des sous-vêtements propres, son portefeuille, un confortable pantalon de yoga, un ample haut de coton, et le roman qu'elle avait commencé à lire.

À la réflexion, elle renonça à emporter son livre. Il y avait de fortes chances pour qu'Alex ne lui laisse pas une minute à consacrer à la lecture.

Lorsqu'elle eut rassemblé tout ce dont elle pourrait avoir besoin pour le week-end, elle jeta un coup d'œil à son lit qu'elle n'avait pas défait. Elle n'était pas très habituée à ce genre de subterfuges, mais reposant son sac près de la porte, elle entreprit de donner à la pièce un aspect habité.

Elle repoussa les couvertures du lit et froissa les draps, puis elle entra dans la salle de bains, passa rapidement une serviette sous le robinet et la laissa tomber sur le carrelage avec un gant de toilette, tous deux ostensiblement humides. Elle termina sa mise en scène en sortant la savonnette parfumée de son enveloppe et en la passant à son tour sous le robinet avant de la replacer dans la cabine de douche.

Consciente du ridicule de la situation, elle examina ses quartiers d'un œil critique. La délégation était déjà fort connue dans l'hôtel. Les femmes de chambre remarquaient ce genre de détails. Et elle tenait beaucoup à persuader tous ceux qui pourraient être intéressés qu'elle avait dormi dans sa propre chambre, cette nuit… et pas dans la chambre 1724.

Réprimant une grimace à l'idée qu'elle devrait répéter cette comédie le lendemain après-midi, elle décida qu'elle avait déjà trop fait attendre Alex.

Elle entrouvrit la porte du couloir et jeta un coup d'œil prudent à droite et à gauche. La voie était libre. Elle sortit d'un pas dégagé, la tête bien haute, mais son cœur battait si fort qu'elle en avait le vertige.

Alex ouvrit dès qu'elle frappa à sa porte, et elle tomba pratiquement dans ses bras.

— Personne ne m'a vue, chuchota-t-elle.

Alex s'était rhabillé avec les vêtements qu'il portait plus tôt, mais il était pieds nus.

— Tu trembles, Maria, observa-t-il en la saisissant aux épaules.

— C'est l'adrénaline, lâcha-t-elle dans un soupir en se laissant tomber sur le sofa. Je crois que j'ai besoin d'un verre.

Il lui versa du vin blanc et s'accroupit devant elle, une lueur d'amusement dansant au fond de ses yeux sombres.

— Si j'avais su que cela te coûtait tant, je serais allé dans ta chambre moi-même.

— Pour fureter dans mon intimité ? répliqua-t-elle d'un ton sarcastique. Jamais de la vie. Nous ne sommes pas encore intimes à ce point.

— Je t'ai vue nue, rappela-t-il.

Elle le dévisagea un instant d'un air pensif. Il était si près qu'il lui aurait suffi de se pencher un peu pour poser ses lèvres sur les siennes.

— Penses-tu vraiment que nous pourrons nous concentrer sur notre travail entre deux… enfin, tu comprends ?

— Je n'en sais rien, reconnut-il, son souffle tiède lui caressant la joue. Mais nous le saurons bien assez tôt. Et, au demeurant, nous sommes supposés nous détendre durant les week-ends.

— Peut-être, mais nous savons, toi et moi, que notre proposition doit être prête pour le jour du briefing.

— Elle le sera, je te le promets. C'est sous pression que je travaille le mieux.

— Et si nous étions incapables de nous arrêter de faire l'amour ? Et si nous nous dévorons de baisers vingt-quatre heures sur vingt-quatre jusqu'à ce que nous ne faisions plus aucune différence entre le jour et la nuit ?

Chapitre 10

Alex la dévisagea, le souffle coupé. Si elle lui disait de telles choses, comment pourrait-il garder la tête froide ? Un flot d'images très nettes de leurs ébats sexuels resurgit dans son esprit. Il toussota, se leva et recula de quelques pas, instaurant une distance entre eux.

— Je suppose que c'est un risque que nous allons devoir courir, répondit-il.

Le sofa était immense. Maria avait ramené ses jambes sous elle et s'était blottie dans les profondeurs des coussins comme si elle tentait de devenir invisible.

— Tu ne me prends pas au sérieux, remarqua-t-elle d'un ton boudeur.

— Je n'ai jamais été aussi sérieux de toute ma vie, assura-t-il en riant un peu nerveusement. Mais je me sentirais beaucoup mieux si tu ne considérais pas les deux jours et les deux nuits que tu vas passer en ma compagnie comme l'équivalent d'une séance chez le dentiste. Le sexe est une activité très amusante, Maria.

— Pas avec toi.

Elle avait fait cette déclaration d'un ton convaincu, sans aucune hésitation. Sans le moindre sourire aux lèvres.

— J'ai presque peur de te demander de m'expliquer cette réponse, répliqua-t-il, un peu froissé.

— Ce qui s'est passé entre nous tout à l'heure n'avait rien d'amusant, murmura-t-elle. C'était un tremblement de terre, un incroyable cataclysme. Quelque chose d'absolument merveilleux. Mais pas d'amusant. Les manèges des foires et les dessins animés sont amusants, ou bien marcher pieds nus sous la pluie.

La sincérité de son discours aurait été un nectar pour son ego si Maria n'avait pas eu l'air aussi bouleversée en le prononçant. Il retourna vers elle, la souleva dans ses bras et prit place sur le sofa en l'asseyant sur ses genoux.

— Tu réfléchis trop, Maria, murmura-t-il en mordillant le lobe de son oreille de nacre. Cette première fois n'était peut-être pas amusante à proprement parler. Mais cela viendra, tu verras. L'amour bien fait se pare, au gré des occasions, de tous les adjectifs possibles et imaginables, pourvu qu'ils soient positifs.

— Faire l'amour t'a-t-il déjà laissé insatisfait ? s'enquit-elle dans un souffle, reposant sa joue sur son cœur.

— Suffisamment souvent pour que je puisse reconnaître la différence, répondit-il en caressant sa douce chevelure. Fais-moi confiance, mon cœur. Fais-nous confiance.

— À t'écouter, cela paraît tellement facile…

— Et toi, tu compliques trop les choses. Nous sommes ici, dans cette chambre. Un homme et une femme. Attirés l'un vers l'autre. Célibataires. Avec du temps devant nous. Qu'est-ce qui peut te faire penser qu'une chose terrible est sur le point de se produire ?

— La superstition ?

Il partit d'un rire un peu mélancolique. Il était difficile de nier que les traditions d'Alma étaient imprégnées de superstitions. Contes, légendes, fables en tout genre racontaient les destinées de ceux qui avaient osé défier les dieux. La culture d'Alma s'était bâtie sur des siècles de tradition orale.

— Tu es une femme moderne, Maria. Nous sommes ici en tant que représentants de l'élite d'un pays bien décidé à apposer sa marque sur le vingt et unième siècle. Détends-toi. Tu n'as pas à avoir peur.

— Je pense que je dois cette vague crainte aux avertissements constants de ma mère, qui me prédisait les pires malheurs si je ne me comportais pas convenablement. Cela a fait de moi une personne très sage.

— Si le ciel menace de te tomber sur la tête, je te protégerai.

— Tu n'es pas drôle.

— Même pas un tout petit peu ? répliqua-t-il en lui chatouillant les côtes.

Elle se détendit. Ils venaient de traverser un invisible mur de gêne, et ils étaient désormais de l'autre côté, ensemble. En sécurité.

— Ne disais-tu pas que cet hôtel avait un excellent service d'étage ? demanda-t-elle en posant sa main sur sa cuisse.

Alex observait Maria en train de croquer une fraise, et il ne put s'empêcher de se pencher pour lécher quelques gouttes de jus au coin de ses lèvres.

— Ces fraises étaient une idée excellente, murmura-t-il. Je crois que je vais en commander d'autres.

Ils étaient nus tous les deux. Il était 3 heures du matin, et ils avaient décidé de reprendre des forces avec un petit en-cas de fraises et de champagne.

La chevelure de Maria retombait un peu en désordre sur ses épaules, et les cernes sombres sous ses yeux attestaient du fait que, jusque-là, il ne l'avait jamais laissée dormir plus d'une demi-heure d'affilée.

Comment en eût-il été capable ? Chaque fois qu'elle se reposait entre ses bras, son adorable derrière tout contre sa virilité, son désir d'elle flambait de plus belle.

D'autres gouttes de jus de fraise roulèrent sur son menton, et il la fixa d'un regard accusateur.

— Tu le fais exprès, n'est-ce pas ?

— Serais-tu en train de te plaindre ? s'enquit-elle en croquant une autre fraise d'un air innocent.

— Fichtre non !

Cette fois-ci, lorsqu'il posa ses lèvres sur sa peau satinée, à l'endroit où le jus avait coulé, il frissonna de tout son corps.

— Nous avons besoin de dormir un peu, ajouta-t-il, la saisissant par les hanches pour l'allonger sur le drap, mais sans avoir la moindre intention de fermer l'œil.

— Dormir ? murmura-t-elle d'une voix rêveuse. Ce sera pour plus tard.

C'était tout l'encouragement dont il avait besoin. Il la tourna sur le côté et se plaça derrière elle, puis, lui soulevant une jambe, il entra en elle, joignant leurs corps comme s'ils n'avaient toujours fait qu'un. Il éprouvait un sentiment de perfection, comme s'il avait trouvé sa place dans l'univers.

Ils firent l'amour longtemps, d'abord lentement puis passionnément, et chacun de ses coups de hanches leur arrachait un gémissement. Il la serrait fort contre lui, et sa main avait trouvé le bouton secret qui commandait son plaisir. Agaçant délicatement ce bouton de chair, il ralentit son vigoureux va-et-vient pour mieux la sentir vibrer entre ses bras.

— Tu es parfaite dans ton travail, murmura-t-il. Mais te sentirais-tu insultée si je te disais que j'apprécie davantage cette version de toi ?

— Pas du tout, répondit-elle d'une voix mourante. Ne t'arrête surtout pas.

Un gigantesque orgasme montait en lui et, s'efforçant de le refouler, il murmura :

— Si je te laisse arriver jusqu'à l'orgasme, que feras-tu pour moi, mon cœur ?

— Tout ce que tu voudras, Alex. Tout ! N'importe quoi ! Je t'en supplie…

Elle tenta de se tourner face à lui, mais il la maintint fermement dans la même position. Il sentait déjà les premières contractions rythmiques de son sexe, lui indiquant qu'elle approchait de la délivrance.

— J'adore t'entendre me supplier, la taquina-t-il en lui mordillant le cou. Me permettras-tu de t'embrasser en public ?

Cette question avait jailli toute seule, sans qu'il soit conscient de la poser. Maria se raidit dans ses bras, et elle secoua la tête.

— Non, pas cela, répondit-elle. Aucune démonstration en public. Ce que je t'offre, c'est cette chambre, ce week-end, ces deux nuits ensemble. Tout ce que tu voudras, sans aucune limitation.

Même si ces paroles promettaient un abandon total, son refus de vivre une relation au grand jour l'irritait… mais pas au point de s'écarter d'elle.

— Très bien, marmonna-t-il. Mais je saurai te le faire payer très cher.

Il était incapable de retarder ce moment davantage. Réprimant un juron, il renonça au sévère contrôle auquel il s'était astreint, et il entra en elle de plus en plus profondément, accélérant ses puissants coups de reins avec une furie qui fit trembler le lit, jusqu'à ce qu'ils explosent ensemble dans un orgasme cataclysmique, d'une intensité telle qu'ils plongèrent tous deux presque aussitôt dans un profond sommeil.

Maria se réveilla totalement désorientée. Pendant une fraction de seconde, elle crut qu'elle se trouvait dans son petit appartement, à Alma. Puis tout lui revint par touches successives, y compris le fait qu'un vigoureux homme nu la serrait étroitement entre ses bras.

Durant un instant, elle demeura immobile, s'efforçant d'assimiler tout ce qui s'était passé. Des fragments de souvenirs, des images de la nuit passée firent monter le sang à ses joues, et elle se demanda lesquels étaient réels et lesquels elle avait seulement rêvés.

Mais lorsque Alex murmura dans son sommeil, le visage enfoui dans ses cheveux, il lui fut impossible de continuer à prétendre qu'il ne s'était rien passé. Alex et elle avaient fait l'amour à de nombreuses reprises. Et cette expérience l'avait changée à tout jamais. Elle lui avait donné une partie de son âme et n'avait ni le pouvoir ni le désir de la lui reprendre.

Elle sentit une vague de panique monter. Elle avait fait exactement ce qu'elle aurait dû éviter à tout prix. Elle avait laissé Alex devenir trop proche. Et ce n'était pas uniquement le sexe, même si cet aspect de leur relation était bien entendu de trop. Pire, elle avait baissé sa garde devant lui. Elle lui avait laissé voir qui elle était réellement.

La distance professionnelle qui avait existé entre eux s'était évanouie en une seule nuit. À l'évidence, Alex ne s'en inquiétait pas du tout. Dans son esprit, c'était apparemment un détail mineur.

Mais elle connaissait la vérité. Ils rentreraient bientôt à Alma et, là-bas, ce qui existait aujourd'hui entre eux ne pourrait pas continuer. Alma s'efforçait de concilier un futur ambitieux et dynamique avec les traditions de son passé, mais ces évolutions prendraient peut-être des années. Entre-temps, les anciennes barrières de classes et de fortunes resteraient pratiquement inchangées.

Maria n'était pas née à Alma, elle était de plus une femme sans passé. Pas de père, aucune famille proche, aucun arbre généalogique dont elle puisse s'enorgueillir. Seulement une mère qui s'était usée au travail pour elle, qui avait toujours fait de son mieux pour qu'il y ait chaque jour de la nourriture sur la table.

Après tout, tant pis. Même si le chagrin était au bout de la route, pourquoi ne pas profiter d'un week-end dans les bras de l'homme qu'elle ai…

Elle refoula précipitamment cette pensée. Le mot « aimer » n'était pas approprié dans ce contexte. Elle n'était pas amoureuse d'Alex. Elle le désirait. Mais qui pourrait l'en blâmer ? Il était brillant et sexy, et, sous cet extérieur sérieux, se dissimulait une force de la nature.

Il n'en demeurait pas moins que l'un d'eux devait faire preuve de raison. Délicatement, avec des précautions infinies, elle se dégagea de l'étreinte de ses bras pour quitter le lit. Alex ne fit pas le moindre mouvement. Au cours de ces douze dernières heures, il avait dépensé une quantité d'énergie impressionnante.

Elle se sentit à nouveau fiévreuse en se rappelant la passion de leurs étreintes. Il lui avait fait l'amour comme un homme possédé, comme s'il essayait de rattraper le temps perdu. Ou peut-être, tout au fond de lui-même, savait-il que le temps qu'il leur restait à vivre ensemble était limité.

Derrière la porte close de la salle de bains, elle prit une douche, se sécha les cheveux et les attacha en chignon sur sa nuque. Les vêtements confortables qu'elle avait rapportés seraient parfaits pour une journée de travail informelle.

En retournant dans la chambre, elle s'attendait à ce qu'Alex soit réveillé. Rouvrant tout doucement la porte de la salle de bains, elle constata qu'il était toujours endormi. La seule différence, c'était qu'il était à présent allongé sur le ventre, exposant ses larges épaules aux muscles saillants, son dos hâlé qui se rétrécissait en une taille étroite, des hanches tellement...

Heureusement, le drap n'avait pas glissé plus bas.

— Comptes-tu rester là à me dévorer des yeux, ou vas-tu revenir dans le lit avec moi ? murmura-t-il d'une voix ensommeillée en se redressant sur un coude.

— Il est 9 heures, l'informa-t-elle. Nous devrions nous faire monter le petit déjeuner et commencer à travailler sur notre proposition.

— Es-tu toujours aussi pleine d'énergie au réveil ? s'étonna-t-il, bâillant derrière sa main.

— Dis-moi ce qui te ferait plaisir pour ton petit déjeuner, et ce sera sur la table lorsque tu ressortiras de la douche.

Il se redressa et s'assit, posant ses pieds sur le tapis. Il commençait à s'étirer lorsqu'elle l'arrêta d'un geste.

— Au nom du ciel, couvre-toi au moins d'un drap ! protesta-t-elle d'une voix faible.

— Alors, on joue les vierges effarouchées, ce matin ?

— Pas du tout, se défendit-elle d'un air pincé. Mais nous

ne devons pas nous laisser distraire de notre but. Nous avons du travail à faire.

Il se leva, se dispensant de couvrir sa nudité, traversa la pièce en trois longues enjambées et, lui relevant gentiment le menton, plongea son regard au fond du sien.

— Tout va bien, mon cœur ? J'avoue que nous avons un peu perdu la tête, la nuit passée.

— Je me sens mieux que bien, répondit-elle, rougissant de plaisir. Mais il est tard, Alex. L'un de nous deux doit garder à l'esprit la raison de notre présence ici.

Il l'embrassa pour couper court à un discours sur l'éthique professionnelle, et, contre sa volonté, elle noua les bras autour de son cou. Ce lent baiser dura si longtemps que lorsqu'il la relâcha enfin, elle dut se cramponner à lui durant quelques secondes supplémentaires pour ne pas s'effondrer à ses pieds. Elle se sentait comme ivre, la tête tourbillonnante. Comme si son bon sens l'avait abandonnée et que cela lui était égal.

Mais elle pouvait au moins faire semblant. Elle le relâcha et prit une profonde inspiration.

— D'autres baisers viendront plus tard. Maintenant, va, Alex. Dépêche-toi.

— À vos ordres, madame, répondit-il en s'inclinant devant elle. Loin de moi l'idée de faire attendre une belle dame.

Lorsqu'il eut disparu dans la salle de bains, elle poussa un soupir de soulagement. Faire entendre raison à Alex, dans son état actuel, c'était comme essayer de raisonner un gros tigre déterminé à la croquer.

Restée seule, elle courut au salon. Elle déplaça le vase contenant un bouquet de fleurs fraîches posé sur le bureau de merisier, puis elle tira les rideaux, découvrant une vue superbe sur l'Atlantique. Ensuite, elle poussa l'élégant bureau devant la grande baie vitrée avant de poser leurs deux ordinateurs sur ce nouvel espace de travail et les brancher. Pour finir, elle alluma le sien et ouvrit le dossier de la proposition qu'ils s'apprêtaient à présenter aux Montoro.

Cela fait, elle appela le service d'étage pour commander des œufs brouillés, du bacon et du café pour deux.

Elle aurait dû s'asseoir et commencer à travailler afin de montrer à Alex que leur nouvelle relation ne changeait rien à leur routine de travail, mais c'était impossible, et elle se contenta de faire les cent pas dans la pièce. Cette journée allait être cruciale pour la suite de leur relation. Ce qui se passerait entre eux au cours de ces quelques prochaines heures déterminerait leur avenir, et elle se sentait tenue de contrôler ses émotions.

Alex était un homme. Il était le vice-ministre du Commerce, et il savait cloisonner les divers aspects de sa vie. Il ne laisserait pas leur aventure devenir un obstacle à sa position ou à ses responsabilités.

Pour elle, en revanche, la vie n'était pas aussi simple, aussi bien définie. Pouvait-elle avoir une relation avec lui tout en poursuivant normalement son travail avec les autres membres de leur délégation ?

Plongée dans ces réflexions, elle n'entendit pas Alex revenir. Lorsque sa grande main se posa sur son épaule, elle pivota en sursautant.

— Tu m'as fait peur, dit-elle, évitant son regard.

— Qui attendais-tu ?

Quelques coups discrets frappés à la porte lui évitèrent d'avoir à répondre.

— Je vais aller me cacher dans la chambre, chuchota-t-elle. Je ne veux pas qu'on me voie ici.

Alex secoua la tête, souriant d'un air mélancolique, mais il ne l'arrêta pas.

Lorsqu'il réapparut pour lui donner le feu vert, elle trouva la table impeccablement mise pour le petit déjeuner, avec serviettes de lin, couverts en argent massif, verres en cristal et vaisselle de porcelaine fine. Alex tira une chaise pour l'aider à s'asseoir, déposant au passage un doux baiser sur sa joue.

— Cela sent merveilleusement bon, observa-t-elle, déjà l'eau à la bouche.

— Et ce sera plus savoureux encore, tu verras, assura-t-il.

Par bonheur, Alex se contenta de manger en silence, et elle lui en fut reconnaissante. Tous deux étaient affamés. À un certain moment, il croisa son regard et esquissa un sourire, comme s'il savait exactement à quoi elle pensait. Elle se concentra sur sa tasse de thé, se demandant combien de temps allait encore s'écouler avant qu'ils ne finissent une nouvelle fois au lit. Elle croyait entendre la voix de sa conscience lui dire que ce n'était pas bien.

Mais au moins, elle semblait avoir convaincu Alex de sa détermination à faire avancer leur projet. Sitôt qu'il eut avalé son petit déjeuner, il prit sa tasse de café et la porta jusqu'au bureau, où elle avait tiré deux chaises côte à côte.

— Quelle approche te paraît la meilleure pour ce travail ? s'enquit-il en allumant son ordinateur.

Son attitude désinvolte la décontenança un peu. Elle s'était préparée à repousser ses avances amoureuses, à lui rappeler qu'ils étaient là pour travailler. Sa présence lui était-elle indifférente ?

Lorsqu'il éclata de rire, elle fronça les sourcils.

— Qu'y a-t-il de si drôle ?

— Toi, précisa-t-il avec un sourire tendre. Tu m'as déclaré que cette matinée serait entièrement consacrée au travail, mais maintenant que je te prends au mot, tu es très déçue.

— Non, tu te trompes, assura-t-elle sans conviction.

— Moi, en tout cas, je le suis. Nous allons nous débarrasser de ce travail le plus rapidement possible pour retourner au lit.

— Tu dois me trouver naïve, Alex, mais je n'ai pas l'habitude de combiner le travail et le plaisir. J'entre dans un territoire qui est tout nouveau pour moi.

— Pour moi aussi, observa-t-il en s'appuyant contre un coin du bureau. Je n'ai pas l'habitude de faire l'amour avec mes collaboratrices. En réalité, tu es la première.

— Pourquoi justement moi ?

— Je pourrais te poser la même question, répliqua-t-il

en l'observant, les paupières mi-closes. Et j'avoue que je n'ai aucune réponse à te donner.

— Dans ce cas, que nous réserve l'avenir, selon toi ?

— Est-on obligé de trouver une explication à tous les événements de la vie ? Je suggère que nous classions notre histoire au même chapitre que les gouttes de pluie sur une toile d'araignée, et que la couleur du ciel d'été à l'aube.

— Alex ! s'exclama-t-elle en riant. Je ne te savais pas poète.

— Tu ignores encore beaucoup de choses à mon sujet, répondit-il sans la moindre trace d'humour. Je suggère d'ailleurs que nous nous laissions une chance d'apprendre et peut-être d'aller de surprise en surprise.

Quelque chose dans le ton de sa voix suggérait qu'il n'était pas aussi sûr de ce qui s'était passé entre eux la nuit dernière qu'elle l'avait pensé.

Mais, non, elle était injuste avec lui.

Rassemblant tout son courage, elle alla jusqu'à lui et l'enlaça.

— Moi aussi je me débattais avec mes incertitudes, Alex. Mais c'est fini. Je suis satisfaite de prendre les choses comme elles viennent. Un jour à la fois. Je ne peux pas te garantir, lorsque nous travaillerons ensemble, de ne pas avoir envie de te traîner jusqu'au lit, mais je ferai de mon mieux pour rester professionnelle.

Il la serra dans ses bras à l'étouffer, puis il s'écarta d'elle et effleura sa joue d'une caresse.

— J'étais terrorisé, Maria, murmura-t-il. J'ai cru que je t'avais effrayée et que je t'avais perdue à tout jamais.

Chapitre 11

— Je ne prends pas peur aussi facilement, monsieur Ramon.

— Dieu merci.

Un adorable sourire coquin accompagnait cette déclaration, et Alex eut l'impression d'avoir échappé à un danger mortel. Au cours de son existence, d'autres femmes l'avaient quitté. Au moins une ou deux. Mais la crainte de les perdre ne lui avait jamais donné de brûlures d'estomac.

Ce matin, lorsqu'il s'était réveillé seul dans son lit, son cœur avait cessé de battre jusqu'à ce qu'il entende des bruits discrets provenant de la salle de bains. Durant ces quelques instants où il avait été persuadé qu'elle était allée se réfugier dans sa propre chambre, il s'était senti au bord de la nausée.

Il n'aurait voulu pour rien au monde qu'elle ait honte de ce qui s'était passé entre eux. Si elle n'était pas sûre à cent pour cent de la nouvelle direction qu'avait prise leur relation, il ne la poursuivrait pas de ses assiduités. Et ce n'était pas une question d'orgueil de sa part. Maria ne méritait pas d'avoir à repousser les avances importunes d'un collègue de travail.

Il glissa les doigts dans sa chevelure soyeuse, regrettant amèrement de ne pouvoir lui faire l'amour séance tenante. Mais ils avaient conclu un accord. Il devait se contrôler.

— Je suppose que nous devrions nous mettre au travail, conclut-il sans enthousiasme.

— C'est exact, répondit-elle. Et si nous avançons bien, nous aurons peut-être le temps de nous accorder une petite récréation.

Il repassa cette promesse dans son esprit durant les trois heures qui suivirent. Rester concentré n'allait pas de soi, mais il fit de son mieux. Heureusement, lorsqu'ils furent plongés dans les détails techniques de leur proposition, il réussit à se concentrer davantage sur les mots du texte que sur la merveilleuse fragrance de la chevelure de Maria.

Il fut touché de voir à quel point elle prenait sa mission à cœur, bien qu'elle ne soit pas née à Alma. Le ministère avait très bien fait de l'inclure dans la délégation.

Les notes que Jean Claude leur avait laissées leur furent très utiles pour la mise en forme juridique du document, car ni Maria ni lui n'avaient reçu de formation dans ce domaine. Et, à 13 heures, il décréta qu'il était temps de faire une pause. Il vint se placer derrière sa chaise, posant les mains sur ses épaules.

— Je commence à voir double, dit-il. Nous en avons fait suffisamment pour aujourd'hui. J'ai faim.

— Mais nous avons à peine…

— C'est pour votre propre bien, mademoiselle Ferro, l'interrompit-il en posant un doigt sur ses lèvres. La dépendance au travail est une maladie très dangereuse, et l'on se doit de la combattre dès ses premières manifestations.

— Je suppose que tu as raison, convint-elle en se levant pour s'étirer. Que veux-tu pour le déjeuner ?

— Toi, murmura-t-il en l'attirant tout contre lui, front contre front. Seulement toi.

Plus tard, ils commandèrent une pizza. Alex enfila un pantalon pour aller la réceptionner, mais il s'en débarrassa aussitôt qu'ils furent à nouveau seuls, pour déguster la pizza au lit avec Maria dans le plus simple appareil.

— Manger nus était une excellente idée, dit-elle en essuyant une coulée de tomate sur son menton. De cette façon, je ne risque pas de tacher mes vêtements.

— Cela fait partie de mon plan pour te garder au lit et faire de toi mon jouet sexuel, assura-t-il d'un ton solennel.

— « Jouet sexuel » ?

— Le mot te choque ?

— J'aurais préféré « déesse du plaisir érotique ».

— Je te fais mes plus humbles excuses, répondit-il, oubliant d'un seul coup sa pizza.

— Arrête cela, le gronda Maria.

— Arrêter quoi ?

— De me déshabiller du regard.

— Il me semble que tu es déjà tout à fait nue, ma douce. Ne l'avais-tu pas remarqué ?

— Un vrai gentleman ne dirait jamais de telles choses, le tança-t-elle en dissimulant sa poitrine derrière ses mains.

Il se saisit de sa cheville, et il la tira fermement vers lui, riant de ses protestations feintes.

— Dans ce cas, déclara-t-il, je suppose que je ne suis pas un vrai gentleman.

Maria avait l'impression qu'une autre femme avait pris possession de son corps. Une femme sexy, joyeuse, sans aucun souci. Une star des films des années 1940, élégante, mystérieuse, prenant tous les risques.

La tête d'Alex reposait sur son ventre nu. Adossée à la t ête du lit, caressant doucement sa joue, elle parcourut la chambre du regard et faillit éclater de rire à ce spectacle. Toutes les couvertures gisaient sur le sol. Alex et elle étaient paresseusement allongés sur le drap-housse. Elle aurait pu avoir froid si le corps de l'homme près d'elle n'avait pas diffusé cette chaleur de fournaise.

— Tu ne cesses de m'émerveiller, avoua-t-elle dans un souffle.

— T'émerveiller ? répéta-t-il en bâillant derrière sa main. Et de quelle façon ?

— C'est le syndrome de Kent-Superman. J'ai travaillé avec

toi durant des années, et je découvre seulement aujourd'hui tous tes superpouvoirs.

— Peut-être pas tous, corrigea-t-il avec un sourire de satisfaction masculine qui ralluma les braises d'un incendie aux endroits les plus secrets de son corps. J'ai peut-être encore d'autres surprises dans ma manche.

— Ce n'est pas très joli de se vanter, Alex. De plus, je te signale que tu n'as pas de manches.

— Simples détails que tout cela, femme, répliqua-t-il en effleurant l'intérieur de sa cuisse d'une caresse qui la fit frissonner. L'essentiel est ailleurs.

— Oh ! rassure-toi ! répondit-elle en effleurant son érection du bout d'un doigt. Je l'ai juste devant les yeux.

Elle ressentit un instant de bonheur total en l'entendant rire. Seul avec elle dans cette chambre, il lui avait laissé entrevoir le type de relation dont elle avait toujours rêvé. Mais cet homme près d'elle à cet instant n'était pas l'Alex de tous les jours.

Le véritable Alex était totalement dévoué à son pays et à ses responsabilités de vice-ministre. Les destinées de milliers de gens étaient entre ses mains. C'était une lourde charge qu'il assumait avec un grand talent.

Il se redressa et, l'attirant à lui, l'embrassa. Et soudain, elle fut douloureusement conscience que le temps jouait contre eux, qu'un sablier invisible se vidait à une vitesse alarmante.

— Fais-moi l'amour, Alex. J'ai besoin de toi.

Ni elle ni lui ne remarqua que la boîte à pizza venait de glisser sur le sol. D'ailleurs, ils ne s'en seraient pas souciés.

Les mains tièdes d'Alex exploraient son corps, caressantes, insistantes, jusqu'à ce qu'elle se sente devenir folle de désir. Alex aimait à les tourmenter ainsi tous deux, les conduisant au bord du désespoir, avant de la pénétrer enfin d'une poussée lente et vigoureuse qui forgeait entre eux un lien dont elle avait ignoré jusqu'à l'existence.

Son corps semblait déjà reconnaître celui d'Alex.

Il la plaqua sur le drap de tout son poids, et elle crispa les mains sur son dos musculeux, cherchant une ancre dans la tempête qui s'annonçait. Levant ses jambes pour les nouer autour de sa taille, elle cambra les reins et l'accueillit plus profondément en elle.

— Je n'en ai jamais assez, murmura-t-il d'une voix haletante. Ce n'est jamais assez…

Elle comprenait ce qu'il voulait dire. Elle non plus ne se lassait pas de le sentir en elle. Elle s'accrochait à lui comme si elle craignait d'être arrachée à son étreinte, enivrée par le contact de son corps, par sa fragrance masculine.

Ce grand corps musculeux était totalement différent du sien. Elle-même était grande et vigoureuse, mais dans ses bras, elle se sentait douce et vulnérable.

Ils atteignirent les cimes du plaisir presque au même instant et, à sa grande surprise, elle sentit que sa vue se brouillait de larmes. Elle n'avait pourtant aucune raison de pleurer. Absolument aucune. Elle conserverait le précieux souvenir de ce week-end durant toute sa vie.

Ils sommeillèrent à nouveau près d'une heure, puis ils se levèrent pour terminer leur travail de révision. Lorsqu'ils en furent satisfaits l'un et l'autre, Alex envoya le document à Jean Claude par mail afin qu'il l'examine. Si tout allait bien, ils rencontreraient la délégation lundi matin pour le parcourir avec ses membres, point par point.

Ensuite, ce serait aux Montoro de prendre une décision.

— Que dirais-tu d'une promenade sur la plage ? suggéra Alex en s'étirant. J'adore rester enfermé dans cette chambre avec toi, mais j'ai besoin d'un peu d'air frais.

— Excellente idée.

Elle aurait préféré qu'ils quittent la suite séparément, mais Alex ne voulut rien entendre.

— Ne sois pas bête, grogna-t-il. Si tu y tiens, je jetterai d'abord un coup d'œil dans le couloir, mais il n'est pas question de continuer à nous cacher comme si nous faisions quelque chose de mal.

Elle se sentit tout de même soulagée lorsqu'ils sortirent par l'escalier de service et gagnèrent la plage sans être vus. Sur le sable, Alex lui prit la main pour l'entraîner jusqu'à la limite des vagues. Ils n'étaient pas les seuls noctambules sur la plage, mais celle-ci était vaste et offrait plus qu'assez d'espace pour une agréable promenade en toute intimité.

La lune se levait à l'horizon, projetant une traînée d'argent à la surface de l'océan. Elle aurait voulu capturer une trace de cet instant magique, mais une simple photo ne lui aurait pas rendu justice. La fragrance du jasmin en fleur flottait dans l'air salé. Elle devrait faire confiance à sa mémoire pour immortaliser ces souvenirs.

Ils marchaient lentement, et elle se sentit enfin totalement détendue, comme si les vagues qui venaient lécher la plage l'avaient débarrassée de toutes ses angoisses.

— N'as-tu jamais eu envie d'acheter un bateau et de naviguer vers l'inconnu ? demanda-t-elle, espérant qu'il ne trouverait pas sa question trop naïve.

— Je crois que tous les garçons en rêvent un jour, répondit-il. Du moins, ceux qui ont vu l'océan. Que rêvais-tu de devenir, quand tu étais petite fille ?

— La réponse est facile. Je voulais être une princesse. Lorsque j'avais six ans, maman m'avait acheté une poupée Cendrillon. Après cela, je l'emmenais partout et j'ai décidé que lorsque je serai grande, je serai exactement comme elle. Les petites filles ont des rêves un peu naïfs.

— Pas plus naïfs que ceux des garçons qui rêvent de devenir pompiers ou astronautes.

— Mais ces rêves peuvent se réaliser. En revanche, une petite fille ne peut pas devenir princesse en grandissant. À moins, naturellement, qu'elle n'épouse un prince.

Alex décida de ne pas tirer trop de conclusions de cet innocent aveu. Un million de petites filles de par le monde portaient des habits de princesse le jour d'Halloween, et considéraient la tiare scintillante comme un accessoire vital. Cela ne voulait rien dire.

Pourtant, une petite partie du plaisir qu'il prenait à cette soirée venait de s'évaporer.

Ils marchèrent durant près d'une demi-heure, puis ils revinrent sur leurs pas. Ensuite, il héla un taxi malgré les protestations de Maria qui jugeait qu'ils n'étaient pas assez bien habillés pour se présenter en public.

Mais lorsqu'elle vit le snack ouvert toute la nuit où il les avait emmenés, elle cessa de protester. Ils se régalèrent de poulet frit accompagné de purée maison. Il essaya de la convaincre de goûter la tarte aux pommes, mais Maria secoua la tête.

— Je ne peux plus rien avaler, assura-t-elle. Mais que ça ne t'empêche d'en commander pour toi.

Lorsque le dessert fut servi, il piqua une généreuse bouchée de tarte sur sa fourchette et la lui tendit.

— Goûte-la au moins.

Elle lui offrit un sourire qui ralluma les braises de son désir surtout quand, se penchant vers lui, elle ouvrit la bouche pour qu'il puisse y placer un riche mélange de fruits, d'épices et de délicieuse croûte au beurre.

— Mon Dieu ! s'exclama-t-elle. C'est fabuleux !

— Encore ? proposa-t-il, fasciné par son expression de plaisir sensuel, se demandant déjà combien de temps il leur faudrait pour retourner à l'hôtel.

— Je ne peux pas, s'excusa-t-elle. Nous mangeons comme des rois depuis que nous sommes à Miami. Je n'ai pas envie de rentrer à la maison avec plusieurs kilos supplémentaires.

Il termina rapidement sa tarte et demanda l'addition. Sitôt qu'ils furent dehors, il l'adossa contre le mur latéral du restaurant pour l'embrasser passionnément.

— Tu es parfaite telle que tu es, marmonna-t-il d'une voix rauque. Et j'ai envie de toi… tout de suite.

Heureusement, son bon sens l'empêcha de mettre cette idée

à exécution, et il réussit à attendre d'être de retour dans sa suite avant de dépouiller Maria de tous ses vêtements.

— Nous sommes couverts de sable, remarqua-t-elle, visiblement amusée par sa hâte fiévreuse. Nous devrions prendre une douche avant de nous mettre au lit.

Incapable de prononcer un seul mot, il hocha la tête et l'entraîna vers la salle de bains, où il régla la température du jet avant de se déshabiller en un temps record.

— Regarde-moi, Maria, murmura-t-il, constatant que, malgré tous leurs ébats passés, elle n'était toujours pas débarrassée de sa timidité.

Il l'entraîna sous le jet d'eau tiède. L'eau ruisselait sur sa chevelure, coulait en cascade dans la vallée entre ses seins. Dans cette lumière, ses iris avaient la couleur des émeraudes les plus pâles.

— Je te regarde, Alex, crois-moi.

Ses mains fines entreprirent d'explorer son corps, s'attardant sur son sexe dressé, et il frissonna. Mais, lorsqu'elle essaya de le savonner, il dut intervenir. Aucun homme ne pouvait supporter une telle torture.

— Toi d'abord.

Il laissa glisser les mains sur ses courbes lisses, et il sentit qu'elles tremblaient à nouveau. Il se chargea alors de ses propres ablutions, puis il entraîna Maria hors de la cabine de douche et lui tendit une serviette de bain moelleuse.

Elle s'attendait peut-être à ce qu'ils fassent l'amour debout sous la douche, mais il tenait à ce qu'elle se sente à l'aise. Il devait lui montrer qu'elle pouvait lui faire confiance. Avancer à tout petits pas. Tôt ou tard, elle se sentirait parfaitement à sa place dans ses bras. Dans son lit.

Il y comptait bien.

Ils terminèrent de se sécher sans qu'il ait cédé à son envie de la dévorer de baisers. Pendant qu'ils se promenaient sur la plage, tout à l'heure, les femmes de chambre avaient remis la chambre parfaitement en ordre. Le lit avait été refait. Sa serviette nouée en paréo autour de son corps, Maria se retourna vers lui.

— C'est presque dommage de défaire un lit aussi bien fait.

— Et que proposes-tu ?

Elle indiqua le banc molletonné au pied du lit, et il en comprit instantanément toutes les possibilités.

— J'aime beaucoup ta façon de penser, déclara-t-il, se débarrassant de sa serviette avant de s'allonger sur le velours du banc, les pieds sur le tapis.

La hauteur de ce banc était parfaite, son désir triomphant parfaitement exposé à ses yeux.

— Je suis tout à toi, lâcha-t-il d'un ton suave. Viens.

Serrant toujours sa serviette contre sa poitrine, elle fit quelques pas vers lui, le regard fixé sur son sexe palpitant, mais l'expression de son visage ne révélait rien de ses sentiments.

— J'ai peut-être parlé un peu vite, balbutia-t-elle. Je crois que je préfère aller me cacher sous les couvertures.

— Tu es absolument exquise, répliqua-t-il. Ce serait un crime de cacher un corps aussi superbe. Laisse tomber ta serviette, mon cœur.

Le temps d'un instant, il crut qu'elle allait refuser. Puis, lentement, elle lâcha la serviette et leva les bras. Le tissu humide glissa à ses pieds.

Il cessa de respirer, et tout le sang de son corps alla se concentrer dans une certaine partie de son anatomie.

— J'ai froid, murmura-t-il. Viens me réchauffer.

Elle esquissa enfin l'ombre d'un sourire, puis elle s'assit à califourchon sur ses genoux avec une grâce délicieusement féminine. Elle se pencha en avant, appuyant les mains sur ses épaules, puis elle souleva ses hanches avant de se laisser redescendre lentement sur son érection. Sa chevelure soyeuse, encore un peu humide, tombait autour de lui comme un rideau qui l'isolait du reste de l'univers. La fragrance de son shampooing, désormais familière, lui donnait envie de la dévorer toute crue.

Il demeura quelques instants parfaitement immobile, lui laissant le temps de s'accoutumer à cette nouvelle position.

— Tout va bien ? murmura-t-il.

Elle ne répondit pas tout de suite. Son silence le mettait toujours mal à l'aise. Il ne savait jamais ce qu'elle pensait.

Puis ses hanches entamèrent un mouvement langoureux qui lui coupa littéralement le souffle.

— Je ne sais pas, murmura-t-elle. À toi de me le dire.

Chapitre 12

Rien dans ses expériences passées n'avait préparé Maria à ce qu'elle vivait à cet instant. Concrètement parlant, elle était en position dominante. Mais, en réalité, c'était bien Alex qui menait le jeu.

Elle n'y voyait aucun inconvénient. D'abord parce qu'elle n'avait pas encore assez d'expérience pour conduire elle-même leurs ébats, mais surtout parce qu'Alex était un amant fantastique.

— J'adore t'avoir à ma merci, murmura-t-elle, posant sa bouche sur la sienne pour mordiller sa lèvre inférieure.

— Une déesse érotique, observa-t-il avec un sourire pâmé. Redresse-toi et place tes mains derrière toi, appuyées sur mes cuisses.

Elle fit ce qu'il lui demandait, se sentant à la fois vulnérable et excitée, tandis qu'il recueillait ses seins dans ses grandes mains, agaçant les pointes roses jusqu'à ce qu'elles durcissent sous ses doigts. Voguant sur la crête d'une vague de sensations fabuleuses, elle ferma les paupières, mais Alex ne l'entendait pas ainsi.

— Regarde-moi, Maria, murmura-t-il d'un ton qui n'admettait aucune contestation. Aimes-tu ce que je te fais ?

— Oui, avoua-t-elle d'une voix mourante.

Les mains d'Alex se déplacèrent, descendirent pour effleurer son clitoris, faisant jaillir des traits de feu à l'endroit où leurs corps étaient joints, et elle laissa échapper un cri.

— Alex…

Elle l'entendit rire, et dans ce son se mêlaient le triomphe masculin et une brûlante sensualité.

— Ne ferme pas les yeux. Continue à me regarder.

Il trouva le centre de son plaisir et effleura délicatement le minuscule bouton de chair. Lorsqu'elle sursauta violemment, il agrippa ses hanches en murmurant ;

— Chevauche-moi, Maria. Conduis-moi jusqu'à l'orgasme. Je te mets au défi de le faire.

La balle était à présent dans son camp, mais dans la brume de désir où flottait son esprit, elle mit un instant à comprendre ce qu'il attendait d'elle. Posant les pieds sur le sol, elle souleva ses hanches, puis elle redescendit vivement sur lui. L'orgasme qui explosa aussitôt en elle avait la force d'un tsunami, d'un gigantesque tourbillon de confusion et de plaisir inouï qui l'emportait dans un abîme sans fond.

Sous elle, Alex fut comme pris de frénésie, accélérant ses coups de boutoir avant d'exploser en elle avec un cri rauque, dans un orgasme aussi monumental que le sien.

Elle s'affaissa sur lui, le cœur battant à tout rompre. Sous sa joue, le large torse était couvert d'une brume de transpiration. Et le cœur battait aussi tellement fort qu'on eût dit qu'il allait bondir hors de sa poitrine.

— Es-tu donc parfait dans tout ce que tu fais ? murmura-t-elle, encore tout étourdie.

Plusieurs longues secondes s'écoulèrent, et elle crut qu'il n'allait pas lui répondre, puis il caressa tendrement son dos et déclara d'une voix rocailleuse :

— C'est grâce à toi, Maria. Tu es mon inspiration.

Elle ne sut jamais combien de temps ils étaient restés ainsi à retrouver leur souffle. Mais elle commençait à avoir froid, et ses jambes l'élançaient lorsque Alex revint enfin à la vie.

— Dormir, murmura-t-il d'une voix ensommeillée. Nous avons besoin de dormir.

Ils firent un détour par la salle de bains pour une rapide

douche platonique, puis ils se mirent au lit. Les draps propres étaient délicieusement frais et d'une douceur divine.

Alex la serrait dans ses bras, et elle avait fini par croire qu'il s'était endormi, lorsqu'il murmura, ses lèvres tout contre ses cheveux :

— À notre retour à Alma, je veux continuer à te voir.

Elle se figea. Pourquoi gâchait-il la perfection de ce moment en y introduisant cet élément de conflit ?

— Tu me verras tous les jours, remarqua-t-elle. Nous travaillons dans le même bureau.

— Ce n'est pas ce que je voulais dire, et tu le sais très bien.

— Ne ruine pas ce que nous avons, supplia-t-elle. Nous aurons le temps de parler de cela plus tard.

Alex se sentit rejeté, et il fut tout étonné de constater à quel point c'était douloureux. N'était-ce qu'un jeu pour Maria ? S'amusait-elle avec lui en attendant d'avoir sa chance avec Gabriel ? La petite fille qui rêvait de devenir princesse avait-elle soudain compris que son rêve pouvait se réaliser dans le monde réel ?

Il refusait de le croire. Mais il ignorait totalement ce que pouvait signifier une vie de pauvreté, d'incertitude constante concernant l'avenir. Comment pourrait-il la blâmer de rechercher la sécurité et une conclusion de conte de fées ?

Ou c'était peut-être Gabriel le coupable. Il l'avait courtisée avec tant d'assiduité qu'elle devait se demander ce qu'elle ressentirait en devenant une véritable princesse. Alex était un homme fortuné, mais il ne serait jamais prince. Pire, à ce stade délicat des négociations, il ne pourrait pas s'interposer entre eux si Gabriel désirait Maria.

Sur le plan sexuel, elle semblait encore un peu naïve. Il ne la croyait pas capable de feindre le plaisir qu'elle avait ressenti dans ses bras. Mais pour quelle autre raison le repousserait-elle, si ce n'était parce qu'elle avait l'intention d'amorcer une relation avec Gabriel Montoro ?

À moins, bien sûr, qu'elle ne s'inquiète de ce qui pourrait advenir lorsqu'ils seraient de retour à Alma. Là-bas, leur relation s'était toujours strictement limitée au cadre professionnel. Maria craignait peut-être d'avoir à affronter les inévitables commérages, s'ils rentraient chez eux en tant que couple. Il comprenait ses craintes, même si, de son point de vue, elles étaient infondées.

Malgré ces pensées dérangeantes, son état d'épuisement eut enfin raison de lui, et il glissa dans un sommeil peuplé de rêves inquiétants qui le poursuivirent toute la nuit.

Maria dormait à poings fermés lorsque le téléphone d'Alex les réveilla à 7 heures du matin. Il le saisit en gémissant et, après avoir jeté un coup d'œil à l'écran pour lire le nom de son correspondant, il prit la communication.

— Ramon, à l'appareil.

Il écouta attentivement quelques secondes, puis il marmonna :

— Oui, bien entendu. Merci de m'avoir appelé.

Maria s'assit dans le lit, serrant le drap contre sa poitrine, puis elle écarta une mèche de cheveux de son visage.

— Qui était-ce ?

— Rafael Montoro, père, répondit-il. Isabella Salazar vient d'être admise à l'hôpital. Il tenait à ce que je sois au courant, car cela pourrait affecter nos plans de présenter cette semaine notre proposition à la famille.

— Je suis désolée, Alex, murmura-t-elle.

Ignorant sa tentative de le réconforter, il quitta brusquement le lit.

— Je pense que je devrais me rendre à l'hôpital pour montrer mon soutien à la famille.

— Je viens avec toi.

— Comme il te plaira, répondit-il d'un ton sec.

L'amant qui riait avec elle hier soir, joyeux et sexy, avait disparu. Était-ce parce qu'il s'inquiétait du nouveau tour pris par les événements ? Ou l'avait-elle fâché en refusant de parler de leur relation au-delà des murs de cette chambre ?

Elle n'eut pas le courage de le rejoindre dans la salle de bains. Au lieu de cela, elle rassembla ses affaires et attendit qu'il ait terminé pour y entrer à son tour.

— Je ne serai pas longue, promit-elle.

— Je t'attendrai, répondit-il sans la regarder.

En procédant rapidement à sa routine du matin, elle se demandait si elle avait blessé son orgueil. Il était trop tôt, bien sûr, pour que son cœur entre en ligne de compte. Mais il avait peut-être ressenti comme une offense son manque d'enthousiasme à l'idée de poursuivre leurs aventures sexuelles après leur retour à Alma.

Même si elle aurait aimé pouvoir retourner dans sa chambre pour se changer, elle savait que, dans son humeur présente, Alex s'impatienterait. Alors elle enfila la même jupe et le même petit haut que la veille, puis elle s'examina dans le miroir. Pas trop mal.

Pendant qu'elle était dans la salle de bains, Alex avait fait monter du café accompagné de toasts, et il avait commandé une voiture. Ils déjeunèrent en quelques minutes, puis ils descendirent dans le hall. Par deux fois, elle tenta d'engager la conversation avec lui, mais Alex resta froid et lointain.

L'hôpital de Coral Gables était flambant neuf, et doté des toutes dernières technologies. L'état d'Isabella requérait des soins intensifs, et la famille s'était rassemblée dans la salle d'attente adjacente au service. Pendant que Rafael III conversait avec Alex, Maria tint compagnie au petit-fils d'Isabella, ainsi qu'à ses neveux et nièces.

Juan Carlos était celui qu'elle connaissait le mieux. Son visage était pâle, son attitude tendue.

— Je suis désolée pour votre grand-mère, murmura-t-elle.

— Merci, mademoiselle Ferro, répondit-il, hochant la tête.

Son attitude était un peu raide, mais polie. Soudain, cette façade se craquela, et il se tourna vers Rafe, le fusillant du regard.

— Tout cela, c'est ta faute, bon sang ! Elle se faisait du souci parce que tu refuses d'assumer tes responsabilités.

— Alma n'est pas notre pays, intervint Gabriel d'un ton sévère. Et Rafe n'a pas à endosser un tel fardeau. Laisse-le tranquille !

Bella, qui observait le pauvre Rafe, une expression inquiète sur le visage, s'avança alors pour rétablir le calme.

— Nous sommes tous très inquiets, dit-elle. Il ne sert à rien de nous disputer. Isabella est très âgée et malade. Nous savions tous que ce jour viendrait.

— Elle n'est pas encore morte, protesta Rafe en se levant d'un bond, une vive angoisse dans le regard. Et Juan Carlos a raison. J'ai traîné à prendre cette décision. J'aurais dû accepter ou refuser, pour mettre un terme à tout cela.

— J'ai besoin de respirer, marmonna Gabriel.

Maria sentit qu'il était prêt à craquer. Qu'il allait assommer son cousin ou commencer à démonter cet hôpital, brique par brique. Une partie de son travail consistait à garder la situation sous contrôle. La dernière chose au monde dont ils avaient besoin, en ces moments difficiles, c'était le déclenchement d'un cirque médiatique.

— Puis-je vous tenir compagnie ? intervint-elle.

Elle ne cherchait pas à provoquer la jalousie d'Alex. Elle faisait tout simplement ce qui devait l'être. Mais, en dépit de la pureté de ses motivations, Alex lui décocha un regard réprobateur.

— Oui, naturellement, répondit Gabriel en haussant les épaules.

Bella se tourna vers elle avec un sourire reconnaissant.

— Je vous enverrai un texto s'il y a la moindre évolution.

Dehors, dans les jardins de l'hôpital, elle alla s'asseoir sur un banc de pierre tandis que Gabriel arpentait nerveusement l'allée. Il faisait chaud, et l'humidité était presque étouffante malgré l'heure matinale.

Faute de trouver les mots susceptibles de calmer son évidente agitation, elle se contenta de rester assise en silence. Au bout de longues minutes, Gabriel s'affala enfin sur le banc à côté d'elle.

— C'est une situation diabolique, marmonna-t-il.

— Je sais. Je suis désolée.

— S'il s'agissait de quelqu'un d'autre, remarqua-t-il d'un air pensif, je soupçonnerais une malade feinte pour manipuler mon frère. Mais ma tante est l'une des femmes les plus honnêtes que je connaisse.

— Et elle aime passionnément son pays.

— C'est vrai.

— La délégation s'apprête à faire une dernière lecture de la proposition officielle dès demain. Après cela, ses membres souhaiteront s'entretenir avec votre famille, ou au moins avec Rafe.

— Le pauvre.

— Si j'en crois ce qu'il vient de dire il y a quelques instants, il n'a pas encore décidé de ce qu'il va faire.

— Je n'en ai pas la moindre idée, reconnut Gabriel. Rafe sait adopter l'attitude du sphinx lorsque cela lui convient, mais l'état de santé d'Isabella lui complique la situation.

— À moins qu'il ait déjà décidé d'accepter.

— J'envie votre attitude positive.

— Nous devrions probablement retourner à l'intérieur, observa-t-elle, trouvant ironique qu'il la juge optimiste, car, en cet instant précis, ses réflexions étaient très sombres.

Elle se leva, et Gabriel l'imita, visiblement plus calme, fourrant les mains au fond de ses poches.

— Je suppose que vous refuseriez de m'aider à m'enfuir à Tahiti sur un voilier et d'annoncer à tout le monde que je ne reviendrai plus jamais ?

— Si j'acceptais, vous seriez très déçu, répondit-elle en riant. De plus, les femmes de Miami ne me pardonneraient jamais d'avoir expédié le meilleur parti de la ville dans les mers du Sud.

— C'est un excellent argument.

Ils jouaient à un jeu puéril, s'efforçant de ne plus penser aux lourds enjeux de cette situation. Mais la réalité ne se laissait pas oublier aussi facilement.

— Vous n'êtes peut-être pas destiné à devenir roi, remarqua-t-elle en soupirant, mais il vous est impossible de vous enfuir. Tous les voiliers du monde n'y changeront rien. Votre famille compte sur vous, et aujourd'hui plus que jamais. Bella est encore terriblement jeune. Juan Carlos n'a rien à défendre dans cette histoire. Et Rafe est soumis à de terribles pressions. Vous pouvez être le ciment de votre famille, Gabriel. Ils ont besoin de vous, quelle que soit l'évolution de la condition d'Isabella.

— Vous vous intéressez sincèrement à notre famille, n'est-ce pas ? murmura-t-il en lui adressant un long regard. Nous sommes pourtant des quasi inconnus pour vous.

— J'étudie des dossiers concernant chacun de vous depuis des mois. J'avais l'impression de vous connaître avant même d'arriver ici. Mais les dossiers ne disent pas tout. À présent, je connais mieux les Montoro, et je comprends pourquoi vous êtes importants pour Alma. Pour être honnête, je pense qu'Alma aura une grande importance pour vous tous aussi. Mais cela, c'est vous qui devrez le décider par vous-mêmes.

Il la serra brièvement dans ses bras, et elle sentit qu'il tremblait un peu. Il n'y avait rien de sexuel dans cette étreinte. Gabriel était juste un homme à bout de forces, et qui essayait de tenir bon.

Lorsqu'il la relâcha, il avait l'air embarrassé.

— Vous ne direz à personne que j'ai craqué, n'est-ce pas ?

— Bien sûr que non. Vous en aviez tout à fait le droit.

Il hocha la tête et redressa les épaules.

— Assez de sentimentalisme, déclara-t-il d'une voix ferme. Vous avez raison, nous devrions retourner voir où en est la situation à l'intérieur.

Alex les vit se remettre en marche, et il recula vivement derrière le coin du bâtiment pour ne pas être découvert. La scène à laquelle il venait d'assister lui avait laissé un goût de bile dans la gorge.

En dépit du fait que Maria venait de passer tout le week-end dans son lit, le doute n'était plus permis. Gabriel et elle complotaient quelque chose.

Le langage corporel ne mentait pas. Ils se sentaient bien ensemble. Ils étaient intimes. Un tel lien ne pouvait exister que lorsque deux personnes se sentaient très proches.

Alex connaissait Maria depuis des années, mais elle n'avait partagé son lit que très récemment. Gabriel avait fait sa connaissance deux semaines plus tôt, et ils étaient déjà des confidents. Toutefois, ils n'avaient peut-être pas encore fait l'amour. Maria ne lui semblait pas être le genre de femme à avoir deux amants en même temps.

Mais elle n'était pas à cent pour cent certaine de ses sentiments pour lui. Elle s'inquiétait pour l'avenir de leur relation après leur retour à Alma. D'une certaine façon, Gabriel avait dû lui apparaître comme un choix plus sûr. Mais il était aussi possible que Gabriel ne représente pour elle qu'une aventure aussi torride que passagère, un petit plaisir dont personne à Alma ne saurait jamais rien.

Il comprenait que sa réaction était irrationnelle. Maria et lui n'avaient échangé aucun serment de fidélité. Ils n'étaient pas véritablement un couple. Elle avait tout à fait le droit de vivre une relation avec Gabriel Montoro.

Mais il se sentait trahi.

Il avait commis un faux pas, songea-t-il en fixant d'un air lugubre un hibiscus aux fleurs éclatantes. Une grosse erreur. Mais la situation pouvait être rectifiée. Elle serait rectifiée. Durant un bref moment, il avait ignoré son propre code de conduite. Il avait oublié ses responsabilités. Il avait permis à ses désirs d'éclipser sa mission de chef de délégation.

Cela ne se reproduirait plus.

Il allait retourner au service des soins intensifs. Il ne supportait pas l'idée que Maria et Gabriel puissent s'entendre comme larrons en foire. Mais, lorsqu'il entra dans la salle d'attente, il trouva Gabriel et les deux Rafe en grande conversation à l'autre bout de la pièce. Juan Carlos était apparemment descendu au rez-de-chaussée pour un snack. Bella et Maria étaient assises, blotties l'une contre l'autre, le visage grave.

Il prit un siège à l'écart des autres et sortit son téléphone pour jeter un coup d'œil à ses messages. Il réussit à se concentrer dessus durant cinq minutes avant de tourner subrepticement son regard vers Maria. Elle portait la même jupe et le même haut qu'en arrivant dans sa chambre. Les mêmes que lors de leur promenade sur la plage.

Mais, lorsqu'il tournait les yeux vers elle, il voyait seulement son corps nu allongé sous le sien, ses yeux magnifiques levés vers lui, qui riaient…

Une infirmière apparut dans la salle d'attente, et la tension dans la pièce devint presque palpable. La femme murmura quelques mots à l'oreille de Rafael III. Le chef de famille des Montoro se tourna vers Maria et lui fit signe d'approcher.

— Qu'y a-t-il ? murmura-t-elle en se levant pour aller jusqu'à lui, incapable de dissimuler son inquiétude.

— Ma tante aimerait parler avec vous, répondit Rafael qui paraissait avoir vieilli de dix ans durant cette crise.

— Je ne comprends pas. Pourquoi moi ?

— Je l'ignore. Mais elle est très affaiblie, et si elle désire vous parler, allez-y.

Le ton de sa voix n'admettait aucune discussion. Luttant contre une vague de panique, elle déclara :

— J'apprécierais que quelqu'un m'accompagne.

— Je viens avec toi, décréta Alex.

Le regard reconnaissant qu'elle lui avait lancé à cet instant aurait dû lui faire plaisir, mais il supportait à peine de marcher à côté d'elle. Heureusement la chambre d'Isabella n'était qu'à quelques pas. L'infirmière s'arrêta devant la porte, et leur chuchota :

— Vous verrez, elle est un peu agitée, mais elle m'a assuré que c'était important.

Ils acquiescèrent en silence.

Lorsqu'ils ouvrirent la porte, il se pencha à l'oreille de Maria pour chuchoter :

— Je serai là avec toi, mais je resterai hors de son champ visuel. Si elle souhaite être seule avec toi, je ne veux surtout pas la contrarier.

— Cela n'a aucun sens, marmonna Maria.

— Vas-y, souffla-t-il. Ne discute pas.

— Madame Salazar ? demanda-t-elle en s'approchant lentement du lit. C'est moi, Maria.

La vieille dame était trop faible pour se redresser, mais elle lui adressa un sourire.

— Merci d'être venue, ma chère.

— Que puis-je faire pour votre service ?

— J'ai besoin que vous me disiez la vérité, Maria. Mon petit-neveu va-t-il accepter la couronne ?

— À vrai dire, madame, répondit celle-ci, jetant un rapide regard dans sa direction, je crois qu'il y réfléchit encore.

— Vous avez dîné avec les enfants, n'est-ce pas ? Tous à l'exception de Juan Carlos.

— Oui, en effet, répondit Maria réprimant un sourire à l'idée que les Montoro soient considérés comme des enfants.

— Pourquoi sont-ils si peu enclins à accepter les droits qui sont les leurs par la naissance ? s'enquit la matriarche, l'esprit toujours vif malgré sa mauvaise santé.

— Tout d'abord, il faut que vous sachiez qu'ils vous aiment tous énormément, et qu'ils respectent vos désirs et vos opinions. Mais ce que vous attendez d'eux est un changement de vie radical. Ils sont nés dans ce pays. Ils sont citoyens des USA. Ils ont des amis, ici, des relations d'affaires, une vie.

— C'est justement pour cette raison que je souhaitais parler avec vous, répliqua la vieille dame, une étincelle d'humour dans son regard. Je savais que vous me diriez toute la vérité sans l'adoucir.

— J'ignore s'ils décideront ou non d'accepter que la famille remonte sur le trône. Mais pour que cette situation soit viable… personnellement et politiquement, Rafael devra accepter la couronne du fond du cœur, ou pas du tout.

Un grand silence se fit dans la chambre. Alex fronça les sourcils, regrettant que Maria ne se soit pas montrée plus diplomate avec une vieille dame à l'article de la mort. Puis, Isabella saisit la main de Maria et la serra affectueusement.

— Je comprends ce que vous essayez de me dire. Je me suis peut-être laissé emporter par mon enthousiasme.

— Vos sentiments sont compréhensibles, répondit Maria d'une voix douce. Vous êtes née à Alma. Vous y avez grandi. Votre vie a été bouleversée et vous avez dû la reconstruire ailleurs. Tout le monde respecte votre expérience. Si cela peut vous consoler, votre famille prend cette affaire très au sérieux. Leur décision ne sera peut-être pas celle que vous espérez, mais je peux vous promettre ceci : Rafael fera ce qui est juste. C'est un homme honnête et réfléchi. Et il est tout à fait conscient des enjeux.

— Mais ce choix, même juste, ne sera pas nécessairement le retour sur le trône, n'est-ce pas ? conclut Isabella avec un sourire mélancolique.

— Non, madame.

Alex tourna son regard vers les moniteurs disposés près du lit, s'attendant à ce que les signes vitaux de la vieille dame s'affolent. Maria venait d'anéantir tous ses rêves.

Mais ce fut un miracle. Il n'y eut aucun changement. En tout cas, aucun changement pour le pire. Isabella tendit une main tremblante vers la commande électrique du lit et se releva en position assise. Puis elle saisit la main de Maria et la porta à ses lèvres avant de la relâcher.

— Vous pouvez vous retirer, à présent. S'il vous plaît, voulez-vous demander à ma famille de venir me rejoindre ?

Dès qu'elle fut sortie dans le couloir, Maria s'adossa au mur. Lorsqu'elle se tourna vers lui, son visage était très pâle.

— Ne me force jamais plus à faire une chose pareille.

— Personne ne t'y a forcée.

— Je n'avais pas d'autre choix, et tu le sais très bien.

Ils retournèrent dans la salle d'attente, où les Montoro attendaient anxieusement leur retour.

— Elle désire vous voir tous ensemble, annonça Maria, s'efforçant de sourire.

Toute la famille sortit, et ils se retrouvèrent seuls. Alex demeura un long moment silencieux, les mains dans les poches, fixant le sol à ses pieds. Puis il sortit la clé de sa suite de sa poche et la lui tendit.

— Tu devrais peut-être rentrer, marmonna-t-il. Je peux gérer la situation ici tout seul.

— Tu es en colère.

— Pas en colère, non, répondit-il en haussant les épaules. Peut-être un peu surpris. Je t'ai vue avec Gabriel tout à l'heure dans le jardin. Je comprends mieux pourquoi tu semblais aussi hésitante, lorsque j'ai évoqué notre retour à Alma.

— Il n'y a rien entre Gabriel et moi, je te le jure !

— Il est possible que tu le croies sincèrement toi-même. Mais j'ai vu comment vous vous comportiez l'un avec l'autre, votre langage corporel. Mes sentiments personnels n'entrent pas en ligne de compte dans cette situation. Si Gabriel a des sentiments pour toi, en tant que chef de cette délégation, mon devoir envers mon pays exige que je m'efface.

— Alors, maintenant, tu es prêt à m'offrir à un homme au nom de l'intérêt national ? C'est insultant et c'est horrible !

— Inutile d'en faire tout un drame. Nous sommes des adultes, toi et moi. Nous avons passé un week-end très agréable, mais nous sommes en plein cœur d'une crise. Il m'apparaît très clairement que tu as un lien privilégié avec Gabriel — ainsi d'ailleurs qu'avec le reste de la famille. Nous utiliserons donc ce lien à notre avantage.

Maria le dévisagea un long moment, une expression de souffrance sur le visage.

— Comment peux-tu être aussi froid ?

Il soutint son regard, et la gangue de glace qui paralysait son cœur l'empêcha de reculer, d'éviter le précipice qu'il avait lui-même creusé à ses pieds.

— C'est mon travail, Maria. Et le travail passe toujours en premier. Cela a toujours été la règle.

Chapitre 13

Maria avait l'impression que son univers était en cendres. Elle regagna l'hôtel en taxi dans un morne silence, monta à l'étage de la suite d'Alex, et dut rassembler tout son courage pour sortir sa clé et ouvrir la porte.

Une vague odeur de sexe, mêlée à l'after-shave d'Alex et au parfum léger qu'elle utilisait elle-même, flottait dans ces pièces. Il lui fut impossible de jeter un seul regard au lit. Elle débarrassa la salle de bains de tous ses articles de toilette, et rassembla ensuite le reste de ses affaires avant de les ranger dans le sac fourre-tout qu'elle avait rempli avec tant de joie le vendredi soir.

Elle parvint à regagner sa propre chambre avant de craquer complètement. Elle se jeta sur le lit en sanglotant et, recroquevillée sur le matelas, elle se demanda comment elle avait pu foncer tête baissée dans une erreur aussi monstrueuse.

Elle s'était laissé séduire par son patron. Quel cliché ! C'était totalement stupide. Et, à présent, non seulement sa vie privée était en ruine, mais elle allait sans doute devoir démissionner de son travail. Il lui serait impossible de côtoyer Alex au ministère du Commerce. Et de ne pas savoir ce qu'il pensait d'elle.

Au minimum, il la prenait pour une menteuse. Mais, pis encore, il avait tourné le dos à une relation qu'elle pensait être intime et spéciale.

Il l'avait balayée d'un geste comme si elle ne signifiait rien pour lui. Un simple intermède.

Elle avait entendu dire que les hommes pouvaient séparer le sexe et les sentiments, mais elle n'avait jamais été très sûre de ce que cela signifiait. À présent, la réalité lui apparaissait très clairement. Alex l'avait convaincue — par ruse ou grâce à sa grande connaissance des femmes — que ce qui s'était passé entre eux ce week-end était une espèce de conte romantique, avec feux d'artifice, arcs-en-ciel et promesses de bonheur éternel. Humiliée d'avoir été aussi naïve, elle avait le cœur brisé. Alex était prêt à se débarrasser d'elle dans les bras d'un autre homme, comme d'un animal domestique encombrant. Et tout cela au nom de son travail.

Elle aurait voulu le haïr, et elle y réussissait partiellement. Mais, au bout du compte, Alex était juste Alex. Egal à lui-même.

Tout à coup, elle ne supporta pas l'idée qu'il vienne frapper à sa porte pour lui poser une question au sujet de leur proposition ou pour tout autre motif. Elle appela la réception et demanda à changer de chambre.

Un garçon d'étage très poli se présenta pour l'aider à déménager ses affaires. L'opération ne leur prit pas beaucoup de temps, car pour ce séjour aux USA, elle avait décidé de voyager léger.

Dans sa nouvelle chambre, elle se sentit plus en sécurité, mais pas moins désemparée. Elle se changea et mit le pantalon de yoga et l'ample blouse de coton qu'elle avait emportés chez Alex, puis réprima une grimace. Elle avait prévu de se détendre en sa compagnie vêtue de cette tenue toute simple. Et, au lieu de cela, elle avait passé quasiment tout le week-end nue dans son lit.

Elle se brossa les cheveux sans enthousiasme, et les attacha en queue-de-cheval comme d'habitude, avant de se coiffer d'une casquette de base-ball qu'elle portait d'ordinaire pour faire son jogging. Avec un peu de chance, nul ne la reconnaîtrait dans cette tenue, même si elle croisait une personne de sa connaissance, ce qui n'était pas très probable. Les membres de la délégation étaient logés dans une autre aile de l'hôtel, et les Montoro se trouvaient soit à l'hôpital, soit à Coral Gables.

En quittant sa chambre, elle fut tentée de renoncer à emporter son téléphone, mais le sens des responsabilités était trop profondément ancré. Elle n'était pas en vacances. Elle était ici pour travailler, et elle devait rester joignable.

Elle déambula pendant des heures dans le quartier très éclectique de South Beach, avec ses galeries d'art, ses luxueux restaurants et ses boutiques, et elle songea que ce serait agréable d'y vivre toute l'année.

Vers 17 heures, elle se souvint qu'elle n'avait pas déjeuné. Attirée par les délicieuses odeurs qui s'échappaient d'un restaurant cubain, elle poussa la porte et commanda des plantains frits, du bœuf en sauce et du riz. Cet excellent repas lui cala au moins l'estomac, même s'il ne fit rien pour atténuer les souffrances de son cœur.

Son sentiment de solitude était plus fort encore qu'à cette époque lointaine, lorsqu'elle avait huit ou neuf ans et qu'elle trouvait sa maison vide en rentrant de l'école. Durant ces jours sombres, sa mère travaillait presque continuellement. Maria avait appris à faire ses devoirs sans aide, à se préparer de simples repas et même à se coucher seule.

Elle éprouvait maintenant des sentiments similaires : peur, angoisse, désespoir de la solitude. La seule différence, c'était qu'au lieu d'être une enfant vivant une vie chaotique où sa maman était le seul repère, elle était aujourd'hui une femme au cœur brisé.

Elle avait déclaré à Alex que si un unique week-end était tout ce qu'ils pouvaient espérer, elle s'en contenterait. Mais elle s'était bercée d'illusions. Elle désirait davantage. Bien davantage, car, en dépit de toutes ses bonnes résolutions, elle était tombée amoureuse de lui.

Et cela n'avait pas commencé à Miami. Elle prenait cette direction depuis des mois, peut-être même depuis des années.

Sous le brûlant soleil de la Floride, la vérité de ses sentiments pour lui avait éclos comme une fleur. Durant un instant de bonheur merveilleux, elle avait cru qu'il l'aimait aussi. Mais elle avait confondu désir sexuel et amour. Alex n'était qu'un collègue de travail. Le chef de leur délégation. Son patron.

Et elle, une femme qui avait manqué du plus élémentaire bon sens.

Elle était assise sur un banc à observer les passants lorsque son téléphone vibra, l'informant qu'elle avait un message :

Où diable es-tu ?

Elle croyait sentir la frustration d'Alex dans ces quelques mots. Mais il n'était pas question d'accourir sans une excellente raison. Et elle répondit :

Ta clé est à la réception. Y a-t-il quelque chose que je puisse faire pour la présentation de demain matin ?

Le document est parfait. Je te demande où tu es.

Elle attendit une minute entière. Puis, réprimant une grimace, elle tapa sa réponse :

Je te verrai demain matin à 9 heures.

Alex fixa le téléphone, abasourdi. Jamais, durant toutes ces années, Maria ne s'était comportée ainsi. Elle s'était toujours montrée disponible, toujours prête à travailler tard ou à faire un effort supplémentaire. En de nombreuses occasions, il l'avait vue réécrire entièrement un projet bâclé par quelqu'un d'autre. Elle était motivée, intelligente et fiable.

Mais, ce soir, il ne savait même pas où elle se trouvait.

Il était allé dans sa chambre après le dîner, espérant se réconcilier avec elle. Mais c'était un inconnu grisonnant qui était venu lui ouvrir lorsqu'il avait frappé à sa porte.

Alex s'était excusé et s'était retiré aussitôt, mais non sans avoir vérifié le numéro de la chambre, croyant qu'il s'était trompé de porte.

Son erreur était en fait beaucoup plus grave qu'un simple numéro oublié. Il avait noué des relations personnelles avec l'une de ses collaboratrices au cours d'une mission critique. Et si ce genre de relation était à fuir, c'était parce que cela brouillait les hiérarchies et compliquait le processus de décision.

Après leur dispute à l'hôpital, lorsque sa colère s'était un peu calmée, il avait compris qu'il devait des excuses à Maria. Si elle était réellement en train de tomber amoureuse de Gabriel Montoro, il était injuste de sa part de lui en tenir rigueur. Gabriel était un homme charismatique, bon vivant et issu d'une famille susceptible de transformer Alma pour le meilleur au cours des décennies à venir.

Grinçant des dents, il jeta son téléphone sur le lit. S'il avait eu le moindre prétexte pour contacter Maria de nouveau, il l'aurait fait sans hésiter. Mais tout était en ordre pour la réunion du lendemain.

Où pouvait-elle bien être ? Il arpenta sa suite, mais son image lui apparaissait partout, comme un hologramme moqueur qui le torturait. Il la voyait dans son lit, sur son sofa, sous sa douche…

Était-elle allée rejoindre Gabriel ? Étaient-ils ensemble à cet instant ?

Il s'obligea à considérer cette possibilité sans se voiler la face. La douleur qu'il ressentit faillit le terrasser. Comment pourrait-il la laisser partir ? Comment pourrait-il s'effacer pour le bien de son pays et rester les bras croisés tandis que Gabriel Montoro faisait la cour à Maria et l'épousait ?

Maria était à lui ! Il l'avait caressée, lui avait fait l'amour. Il avait frissonné de plaisir entre ses bras.

Il s'affala sur le lit, la tête entre les mains. Comment avait-il pu provoquer un tel désastre dans sa vie ?

Dans la salle de conférences de l'hôtel, le lendemain matin, Alex accueillit les membres de la délégation à mesure qu'ils arrivaient. Maria n'était pas parmi eux. Lorsque tout le monde fut assis, il fit passer des copies de la version finale de leur proposition. Un brouhaha de voix monta autour de la table tandis que les participants prenaient connaissance du document qu'il avait photocopié lui-même dans les bureaux de l'hôtel.

Alors qu'il allait se placer derrière le pupitre pour passer en revue les détails saillants de leur proposition, section par section, la porte de la salle se rouvrit, et Maria entra discrètement en marmonnant des excuses. Ses cheveux blonds soyeux étaient attachés en un élégant chignon. Elle portait un ensemble bleu marine, très chic mais plutôt classique, sur un chemisier rose pâle.

Il sentit d'abord son cœur cesser de battre, puis se mettre à faire de grands bonds au creux de sa poitrine. Les mains moites, il dut se cramponner au rebord du pupitre.

— Nous vous avons gardé un siège, lança-t-il, dans une misérable tentative d'humour qui ne fit rire personne.

Elle lui décocha un regard indéchiffrable, et alla s'installer à l'autre bout de la grande table ovale. D'ordinaire, elle s'asseyait près de lui, au cas où ils auraient besoin de discuter de certains détails de procédure. Aujourd'hui, ils étaient aussi loin l'un de l'autre qu'il était possible.

Il remarqua alors sa pâleur, et les cernes sombres qui soulignaient ses yeux. Avait-elle aussi mal dormi que lui ?

Les hommes et les femmes autour de la table avaient à peine remarqué son arrivée. Tout le monde était très excité. Cette réunion représentait un pas de plus vers le retour des Montoro sur le trône de leur pays.

Il s'efforça de se concentrer. Ce n'était pas le moment de se poser des questions. Les enjeux étaient trop importants. Il parla d'une voix claire, d'un ton posé, conscient que son auditoire incluait certains des cerveaux les plus brillants d'Alma. Les ministères des Affaires étrangères, des Finances et de l'Intérieur étaient aussi représentés. Intégrer les intérêts commerciaux des Montoro dans l'économie d'Alma allait requérir de la finesse et de la vision.

À la fin de la première heure, il recommença à respirer. Visiblement, les membres de la délégation étaient satisfaits de la teneur du document et de sa forme particulièrement soignée. Après addition de quelques notes de bas de page, et quelques corrections infimes, le groupe vota l'acceptation de la proposition à l'unanimité, et il fut décidé de passer à la phase suivante, soit proposer à Rafael Montoro IV de rentrer à Alma et d'accepter la couronne.

Durant la courte pause qu'il comptait utiliser pour parler à Maria, son téléphone sonna. Il parla quelques minutes, puis il ramassa ses dossiers et rappela son groupe.

— C'était Rafael Montoro. Notre potentiel roi. Comme vous le savez tous, lui et toute sa famille avaient accepté d'être présents demain dans cette salle pour écouter notre proposition. Malheureusement, sa tante est à l'hôpital, et la famille préfère ne pas quitter son chevet, ce qui me paraît compréhensible.

Il marqua une pause, conscient qu'il n'existait aucun protocole officiel pour de tels changements, avant de poursuivre :

— Rafael a proposé de venir seul pour recevoir une version du document semblable à celle que vous avez devant vous, de façon que la famille puisse en prendre connaissance et en discuter en privé. Lorsque Isabella se sentira mieux, nous pourrons nous réunir officiellement et procéder à notre présentation.

— Avons-nous l'autorité nécessaire pour prendre une telle décision ? s'enquit Maria, le visage impassible.

Cette remarque provoqua un vif débat dans l'assistance, qui ne se régla qu'en téléphonant au Premier ministre d'Alma. Après une brève conversation transatlantique, celui-ci donna son feu vert et, un instant plus tard, Alex rappelait Rafael.

Cela fait, il tourna son regard vers les membres de la

délégation, restés enfermés dans cette salle durant des heures. Tout le monde était fatigué et affamé.

— Je propose que nous fassions une pause pour déjeuner, dit-il. Compte tenu de l'emploi du temps de Rafael, nous devrions probablement nous retrouver ici à 15 heures. Sommes-nous tous d'accord ?

Il y eut des hochements de tête et un brouhaha approbateur. Maria, entourée de trois femmes, se dirigeait vers la sortie sans qu'il ait eu le temps de lui parler.

— Attendez ! lança-t-il.

Les quatre femmes se retournèrent pour le dévisager avec curiosité.

— J'ai besoin de parler avec Maria, ajouta-t-il d'un ton embarrassé.

La femme à qui il avait fait passionnément l'amour durant des heures le considéra d'un regard distant, comme une reine face au plus misérable de ses sujets.

— Tout de suite ?

Il soutint son regard, la mettant au défi d'ignorer sa présence et pesant de tout le poids de son autorité, parfaitement conscient qu'il ne jouait pas franc jeu.

— Oui. Tout de suite.

Maria murmura des excuses à ses compagnes, puis regagna la salle de conférences, refermant la porte derrière elle. Elle posa son ordinateur portable et son sac sur la table, croisa les bras et le dévisagea avec une hostilité à peine voilée.

— Qu'y a-t-il ?

— Où étais-tu, hier soir ?

— C'est une question inappropriée entre collègues de travail, répondit-elle d'un ton froid.

Il avait la réputation de rester calme sous la pression. Mais Maria avait l'art de le faire sortir de ses gonds.

— Étais-tu avec Gabriel ?

— Qu'espères-tu ? répliqua-t-elle d'un air impassible.

Que je dise « oui » ? Pour être sûr que je suis une espionne au service de l'autre camp ?

— Ne sois pas ridicule.

— Est-ce pour cette raison que tu tenais à me parler ? Pour m'insulter avec de nouveaux sous-entendus ?

Il s'était attendu à une explosion de colère de sa part, mais ce qu'il sentait chez elle, c'était une immense tristesse.

— Je voulais m'excuser, corrigea-t-il d'une voix tendue.

— T'excuser de quoi ?

Il fit rapidement le tour de la table. Il était prêt à parier son dernier cent qu'elle était tentée de s'enfuir, mais elle se montra courageuse.

— Je n'aurais pas dû faire le lien entre ta relation avec Gabriel et le travail de la délégation. Quoi qu'il se passe entre vous, c'est une affaire privée qui ne me regarde pas.

— Voilà qui est très aimable de ta part.

— J'essaie de rattraper mes erreurs, marmonna-t-il, blessé par son ton sarcastique.

— Tu n'y réussis pas très bien. Lorsqu'un homme a une aventure d'une nuit avec une femme, je pensais qu'il lui devait un dîner de consolation. Ou, au minimum, un petit mot de rupture.

— C'était deux nuits, lui rappela-t-il.

Deux nuits de folie. Deux nuits d'érotisme débridé. Deux nuits extraordinaires. Même maintenant, il lui suffisait d'y penser pour éprouver une nouvelle érection.

— Je ne me disputerai pas avec toi sur des points de détail, Alex. Tout ce que je te demande, c'est de trouver quelqu'un d'autre la prochaine fois que tu auras un besoin pressant de sexe. Une femme qui accepte de se laisser écarter chaque fois que ton travail reprendra la première place dans tes priorités.

— Ce n'est pas ce qui s'est produit.

— Et qu'est-ce qui s'est produit, selon toi ?

— Nous avons longtemps travaillé ensemble, Maria. Il

était prévisible, à la longue, que naisse entre nous une attirance sexuelle. Mais, au vu des circonstances, j'ai eu tort d'y céder.

— À t'entendre, c'était uniquement ton idée. N'oublie pas que j'étais dans ce lit, moi aussi. Disons que nous avons tous les deux commis une erreur.

Pendant cette passe d'armes, il s'était approché sans en avoir l'air. Dès qu'il fut assez près, il s'empara de sa main.

— Je te demande de me pardonner, murmura-t-il d'une voix rauque.

Elle ne tenta pas de se libérer, bien qu'il ne l'ait pas serrée très fort. Ils étaient si près l'un de l'autre désormais qu'elle devait lever la tête pour le regarder en face.

— Te pardonner ? répéta-t-elle. Et de quoi ?

Ses yeux bleu-vert, d'ordinaire pleins d'innocence, avaient une expression froide, dissimulant parfaitement ses émotions. Les lèvres d'Alex n'étaient qu'à quelques centimètres des siennes, et son corps brûlait de s'approcher encore. Il ne maintenait cette distance de sécurité entre eux qu'au prix d'un gigantesque effort de volonté.

Un baiser. C'était tout ce dont il avait besoin. Un baiser d'excuses. C'était la moindre des choses, non ? Durant une seconde frémissante, il sut que cela allait se produire. Chaque cellule de son corps lui criait d'ignorer la raison et la réalité, et de prendre ce dont il avait tant besoin.

Maria s'était figée, les bras toujours croisés. Mais il avait la quasi-certitude que sa colère avait perdu en intensité, et il sentit son espoir revenir.

— Je suis sincèrement désolé, murmura-t-il. Pour tout.

Il effleura ses lèvres d'un baiser, et une sorte d'arc électrique jaillit à ce contact, le secouant tout entier.

— Dis quelque chose, Maria, supplia-t-il.

Deux fines mains féminines vinrent se poser contre son torse et le repoussèrent si fort que, pris au dépourvu, il perdit l'équilibre et se retrouva assis dans le fauteuil le plus proche.

Puis, avant qu'il ait recouvré ses esprits, elle avait disparu.

Chapitre 14

Maria retrouva ses trois compagnes au restaurant du rez-de-chaussée de l'hôtel. Elle ressentait une colère glacée, mais ce sentiment ne la gênait pas. C'était une émotion purifiante, qui soulageait les blessures de son cœur brisé. Alex Ramon était un imbécile.

Il pensait pouvoir la manipuler, se servir d'elle et s'en tirer avec un double langage pour éviter des conséquences fâcheuses pour sa chère image publique. Les autres femmes avaient peut-être accepté son petit numéro de Dr Jekyll et M. Hyde, mais pas elle.

Et il ne croyait toujours pas que Gabriel et elle n'avaient aucune relation secrète.

Il lui fallut faire appel à tous ses talents de comédienne, mais elle participa à la conversation sans trahir le moindre signe de la tempête qui l'agitait. Elle espérait de tout cœur que les Montoro prendraient rapidement une décision, dans un sens ou dans l'autre. À ce stade, elle ne désirait plus qu'une seule chose : rentrer chez elle.

Après le déjeuner, elle remonta un instant dans sa chambre pour poser son ordinateur portable, se brosser les dents et rafraîchir un peu son rouge à lèvres. Une rencontre officielle entre Rafael Montoro et la délégation d'Alma exigeait un minimum de décorum.

Elle retourna dans la salle de conférences le plus tard possible et s'assit à la même place. L'ameublement de la salle avait été réaménagé afin de libérer de la place pour une table d'honneur. Un employé de l'hôtel y avait posé un vase de fleurs fraîches.

Dans la salle, la tension était presque palpable.

Son arrogant amant l'aperçut sitôt qu'elle fit son entrée. Il la fixa sans ciller, mais n'essaya pas d'attirer son attention. Lorsque tous les membres de la délégation furent assis à leur place, il se fit un grand silence dans la salle.

Alex sortit dans le couloir, puis réapparut accompagné de Rafael. Mais leur possible futur souverain n'était pas seul. Gabriel se trouvait avec lui. Elle n'en fut pas autrement surprise. Elle savait que les deux frères étaient très proches.

Ils portaient l'un et l'autre des complets classiques et des cravates sombres. Même Gabriel, tout rebelle qu'il était, s'était conformé à la formalité de l'événement.

— Mesdames et messieurs, j'ai le grand honneur de vous présenter Rafael Montoro IV et son frère Gabriel, annonça Alex, visiblement tendu.

Il se tourna vers les deux frères et s'inclina avec déférence, avant d'ajouter :

— Au nom de la nation d'Alma, nous sommes heureux de vous accueillir aujourd'hui et d'écouter ce que vous avez à nous dire.

Là-dessus, il s'écarta, laissant sa place devant le pupitre à Rafael.

L'aîné de la nouvelle génération des Montoro prit la parole. Il avait une voix agréable et parlait d'un ton assuré. En tant que P-DG de Montoro Entreprises, il était habitué à son rôle de leader, et il ne manifestait aucun signe de nervosité face à cette foule qui voulait le faire roi.

Rafael était grand, près d'un mètre quatre-vingt-dix. Ses cheveux bruns coupés très court renforçaient son air d'autorité.

Lorsqu'il eut terminé sa brève allocution, il encouragea son audience à lui poser des questions. Gabriel demeura silencieux et attentif, comme s'il s'efforçait de jauger le caractère de chacun des membres de la délégation.

Suivirent quelques demandes d'informations polies, mais nul ne s'avisa d'aborder les sujets litigieux. Il serait toujours temps de le faire plus tard.

Une heure s'était écoulée ainsi, lorsque Rafael déclara, montrant de légers signes d'agitation pour la première fois :

— J'espère que vous comprendrez tous que nous devons retourner à l'hôpital. Ma famille et moi lirons votre proposition avec la plus grande attention, et avec tout le sérieux qu'elle mérite. Ramon m'a assuré que vous aviez généreusement consacré votre temps et votre talent à cette cause, et je suis honoré par votre proposition. Je vous promets de peser toutes ses implications aussi honnêtement que possible. Je vous remercie de votre attention.

Ces dernières paroles furent suivies d'applaudissements discrets. Le groupe se leva comme un seul homme, chacun souhaitant dire un mot de bienvenue à l'homme qui régnerait peut-être un jour sur leur pays. Au milieu de ce brouhaha, Gabriel se dirigea tout droit vers Maria.

— Cette foule me rend claustrophobe, déclara-t-il avec un sourire tendu. Voulez-vous sortir un instant avec moi ?

— Oui, bien sûr.

Suivis par le regard désapprobateur d'Alex, ils se rendirent dans le couloir et entrèrent dans une salle de réunion beaucoup plus petite que celle qu'ils venaient de quitter.

— Je regrette de ne plus fumer, observa Gabriel en s'adossant au mur. Une cigarette me calmerait peut-être.

— Vous fumiez, autrefois ? s'étonna-t-elle.

— Oui, bien sûr, répondit-il, son sourire charmeur un peu moins brillant qu'à l'ordinaire. J'ai fumé durant huit mois, lorsque j'avais seize ans. Quand mon père l'a découvert, il a été si furieux qu'il m'a emmené au large sur son voilier et m'a obligé à fumer deux paquets de cigarettes en un après-midi, en pleine tempête. J'ai passé des heures à vomir par-dessus le bastingage, et je n'ai plus jamais eu envie d'une autre cigarette… jusqu'à aujourd'hui.

— Votre famille traverse de dures épreuves, et je sais que c'est difficile, murmura-t-elle en posant une main sur son bras. Comment va Isabella ?

— Elle tient bon. Nous avons tous cru que c'était la fin, mais ma tante est une dure à cuire. Toutefois, cette nouvelle crise tombe très mal. Nous devons régler rapidement cette affaire de retour sur le trône, d'une façon ou d'une autre.

— De quel côté Rafe penche-t-il ? Vous pouvez me faire confiance. Je ne le répéterai à personne.

— Je n'en sais rien moi-même. J'ai cru que l'urgence de santé d'Isabella ferait la différence, mais elle nous a déclaré hier après-midi que la famille ne devait accepter votre proposition qu'à l'unanimité et sans aucune réserve.

— Cela me paraît impossible à atteindre.

— Vous avez raison. C'est pourquoi je n'ai pas la moindre idée de ce qui sera finalement décidé.

— Je souhaiterais pouvoir vous aider.

— C'est très gentil de votre part. Vous êtes une femme adorable. Était-ce mon imagination ou y avait-il une certaine tension entre Alex et vous, à l'hôpital ? J'ai eu l'impression qu'il avait envie de m'assommer. Ma petite comédie a-t-elle fonctionné ? Croit-il qu'il va devoir me vaincre pour vous reconquérir ?

— Oh ! ce n'était rien ! assura-t-elle en rougissant. Nous avons eu une petite dispute. Rien d'important.

— En matière de relations sentimentales, j'ai comme un sixième sens, déclara-t-il en lui décochant à nouveau son sourire de charmeur. Et je pense que vous êtes faits l'un pour l'autre.

— Laissez-moi rire, répliqua-t-elle d'un ton sarcastique. Alex Ramon n'est qu'un bourreau de travail, un bureaucrate sans aucune âme.

Sa voix s'était fêlée sur cette dernière phrase, trahissant ses véritables pensées. Gabriel lui enlaça les épaules.

— Voulez-vous que je lui donne une bonne correction ?

— Le feriez-vous ? dit-elle, souriant à travers les larmes qui lui avaient soudain embué les yeux.

Ils éclatèrent de rire ensemble, et elle se sentit mieux, en dépit du fait que son amant était quand même un idiot.

— Pardonnez-moi, je n'avais pas l'intention d'interrompre ce tête-à-tête, lâcha une voix glacée qui les fit sursauter.

— Pas du tout, assura Gabriel, en se tournant vers Alex d'un air amical. Maria m'assurait de sa sympathie dans les épreuves d'opérette que traverse en ce moment ma famille.

Constatant qu'Alex demeurait sombre et silencieux, Gabriel secoua la tête en soupirant.

— Vous vous trompez, Ramon. Je ne braconne jamais sur les terres d'un autre homme.

— Que voulez-vous dire par là ? s'enquit Maria en fronçant les sourcils.

— Cela signifie que vous et moi sommes amis, copains, camarades. Que nous ne sommes pas un couple.

Cette plaisanterie ne fit rire aucun d'eux. Alex hocha sèchement la tête.

— Je n'avais pas l'intention de vous manquer de respect.

— Je ne suis pas encore prince, remarqua Gabriel en levant les yeux au ciel. Je n'ai pas besoin que vous me fassiez des courbettes.

Il tendit sa main à Alex avant d'ajouter :

— Alors ? Toujours amis ?

Alex acquiesça, et son expression se détendit un peu.

— Oui, bien sûr. Je vous remercie d'être venu aujourd'hui. Je crois que votre frère vous attend.

— Pas de souci. Vous avez fait un excellent travail à la tête de cette délégation, Alex. Notre famille vous est reconnaissante pour votre sensibilité et pour votre sens de la diplomatie. Et, au fait, j'aimerais que vous m'appeliez Gabriel.

— Je suppose que, pour le moment, ce sera acceptable.

— Ce sera toujours acceptable, insista Gabriel. Même

si Rafe accepte cette charge de roi d'Alma, je vous garantis qu'il ne tolérera guère les cérémonies fastueuses. Maria et vous avez montré à ma famille que leur opinion et leurs désirs comptaient. Ce détail pèsera lourd dans les négociations à venir. Nous vous en remercions.

— Heureux que vous voyiez les choses ainsi, répondit Alex.

Sur ce, Gabriel se dirigea vers la porte. Il se retourna sur le seuil pour lancer un dernier salut amical à Maria.

— Au revoir, douce enfant. Je dois me sauver. À bientôt.

Et, soudain, elle se retrouva seule avec Alex.

Elle sentit revenir sa nervosité.

Alex était planté entre elle et la porte, lui interdisant toute retraite.

— Sont-ils tous partis ? s'enquit-elle d'une voix mal assurée.

— Oui.

— Es-tu satisfait du résultat de cette journée ?

— Pas entièrement, répondit-il après un instant de réflexion.

— Quel est le problème ? Rafe a-t-il dit quelque chose qui laisse présager l'échec de notre mission ?

— Ne t'emballe pas, l'arrêta-t-il. Je ne faisais pas allusion aux aspects officiels de cette réunion. Tu m'as demandé si j'étais satisfait de cette journée, et j'ai dit « non »... parce que notre relation est dans une impasse.

— Pas à cause de moi, répliqua-t-elle en le fusillant du regard, réduisant à néant ses derniers espoirs de la voir se montrer raisonnable.

— Je me suis déjà excusé à ce sujet, rappela-t-il. Ne pourrions-nous pas laisser le passé derrière nous ?

Un flot d'images d'elle dans son lit vint se superposer à la réalité de la femme qui se tenait devant lui. Dans son élégant ensemble, Maria était merveilleusement féminine, et belle à couper le souffle. Mais cette tenue venait aussi lui rappeler qu'ils étaient d'abord des collègues de travail, et, seulement ensuite, des amants. Ce n'était pas ce qu'il désirait, mais c'était une nécessité.

— Tu ne comprends toujours pas, n'est-ce pas ? observa-t-elle d'une voix tremblante. Je ne suis pas en colère contre toi parce que tu m'as exclue de ton lit. Je suis furieuse parce que tu ne m'as pas crue lorsque je t'ai dit qu'il n'y avait rien entre Gabriel et moi. Par contre, lorsque Gabriel t'a répété exactement la même chose, tu l'as cru sans hésiter, lui.

Il comprit qu'il avait commis une monstrueuse erreur et, s'efforçant de calmer la situation, il répondit d'un ton conciliant :

— Peut-être devions-nous remettre les pendules à l'heure, et tout recommencer depuis le début ?

Maria ne parut pas du tout impressionnée. Traversant la pièce, elle vint de planter juste devant lui.

— Il n'y a rien à recommencer, Alex, répliqua-t-elle. Nous ne sommes rien l'un pour l'autre. Uniquement un homme et une femme qui travaillent ensemble.

Et, sur ces mots, elle l'écarta d'un revers de bras et se dirigea vers la porte.

C'était plus qu'il ne pouvait en supporter.

— Pas si vite, l'arrêta-t-il.

Il la rejoignit en deux enjambées et, l'attirant contre lui, il lui saisit le menton pour poser ses lèvres sur sa merveilleuse bouche rebelle. Il ne mit aucune domination dans son baiser. À sa colère, il répondit par la tendresse, par la douceur, s'efforçant désespérément de lui exprimer son regret d'avoir détruit leur relation.

Hélas ! c'était une cause perdue d'avance. Le corps de Maria resta rigide entre ses bras, ses lèvres froides et indifférentes.

Il la relâcha à contrecœur, et elle le dévisagea sans ciller. Dans ses yeux, il n'y avait aucun tumulte ni aucune douceur. Seulement une effroyable distance.

— La prochaine fois que vous ferez cela, monsieur Ramon,

je porterai plainte contre vous pour harcèlement sexuel, déclara-t-elle. Bonne journée.

Il la vit s'éloigner avec l'impression qu'il venait d'être frappé par la foudre. Il resta encore cinq minutes dans la petite salle, à s'efforcer d'analyser la situation, à essayer de comprendre à quel moment il avait tout gâché.

Toute sa vie avait été tournée vers la réussite. Major de sa promotion. Favori de son père. Un homme motivé et persévérant qui travaillait dur, qui savait ce qu'il désirait et qui avait toujours réussi.

L'argent n'avait jamais été un problème pour lui. Ses parents l'avaient gâté, mais il avait payé leur générosité en retour en les rendant constamment fiers de lui. Il n'avait jamais souffert de ne pouvoir obtenir quelque chose qu'il désirait, n'avait jamais eu à affronter l'amertume de l'échec.

C'était un curieux moment pour recevoir cette dure leçon de vie. À l'évidence, il n'était pas infaillible. Il y avait de fortes chances pour que les Montoro déclinent leur requête de restaurer la monarchie. Ce qui signifierait que lui et toute la délégation auraient travaillé en vain pendant des mois sur ce projet.

Retourner à Alma les mains vides avec leur proposition non signée représenterait non seulement un échec personnel, mais aussi un faux pas embarrassant dans sa carrière. Beaucoup de gens avaient compté sur lui. Son pays lui avait confié une mission d'une immense importance.

Il s'obligea à analyser son comportement au cours du week-end passé, et il sortit partiellement rassuré de ces réflexions. Bien sûr, il avait permis à sa vie privée de faire intrusion à un moment où il aurait dû rester concentré sur les Montoro, mais, en toute sincérité, il ne pensait pas que faire l'amour avec Maria ait été un manquement à ses devoirs.

Son plus noir péché avait été de la laisser croire qu'il ne la respectait pas, qu'il ne l'appréciait pas en tant que personne, en tant que femme.

Même si cela n'avait jamais été son intention, il lui suffisait de considérer la situation du point de vue de Maria pour comprendre qu'il avait tout gâché. Il l'avait blessée en mettant sa parole en doute. Rien n'était plus loin de la vérité, mais, lorsqu'elle lui avait assuré qu'il n'y avait rien entre Gabriel et elle, il en avait simplement conclu qu'elle n'était pas consciente de l'intérêt que l'autre homme lui portait.

Et, pour être honnête, il ne parvenait pas à imaginer qu'un homme normalement constitué puisse rester insensible aux charmes de Maria.

Lorsqu'il lui avait tendu la clé de sa suite et demandé de récupérer ses affaires, il était sous l'emprise de la colère et de la jalousie. Il avait essayé de se convaincre que c'était pour ne pas compromettre sa position de chef de la délégation. Mais, la vérité, c'était qu'il était furieux de l'avoir surprise dans le jardin avec Gabriel.

Il n'avait jamais tenu à une femme au point de se sentir bouleversé si elle le quittait pour un autre. Son travail avait toujours été sa priorité. La satisfaction de ses besoins physiques n'arrivait qu'en seconde place. Il aimait les femmes pour la douceur de leur corps et leur esprit fascinant, mais il n'avait jamais ressenti cette sensation de vide, de perte irréparable.

L'orgueil avait perdu bien des hommes et, à présent, sa vie risquait d'être détruite. Si tout cela s'était produit six mois plus tôt, son premier souci aurait été de sauver la face et de protéger sa carrière.

Mais à cet instant précis, il n'avait que faire de sa réputation ou de sa carrière, ou même de sa mission auprès des Montoro. Son seul regret était d'avoir détruit la plus exquise, la plus merveilleuse, la plus parfaite relation qu'il ait jamais vécue. Il avait perdu le respect de Maria, son amitié et toutes ses chances de l'avoir dans son lit.

Et pour parachever cet énorme fiasco, il savait désormais sans l'ombre d'un doute qu'il était amoureux d'elle.

Maria ne savait plus que faire. Habituellement, elle n'était pas une personne indécise, mais elle avait l'impression que le toit venait de s'effondrer sur sa tête.

Son premier réflexe avait été de changer sa réservation d'avion, mais le coût de l'opération était exorbitant. Et, au demeurant, il lui aurait été impossible d'obtenir un siège dans un autre avion avant la semaine suivante, à cause d'une grève des bagagistes.

Elle était tentée de prendre la fuite, n'ayant pas envie de se retrouver face à Alex, et elle allait faire en sorte de l'éviter aussi longtemps que possible. Lorsqu'ils se rencontreraient à nouveau, lirait-il sur son visage qu'elle avait le cœur brisé ? Devinerait-il qu'elle l'aimait à en mourir ?

Résignée à l'idée qu'il n'allait pas être possible de rentrer chez elle dans l'immédiat, elle s'avisa qu'il aurait été de toute façon très grossier de partir sans faire ses adieux aux Montoro, tout spécialement au moment où Isabella était encore à l'hôpital.

Deux jours plus tard, attablée à la terrasse d'un petit café à deux pas de l'hôtel, elle parcourait ses mails d'un regard distrait. Ces dernières quarante-huit heures avaient été les plus longues de sa vie. La seule bonne nouvelle était le rétablissement spectaculaire d'Isabella : la vieille dame allait pouvoir quitter l'hôpital.

Entre-temps, Maria avait lu des romans, marché sur la plage, et même participé à une visite touristique de la ville en bus. Tout était bon pour tuer le temps.

Cette attente était une torture. Et, aujourd'hui, c'était pire, même s'il n'était pas encore midi. Elle parla un petit moment au téléphone avec sa mère, et il lui sembla surréaliste que la vie suive son cours à Alma pendant qu'elle souffrait ici.

Elle commandait un sandwich pour son déjeuner lorsqu'elle reçut un texto. De Gabriel.

Pas un mot à quiconque, mais nous sommes près du but !

Son cœur cessa de battre. Elle éprouva aussitôt le besoin

de communiquer la nouvelle à Alex, mais elle n'en avait pas le droit. Elle répondit aussitôt :

La monarchie sera-t-elle restaurée ?

Cela en prend le chemin. Que Dieu nous vienne en aide…

Elle avait le sentiment que sa prière était sincère. La tâche qui attendait Rafe était écrasante, mais toute la famille serait affectée de multiples façons. Elle tapa rapidement :

Isabella est-elle au courant ?

Pas encore. Rafe et papa désirent d'abord examiner le document point par point.

C'est logique.

Si tout cela se réalise, nous organiserons une grande fête. Attendez-vous à d'autres annonces imminentes des Montoro.

Dites-moi. Dites-moi tout.

Je suis tenu au secret.

Elle croyait presque voir son sourire d'autosatisfaction.

Merci pour le scoop.

De rien. À bientôt.

Elle paya son sandwich et entreprit de le déguster, mais elle avait perdu tout son appétit. Si Alex et elle ne s'étaient pas disputés, il lui aurait sans doute demandé de participer à ces dernières négociations secrètes. Mais, de fait, elle avait été tenue à l'écart. Elle fut surprise de constater à quel point cela la blessait.

Son téléphone était posé sur la table. Alex l'appellerait sûrement lorsque la nouvelle serait officielle. Ou peut-être la cassure entre eux était-elle définitive. Elle repoussa le sandwich qu'elle avait à peine touché et entreprit de se mordiller un ongle, une vilaine habitude dont elle s'était débarrassée au lycée.

Trente-sept minutes s'étaient écoulées depuis le dernier texto de Gabriel lorsque son téléphone tinta discrètement pour lui annoncer qu'elle avait reçu un message. Celui-ci était d'Alex. Il était simple et direct :

Nous avons un roi !

Sa vue se brouilla de larmes. Elle croyait voir Alex à cet instant précis. Jubilant. Soulagé. Incroyablement séduisant.

Il ne lui avait pas envoyé ce message à titre personnel. Une par une, les réponses commencèrent à arriver, et elle comprit bientôt que toute la délégation avait reçu le même texto. Maria n'était qu'un nom dans son répertoire.

Consciente que son silence pourrait paraître étrange à ses collègues, elle rassembla tout son courage et entreprit sans enthousiasme de concocter une réponse :

Un grand jour pour Alma. Je suis fière d'avoir travaillé main dans la main avec vous tous.

Ensuite, elle éteignit son téléphone. Il n'y avait qu'une chance infime pour qu'Alex l'appelle, mais elle ne pouvait pas se permettre de prendre ce risque. Entendre sa voix achèverait de lui déchirer le cœur.

Elle rangea ses affaires dans son sac, abandonna son sandwich et alla marcher au hasard des rues de Miami. Elle réussirait peut-être ainsi à exorciser ses démons.

Mais elle n'y croyait pas trop.

Sa vie avait changé. Et elle changerait encore davantage après son retour à Alma.

Elle allait devoir prendre d'importantes décisions.

Chapitre 15

Alex ne se souvenait pas de s'être jamais senti aussi fatigué, ni aussi satisfait. Ni aussi frustré. Ces sentiments se succédaient en lui de minute en minute.

Rafael Montoro l'avait appelé pour lui annoncer qu'il acceptait de signer le document avec quelques petites modifications et, ensuite, cela avait été une avalanche de coups de téléphone. Il avait fallu tirer du lit le Premier ministre d'Alma. À cause de la différence des fuseaux horaires, les quelques jours à venir allaient représenter un challenge pour les deux parties lors de la négociation des derniers détails mineurs.

Après de longues semaines d'attente et d'incertitude, les événements se succédaient soudain à une vitesse vertigineuse. Il essaya par trois fois de joindre Maria, mais il obtenait invariablement son répondeur. Où diable était-elle ?

Avec Gabriel ? Même s'ils n'étaient pas amants, il ne pouvait que constater que Gabriel et Maria étaient en train de devenir de très bons amis.

À un certain moment, il s'était imaginé que Maria et lui-même étaient proches.

Mais, désormais, Maria l'évitait soigneusement. Et, le pire, c'était de savoir qu'il était le seul responsable de cette douloureuse situation.

Durant le restant de cette journée, et jusque tard dans la nuit, il relaya un flot continu d'informations entre Alma et la future famille royale. Des décisions devaient être prises concernant la date et l'heure de l'annonce officielle. Pour la bonne marche des affaires, il était important de protéger l'image des Montoro aux USA et à l'étranger.

Les marchés financiers n'aimaient guère le changement ou l'incertitude, et Montoro Entreprises était une société cotée en Bourse. Tous les problèmes potentiels devaient être réglés avant l'annonce de cette extraordinaire nouvelle.

Durant les soixante-douze heures qui suivirent, Alex travailla pratiquement sans discontinuer, ne dormant que quatre ou cinq heures par nuit. Maria et lui communiquaient par texto et par mail, mais lorsqu'il leur arrivait de travailler côte à côte à une table, quelqu'un d'autre était toujours présent dans la pièce.

Il aurait pu insister pour qu'ils se voient en privé, mais il n'avait déjà fait que trop de dégâts. Il choisit donc d'attendre le moment propice.

Et, pour être honnête, il ne pouvait guère se soucier de sa vie privée dans un moment comme celui-ci. Toute son attention devait rester concentrée sur Alma, sur les Montoro et sur les changements à venir.

Cependant, lorsqu'il s'effondrait enfin sur son lit, aux premières lueurs de l'aube, il ne pensait qu'à la sensation du corps de Maria blotti contre le sien. Il croyait encore sentir la merveilleuse odeur de son parfum sur son oreiller.

Maria lissa la jupe de sa robe de soirée écarlate, se demandant si elle avait commis une erreur. Devant le miroir de la salle de bains, elle remonta un peu le corsage, espérant cacher un ou deux centimètres de son décolleté. La coupe de la robe et les baleines dont était doté son corsage faisaient pigeonner ses seins.

Lorsque la presse avait eu vent que les Montoro allaient accepter la proposition d'Alma, cela avait été l'enfer. Elle avait passé des heures devant son ordinateur à rédiger des communiqués de presse dans une variété de formats. Certains pour Alma, d'autres pour la presse locale de Miami, et d'autres encore pour le reste du pays et pour la presse internationale.

Les répercussions d'un événement politique de cette ampleur se feraient sentir durant des années. Être partie prenante du processus était à la fois excitant et extrêmement stressant. Ce moment crucial venait récompenser ses années d'éducation, de formation et de travail acharné. Elle pouvait en être fière. Et elle l'était.

Mais la satisfaction d'un travail bien fait ne saurait guérir les blessures d'un cœur brisé. Surtout si l'on considérait qu'elle allait devoir chercher un nouveau poste à son retour à Alma.

Elle savait déjà que ce ne pourrait pas être dans le même bâtiment qu'Alex, mais elle essayait de se convaincre que peu importait. Elle n'était pas la première femme à s'être trompée au sujet d'un homme, et elle ne serait pas la dernière.

Mais elle souffrait atrocement.

Entre-temps, elle devait cloisonner les différentes facettes de sa vie. Enfermer ses sentiments à double tour, et laisser s'exprimer une Maria libre et joyeuse. La fête que donnaient les Montoro ce soir dans leur propriété de Coral Gables serait probablement l'événement le plus brillant, le plus élégant auquel il lui ait été donné d'assister. Au diable Alex et son attitude arrogante, ses jugements à l'emporte-pièce, elle allait s'amuser !

La veille, entre deux séances de travail frénétique, elle s'était éclipsée un moment durant l'après-midi et, dans l'un des hôtels du quartier, elle avait ainsi découvert une boutique qui exposait les modèles d'une créatrice de mode de la région. Ces vêtements étaient d'une qualité exquise, mais l'artiste n'étant pas encore très connue, les prix n'avaient rien d'astronomique.

En quittant Alma, outre la robe aigue-marine qu'elle avait portée à la première réception, elle avait emporté deux tenues de soirée infroissables au cas où elle aurait à apparaître à des événements officiels, mais ni l'une ni l'autre n'étaient particulièrement excitantes. Aussi, lorsqu'elle avait posé les yeux sur cette robe rouge ultra-sexy, il lui avait fallu l'essayer immédiatement. La vendeuse elle-même avait été impressionnée par le résultat. La couleur de la robe s'harmonisait à merveille avec son teint clair et ses cheveux blonds.

Dans cette splendide création, elle se sentait comme une princesse, sentiment on ne pouvait plus approprié pour une soirée au cours de laquelle un royaume allait renaître.

Elle examina les fines bretelles, la taille ajustée. Elle ne pouvait pas voir la totalité de sa silhouette, mais elle laissa glisser les mains sur ses hanches, sentant la soie qui épousait ses courbes. Sous le genou, la robe s'épanouissait en une mousse de tulle et de satin qui lui donnait l'air d'une sirène.

Et, qui sait ? Elle rencontrerait peut-être un homme du cru qui lui ferait perdre la tête. Alors ils danseraient dans les bras l'un de l'autre jusqu'au bout de la nuit.

C'était une image très agréable, mais en se détournant du miroir, elle dut refouler un flot de larmes importunes. Elle ne pleurerait pas pour Alex Ramon. Pas ce soir. Ce soir, l'heure était aux réjouissances.

Maria était dans le hall de l'hôtel, ses bagages prêts, à 17 heures précises. Bella avait insisté pour passer la prendre dans une limousine. Toute la délégation avait été invitée à passer le week-end dans les nombreux pavillons parsemant l'immense propriété des Montoro, à Coral Gables.

La famille avait envoyé plusieurs voitures à l'hôtel pour conduire les invités d'honneur à la soirée. Par bonheur, Maria n'avait plus à craindre une embarrassante rencontre avec Alex.

— Vous êtes fabuleuse ! s'exclama Bella lorsqu'elle entra et posa les yeux sur Maria.

— Merci, répondit-elle. Votre appréciation est un baume pour mon ego.

Tandis que le chauffeur allait ranger ses bagages dans le coffre, elles prirent place à l'arrière.

— Ne le prenez pas mal, remarqua Bella, fronçant les sourcils, mais vous avez l'air d'avoir pleuré.

— Vraiment ? fit Maria en sortant à la hâte un petit miroir de son sac pour examiner son visage.

— C'était seulement un test, déclara Bella en riant. Si vous m'aviez répondu que vous n'aviez pas pleuré, j'en aurais conclu que vous alliez bien. Mais je lis dans vos yeux qu'Alex et vous n'êtes toujours pas réconciliés, n'est-ce pas ?

— Ce n'est pas drôle, marmonna Maria. Et il n'y a aucun besoin d'une réconciliation entre nous. Nous allons parfaitement bien.

— À d'autres ! répliqua Bella en ouvrant le petit réfrigérateur pour remplir une coupe de champagne qu'elle lui tendit en souriant. Haut les cœurs ! Il va peut-être tomber à vos pieds en vous voyant dans cette robe…

Hélas ! la prédiction de Bella se révéla totalement erronée. Lorsque Maria aperçut Alex, il était en pleine conversation avec une présentatrice de la télévision locale qui paraissait beaucoup plus intéressée par son interlocuteur que par l'histoire des Montoro.

Il lança un bref regard dans sa direction, puis il reporta son attention sur l'autre femme. Exit la robe rouge.

Au lieu de se désoler d'une situation qu'elle ne pouvait pas changer, elle choisit de s'imprégner de la splendeur de cette soirée. Le cadre de la fête avait tout le glamour et toute la théâtralité d'un décor de cinéma. Le velours vert des immenses pelouses amoureusement entretenues était ponctué d'une incroyable variété de plantes tropicales et d'une multitude de palmiers géants.

De grandes tentes blanches décorées de lucioles électriques qui clignoteraient dans le ciel de la nuit avaient été dressées pour abriter les invités en cas de pluie. Mais, pour l'instant, les nuages servaient seulement à annoncer un coucher de soleil des plus spectaculaires.

La sécurité était stricte. Tous les nouveaux arrivants étaient tenus de passer par un portail, où des agents vérifiaient que leurs noms figuraient sur la liste des invités.

— Je dois hélas ! vous quitter, déclara Bella. Mon père m'a demandé de m'occuper de quelques petites choses.

— Je me débrouillerai très bien, assura Maria. Faites ce que vous avez à faire. Entre-temps, je vais peut-être me retirer un moment dans ma chambre, si vous m'indiquez où elle se trouve.

— Ce n'est pas moi qui ai été chargée du logement des invités, répondit Bella avec un sourire mélancolique. La gouvernante vous a placés, Alex et vous, dans le pavillon que vous occupiez lors de votre visite précédente.

— J'espère que vous plaisantez, fit Maria, consternée.

— Je suis sincèrement navrée. Il n'y a plus un seul lit de libre.

— Cela ne fait rien. Je tâcherai de me rendre utile ailleurs.

Sur ce, Bella s'éloigna, et Maria n'eut d'autre choix que de déambuler dans les jardins en attendant l'heure de l'événement phare de la soirée. Alex savait-il déjà qu'ils allaient partager un pavillon ? Était-il furieux à cette idée ? Était-ce pour cette raison qu'il l'avait à peine regardée lorsqu'elle était arrivée ?

Elle s'était attendue à ce que son attente soit ennuyeuse, mais elle s'était trompée. Confortablement installée dans un fauteuil à l'écart de la foule, elle avait une vue parfaite sur les invités qui continuaient à arriver. C'était presque comme si elle avait été assise devant le tapis rouge de la cérémonie des Oscars.

Elle était une étrangère, à Miami, et beaucoup de ces visages lui étaient inconnus. Mais il lui était facile de reconnaître ceux qui figuraient constamment en première page des tabloïdes : des légendes du rock et des rappeurs, des personnalités de la télévision, des stars de la scène et du grand écran. Les Montoro avaient bien plus de relations mondaines qu'elle ne l'avait supposé.

Tout au bout de la pelouse, avec l'azur de l'océan comme toile de fond, on avait dressé une petite scène équipée d'un système de sonorisation high-tech. La soirée devait débuter à

19 heures par la cérémonie officielle. Après cela, on dînerait et on danserait.

Elle aperçut Gabriel de loin, mais il était accompagné de deux jeunes femmes ravissantes, une à chaque bras, et elle s'abstint de le déranger.

Lorsque les dignitaires montèrent sur la scène, elle sentit redoubler sa nervosité. Elle aurait voulu parler à Alex pour lui dire quelques mots d'encouragement mais, vu l'état présent de leurs relations, il était peut-être plus sage de garder ses distances. Les sentiments personnels devaient laisser place aux affaires politiques qui étaient aujourd'hui à l'ordre du jour.

Elle aurait tout donné pour être l'un de ces joyeux convives venus simplement pour s'amuser. Cette foule festive lui faisait penser à un grand vol d'oiseaux bariolés, dans lequel les smokings noirs des hommes rendaient plus éclatantes encore les tenues colorées des femmes.

Un grand silence remplaça le brouhaha des rires et des conversations lorsque Rafael Montoro III, ses trois enfants et Alex montèrent sur la scène et s'assirent à leurs places. Seul Rafael resta debout. Il s'avança jusqu'au pupitre, contempla un instant cette mer de visages d'un air profondément ému et toussota pour s'éclaircir la voix.

— C'est un immense plaisir pour moi de souhaiter la bienvenue à chacun de vous ce soir, dans ce lieu où bat le cœur de la famille Montoro. La Floride est notre foyer et a toujours été notre sanctuaire. Rien ne nous fera jamais oublier ce lien. Toutefois, la vie est pleine de surprises et, comme vous le savez tous, sa seule constante est le changement.

Cette remarque fut accueillie par quelques rires. Il marqua une pause, avant de poursuivre :

— Pour ceux d'entre vous qui ne me connaissent pas encore, je suis Rafael Montoro III. Sur ce plateau avec moi, ce soir, vous voyez mes trois enfants — Rafael IV, Gabriel et Bella. Nous espérons pouvoir bavarder avec le plus grand nombre possible d'entre vous au cours de cette merveilleuse soirée.

Il y eut beaucoup d'applaudissements. Il attendit en souriant que le bruit ait cessé, puis se tourna vers Alex.

— À présent, j'aimerais vous présenter M. Alex Ramon, Vice-Premier ministre d'Alma en charge du Commerce, et chef de la délégation de ce pays.

Alex et Rafael échangèrent une poignée de main et une accolade cérémonieuses, puis Rafael retourna s'asseoir. Elle vit Alex ajuster la hauteur du micro, et ses paumes devinrent aussi moites que si elle avait été assise à côté de lui.

Mais lorsqu'il prit la parole, il y avait tant de passion dans sa voix, tant de conviction et de charisme qu'elle en oublia momentanément les instants qu'elle avait partagés avec lui. Elle se contenta de l'écouter, remplie de fierté et d'admiration pour l'homme qui avait tant accompli.

Après quelques brèves explications, Alex sourit et demanda à Rafe de venir le rejoindre.

— J'ai le grand honneur et le privilège de vous présenter le prochain roi de la nation d'Alma, Rafael Montoro IV.

Rafe, peut-être troublé par l'importance du moment, se contenta d'abord de hocher la tête, le visage tendu. Puis, il se décida enfin à prendre la parole :

— Il est encore tôt pour savoir ce que nous réserve l'avenir, et je suis pleinement conscient de l'honneur que me fait le peuple d'Alma. Mais sachez-le, je prends cet engagement très au sérieux. Et je ferai tout ce qui est en mon pouvoir pour que cette nouvelle relation apporte le progrès et la prospérité au peuple qui m'a honoré de sa confiance.

Cette fois-ci, les applaudissements avaient un ton différent. Toute l'assistance comprenait l'immensité de la tâche qui attendait le nouveau roi et, outre ses félicitations, le public lui offrait son respect.

À la grande surprise de Maria, Rafael retourna s'asseoir, et Alex revint se placer derrière le pupitre.

— Je manquerais à tous mes devoirs, ce soir, si je ne remerciais pas chacun des membres de la délégation officielle d'Alma. Vous trouverez leurs noms dans vos programmes, et j'espère que vous prendrez le temps de leur exprimer votre reconnaissance pour leur dévouement dans l'accomplissement de notre mission, à savoir la restauration de la monarchie à Alma.

Il se tut soudain et, le temps d'une seconde, elle eut la sensation que son regard était fixé sur elle.

— Le fait est, reprit-il, que la politique et les négociations commerciales ne sont pas uniquement une question de statistiques et de contrats signés. Au bout du compte, il s'agit de relations humaines. De confiance et d'intégrité. Une personne de notre groupe semble comprendre cette vérité mieux que nous tous, et je ne suis pas certain que nous serions là ce soir sans les sages conseils et la précieuse collaboration de cette adorable jeune femme en robe rouge, Maria Ferro. Merci, Maria, pour tout ce que vous avez fait afin de construire des passerelles entre nous et d'établir un consensus autour de la table.

Cette fois-ci, elle n'entendit pas les applaudissements. Son cœur battait trop fort dans ses oreilles pour qu'elle soit consciente d'autre chose. Les personnes qui l'entouraient vinrent lui serrer chaleureusement la main, embrasser sa joue et lui offrir leurs félicitations.

Et tout à coup, dans ce tourbillon indistinct, Alex apparut à ses côtés, toujours aussi brun, aussi séduisant, et plus que jamais cher à son cœur.

Il ne la toucha pas, mais son regard brûlant la fit frissonner.

— J'ai failli avaler ma langue, tout à l'heure, lorsque je t'ai vue, murmura-t-il d'une voix rauque. Cette robe rouge et toi êtes une combinaison hautement dangereuse.

— Pensais-tu ce que tu as dit ? s'enquit-elle. Ou est-ce la délégation qui t'a chargé de débiter ce discours ?

— J'ai vraiment perdu la tête, n'est-ce pas, mon cœur ? Bien sûr que je pensais sincèrement chacun de mes mots.

Il était rassurant d'apprendre qu'il appréciait son travail, bien entendu, mais ses compliments ne changeaient rien au fait qu'il n'avait pas confiance en elle.

Tout à coup, elle se rendit compte que plusieurs personnes se tenaient assez près d'eux pour tendre une oreille curieuse à leurs propos.

Au même instant, Alex la prit par le bras. Ses doigts vigoureux étaient délicieusement tièdes sur sa peau nue.

— Viens, murmura-t-il. Filons d'ici.

— Non, répondit-elle en se libérant de son étreinte. Je n'ai plus rien à te dire. Tu ne m'as jamais crue lorsque je te disais qu'il n'y avait rien entre Gabriel et moi, et tu m'as blessée.

— Je te crois, assura-t-il d'un ton conciliant. Mais je pensais que tu essayais de t'aveugler au sujet de ses sentiments pour toi. Je sais maintenant que je m'étais trompé sur les deux tableaux.

— Gabriel et moi sommes amis, c'est tout.

— Je sais cela, aujourd'hui. Je me suis conduit comme un imbécile. Et je suis désolé. J'ai été jaloux et stupide. Je sais que je ne le mérite pas, mais je te demande de me pardonner.

Elle le dévisagea, abasourdie par cette volte-face radicale. Alex en profita pour l'entraîner hors de la foule.

Ils étaient arrivés devant la dernière des tentes lorsqu'elle refusa d'aller plus loin.

— Alex, je te pardonne ! lâcha-t-elle d'un ton pressant. Je te pardonne sincèrement. Mais cette soirée est la tienne. Celle d'Alma. C'est le point culminant de dix mois d'espoirs et de travail acharné pour toi. Tu n'as pas le droit d'abandonner ces gens !

— Crois-tu vraiment, mon amour ? répondit-il en posant ses lèvres sur les siennes, assez longtemps pour la priver de souffle. Eh bien, tu vas voir.

Il l'entraîna jusqu'à une voiturette de golf, l'aida à monter sur le siège et mît le contact. Elle n'aurait pas pu retrouver seule son chemin dans le labyrinthe des allées de la propriété, mais Alex les conduisit tout droit jusqu'au charmant petit pavillon qu'ils avaient occupé lors de leur premier séjour à Coral Gables.

Lorsqu'il arrêta leur véhicule, elle tremblait de tout son

corps. Elle tenta de parler, mais elle avait la gorge si sèche qu'il lui fut impossible d'articuler la moindre parole.

Alex avait dû sentir son désarroi, ou alors il était tout simplement pressé. Quoi qu'il en soit, il la surprit en la soulevant dans ses bras pour l'emporter à grands pas jusqu'à la porte. Le pavillon n'était pas fermé à clé. Cette clé les attendait sur une table à l'intérieur, posée à côté d'un petit mot de bienvenue des propriétaires, d'une corbeille de fruits et d'un arrangement de fleurs fraîches.

Alex referma la porte d'une main, et elle murmura :

— Merci.

— De quoi ? s'étonna-t-il.

Elle effleura son menton du bout des doigts. Une minuscule coupure sur le côté gauche suggérait qu'il s'était rasé hâtivement.

— Merci d'avoir dit toutes ces gentilles choses à mon sujet. Et aussi pour tes touchantes excuses.

— Si tu penses que j'ai été gentil en disant tout cela, répondit-il en retrouvant aussitôt son sourire, attends d'entendre la suite.

Il traversa le luxueux salon sans ralentir, s'engagea dans le couloir et n'hésita que devant les portes des deux chambres.

— Chez toi ou chez moi ?

Elle décida que le moment était venu de mettre un frein à cette assurance masculine débridée.

— Ne présumez-vous pas un peu vite de mes intentions, monsieur Ramon ? remarqua-t-elle.

D'un coup de pied, il ouvrit la porte de la chambre qui avait été celle de Maria lors de leur précédent séjour. Il la déposa sur le lit, avant d'arracher son petit réticule à ses doigts sans force et de le jeter sur le tapis. Ensuite, il vint s'allonger près d'elle, appuyé sur un coude, une expression sérieuse sur le visage.

— Je me suis conduit comme un âne, comme un idiot, mais je t'adore, Maria. Ma vie ne signifie plus rien si tu n'en fais pas partie. Dis-moi que tu m'aimes. Dis-moi que tu me pardonnes. Épouse-moi et donne-moi des tas de bébés.

Son arrogance naturelle était toujours là. Il exigeait encore. Mais elle sentit néanmoins son cœur fondre.

— Tu es peut-être un diplomate, remarqua-t-elle, mais je ne te sens pas très à l'aise dans l'art de la supplication.

Il se laissa glisser au bas de son lit pour s'agenouiller devant elle. Levant ses yeux sombres vers les siens, il s'empara de sa main.

— Nous avons pris un mauvais départ, Maria. J'aurais aimé pouvoir te faire la cour en privé, en prenant tout mon temps, et pas en plein milieu d'une négociation politique cruciale. Tu mérites beaucoup mieux que cela.

— J'adore travailler avec toi, répondit-elle d'une voix douce, entremêlant ses doigts aux siens.

— Ma seule excuse, c'est que ce qui s'est passé m'a pris par surprise.

— Que veux-tu dire ?

— Je suis tombé follement amoureux de toi.

Elle cessa de respirer durant cinq bonnes secondes, avant de balbutier :

— Tu… m'aimes… vraiment ?

— N'est-ce pas exactement ce que je viens de te dire ? s'insurgea-t-il.

— Il me semble que lorsque cette déclaration est distillée en seulement trois petits mots, elle paraît plus réelle, murmura-t-elle se redressant pour glisser une main derrière sa nuque. et attirer ses lèvres vers les siennes. Moi aussi, je t'aime, Alex. Je crois que je t'aime depuis très longtemps.

— Si tu aimes ce qui est réel, alors tu vas adorer la suite que je t'ai préparée.

Il se débarrassa rapidement de sa veste de smoking, puis de sa chemise. Elle sentit son pouls grimper en flèche.

— As-tu besoin d'aide ? demanda-t-elle.

— Non. Viens ici. Tout de suite.

Alex n'y pouvait rien, il avait l'habitude de donner des

ordres. Mais c'était un défaut qui pouvait être corrigé avec un peu de travail.

Elle quitta vivement le lit et vint se planter devant lui. Il était plus grand qu'elle mais, grâce à ses hauts talons, ses yeux étaient à la hauteur des siens. Elle effleura délicatement son large torse, se délectant de sentir ses muscles fermes et tièdes sous ses doigts.

— Je regrette un peu que nous ne soyons pas restés à la fête, murmura-t-elle en posant ses lèvres sur la veine qui battait à la base de son cou puissant.

— Pourquoi ? s'enquit-il d'une voix qui était presque un croassement, à présent qu'une érection monumentale déformait son pantalon.

— J'avais rêvé de danser avec toi.

— Pas de problème, répondit-il en souriant.

Il la relâcha, ramassa sa veste, et, fouillant ses poches, en tira son smartphone. Il fit défiler plusieurs icônes sur l'écran d'un air très concentré, avant de trouver ce qu'il cherchait. Quelques secondes plus tard, les premiers accords d'une chanson d'amour flottaient dans l'air de la pièce.

— Alex…

— Oui, Maria ? murmura-t-il en la serrant dans ses bras.

— Je ne suis toujours pas très sûre de savoir comment tout cela va fonctionner, lorsque nous serons de retour à Alma. Il y aura des commérages.

— Ce que les gens penseront, c'est que j'ai été très malin de te capturer dans mes filets avant qu'un autre homme ne te trouve le premier.

Il laissa glisser sa main avec délectation sur la peau douce de son dos nu, avant d'ajouter d'un ton suave :

— T'ai-je déjà dit combien j'aime cette robe ?

— Pour un homme à la réputation austère, je trouve que le thème de l'amour revient bien souvent sur tes lèvres.

— Et maintenant ? répliqua-t-il en reculant d'un pas, les bras tendus vers elle. Ai-je l'air austère ?

— Tu marques un point, convint-elle en lui enlaçant la taille pour se balancer doucement au rythme de la mélodie romantique.

— Tiens-tu beaucoup à cette robe ? s'enquit-il en inclinant soudain la tête vers elle.

Son regard sombre brillait d'émotions qu'elle reconnut instantanément. Désir. Besoin. Désespoir. La force de la vague de désir sexuel qui les jetait l'un vers l'autre aurait pu laisser penser qu'ils avaient été sevrés d'amour depuis des années.

— Elle m'a coûté beaucoup d'argent, répondit-elle d'une voix mal assurée. Je comptais la porter toute la soirée.

— Dans ce cas, j'y ferai très attention, murmura-t-il, tirant la fermeture à glissière sans lui laisser le temps de protester. D'ailleurs, la nuit ne fait que commencer. Il n'est pas exclu que nous retournions à cette soirée…

— Cela me paraît raisonnable.

Elle le soupçonnait de mentir, mais cela lui était égal lorsqu'il fit glisser sur ses bras les fines bretelles de sa robe rouge digne d'une princesse. Lorsqu'il découvrit qu'elle ne portait pas de soutien-gorge, elle l'entendit gémir, et les pointes de ses seins durcirent aussitôt.

— Je te veux.

À l'évidence, la passion l'avait ramené à l'âge des cavernes, mais elle le lui pardonna bien volontiers. Prenant appui sur sa main, elle se débarrassa de sa minuscule culotte. À présent, elle ne portait plus que ses escarpins à talons aiguilles et son sourire.

— Moi aussi, j'ai envie de toi, répondit-elle dans un souffle. Durant toutes ces années, je t'ai admiré, mais il m'a fallu un peu de temps pour comprendre que mes sentiments allaient bien au-delà de l'admiration. Tu es un homme à qui l'on peut difficilement résister.

— Dans ce cas, mon cœur, n'essaie même pas.

Il la serra contre lui, et ils ne furent plus séparés que par le tissu de son pantalon de smoking. C'était une sensation exquise. Mais elle pressentait déjà que cela pouvait devenir meilleur encore.

— J'ai besoin de te voir nu, murmura-t-elle d'un ton pressant.

— Je suis aux ordres de Madame.

Il recula et acheva de se déshabiller avec des gestes fiévreux, la respiration haletante. Cela fait, ils basculèrent sur le lit avec une hâte qui la fit éclater de rire.

— J'adore cette version de toi en homme des cavernes.

Il se détourna un bref instant pour ramasser son pantalon sur le tapis, et il en tira un petit écrin qu'il lui tendit.

— Épouse-moi, Maria. S'il te plaît.

Cette proposition un peu maladroite, faite d'une voix rauque, la prit totalement au dépourvu, et son cœur se mit à battre la chamade. La bague nichée dans le velours noir, un solitaire assez gros pour servir de phare aux navires, était absolument fabuleuse.

— Elle est… magnifique, balbutia-t-elle.

— Ce n'est pas une réponse, observa-t-il en la lui glissant au doigt.

— Oui, murmura-t-elle, la gorge serrée d'émotion. Oui, Alex.

— Ne me quitte plus jamais, gronda-t-il, faisant glisser lentement sa main tiède, à la paume un peu calleuse, de sa gorge à son ventre, laissant une traînée de feu derrière elle.

Son regard était grave, intense. Elle leva une main pour caresser sa joue.

— Je ne te quitterai plus, promit-elle. Mais tu dois te douter que nous nous disputerons encore de temps en temps. Nous sommes aussi têtus l'un que l'autre.

Il se positionna alors au-dessus d'elle et la pénétra d'un lent coup de reins, plein de puissance. Exhalant un soupir, elle accueillit cette douce invasion avec délices, levant ses jambes pour les nouer autour de sa taille.

— Je veux bien que nous nous disputions un peu, convint Alex en posant son front contre le sien. À la seule condition qu'on fasse la paix chaque soir.

Elle frissonna de tout son corps lorsqu'il effleura son endroit secret. Mais ces merveilleuses sensations physiques n'étaient rien, comparées à la béatitude émotionnelle qu'elle éprouvait en cet instant. Le simple fait qu'il soit ici, avec elle, en disait davantage que toutes les paroles du monde. L'apogée de sa carrière parmi les milliardaires et les célébrités se déroulait non loin d'ici. Mais Alex avait fait son choix.

Elle se sentait toute petite devant tant d'amour.

Et immensément heureuse.

Alors qu'ils approchaient du point de non-retour, la pensée rationnelle céda la place aux sensations. Chaleur. Tendresse. Peau contre peau. Cœur contre cœur. Deux corps luisants de transpiration l'un contre l'autre. L'un dans l'autre.

Un tremblement la secoua tout entière au moment de l'orgasme, la projetant dans un éther de sensations merveilleuses. Alex la serrait très fort dans ses bras.

Sa propre libération arriva un instant plus tard, dans un gémissement de plaisir ébloui.

Ils restèrent ainsi longtemps enlacés, pantelants, membres emmêlés, puis elle observa enfin :

— Nous pourrions faire l'amour toute la nuit sans nous arrêter, j'en suis sûre, mais on a besoin de toi à la fête, Alex. C'est vrai, crois-moi. Ces gens ont besoin de toi.

— Je sais, reconnut-il en poussant un grand soupir.

— Plus vite nous serons rhabillés, et plus vite nous pourrons revenir ici.

— Essaierais-tu de me corrompre ?

— Est-ce que cela a fonctionné ?

— Oui, gémit-il en lui mordillant le cou. Bien sûr que oui.

— Je vous aime, monsieur Ramon, déclara-t-elle avec un sourire qu'il ne pouvait pas voir.

Alex sauta à bas du lit et ramassa sa robe rouge, puis il contempla un instant son corps nu d'un air désolé.

— Remets vite cette robe avant que je ne change d'avis.

— La patience est une grande vertu.

— Au diable la patience !

Elle se rhabilla en riant, et se recoiffa de façon sommaire tout en observant Alex du coin de l'œil. Sa nudité soulignait encore la puissance de sa complexion. Un athlète dans toute sa splendeur.

Puis, ils furent tous deux présentables.

— Un dernier petit baiser avant de partir ? suggéra-t-elle en lui tendant ses bras.

— Dans mon état actuel, je préfère m'abstenir, répondit-il en s'écartant. Ne t'étonne pas, tout à l'heure, si je te traîne derrière un palmier pour te faire l'amour comme une bête.

Elle n'aurait su dire avec certitude s'il plaisantait ou s'il était sérieux. Dans ce smoking, il était l'incarnation de la beauté masculine.

— Mon prince, murmura-t-elle, le cœur débordant d'amour.

— Je t'aime de toute mon âme, Maria. Il me tarde de vivre le reste de ma vie auprès de toi. Mon existence était grise et terne, tu l'as illuminée.

La vulnérabilité qu'elle devinait dans ces mots paraissait incroyable chez un homme aussi grand et aussi fort. Soudain, elle eut envie de pleurer. Elle s'approcha et, lui enlaçant la taille, elle posa sa tête sur son épaule.

— Je t'aime, murmura-t-elle simplement.

Aussi ému qu'elle, Alex déposa un baiser dans ses cheveux.

— Finissons-en, princesse. J'ai des projets pour toi. De grands projets.

— À tes ordres, patron. Tout ce que tu voudras.

Elle éprouvait un bonheur presque douloureux. Elle commençait à croire que les contes de fées pouvaient quelquefois devenir réalité.

JENNIFER HAYWARD

Le choix d'Aleksandra

Traduction française de
JEAN-BAPTISTE ANDRÉ

DIADÈME

HARLEQUIN

Titre original :
CLAIMING THE ROYAL INNOCENT

Ce roman a déjà été publié en 2018.

Chapitre 1

— Le comte et la comtesse d'Agiero, annonça le soldat en uniforme planté à l'entrée de la salle de bal.

Aleksandra Dimitriou, qui était la suivante dans la file, sentit son cœur se serrer. Elle avait espéré, en arrivant tard, que les présentations seraient finies et qu'elle pourrait se glisser sans être remarquée dans le palais royal, à l'occasion du vingt-cinquième anniversaire de la princesse Stella.

Évidemment, elle ignorait tout du fonctionnement de ce genre d'événement — c'était le premier auquel elle assistait. Sa robe de soirée était louée, ses chaussures, prêtées par son amie Kira et ses bijoux, des imitations achetées sur un marché aux puces. Même l'invitation avec laquelle elle comptait entrer ne lui appartenait pas.

Une bouffée de panique la submergea. Elle allait être démasquée, c'était certain. Soit par l'un des centaines d'invités, soit par les paparazzis qui se pressaient derrière une barrière disposée le long du tapis rouge.

Le plus discrètement possible, elle frotta ses paumes moites sur ses hanches. La photo d'une intruse emmenée menottée hors du palais les ravirait. Elle imaginait déjà la réaction des habitants du petit village côtier dans lequel elle vivait lorsqu'ils verraient son visage en pleine page à leur réveil : d'abord la stupéfaction, puis l'effroi.

Son rythme cardiaque s'accéléra. Comment avait-elle cru pouvoir réussir ? Il était encore temps de tourner les talons, de rentrer à Stygos et d'oublier qu'elle avait voulu, sur un coup de tête, redresser un tort qui ne pouvait plus l'être.

Mais non, il était trop tard. Un officiel tendait déjà la main vers le carton bleu et or qui tenait lieu d'invitation. Elle le lui remit, un sourire figé aux lèvres. L'homme compara l'invitation à sa liste, puis fronça les sourcils.

— *Lypamai, despoinis*, mais je ne trouve pas votre nom.

Alex déglutit, mais répondit avec un aplomb qu'elle ne se connaissait pas :

— J'ai dû décliner l'invitation, au départ. Je devais me rendre à l'étranger, mais mon déplacement a été annulé. J'ai envoyé une note pour signifier que je viendrais.

L'homme consulta quelqu'un par radio, puis acquiesça.

— *Kala*. Tout va bien. Vous êtes en effet sur la liste originale. Passez une bonne soirée.

Puis il transmit le carton au soldat qui annonçait les invités. Alex remonta l'ourlet de sa robe et avança le plus gracieusement possible jusqu'au seuil de la pièce.

— *Kara Nicholson !* lança le soldat de son baryton sonore.

Alex hésita une dernière fois, s'attendant à entendre quelqu'un riposter que non, elle n'était pas Kara Nicholson, mais un imposteur.

Mais le brouhaha continua — personne ne paraissait se soucier d'elle. Consciente du regard curieux du soldat, Alex se força à avancer sur des jambes tremblantes. Elle prit d'abord le chemin des toilettes, où elle s'employa à retoucher son maquillage. Sa confiance en elle, à son grand dam, ne pouvait être restaurée aussi aisément.

Sa ressemblance avec Kara, l'héritière américaine qui avait séjourné dans l'hôtel que tenait sa famille quelques semaines plus tôt, avait joué en sa faveur. Toutes deux étaient minces et arboraient la même chevelure noire, les mêmes yeux bleus. Alex avait récupéré l'invitation de Kara dans sa poubelle. Mais se faire passer pour une héritière était une chose, savoir se comporter dans un tel environnement en était une autre !

Tu n'as qu'à faire semblant, juste assez longtemps pour accomplir ta mission. Alex prit une dernière inspiration puis, d'un air qu'elle espérait altier, rejoignit l'élégante foule qui se pressait sous les ors du palais, flûte de champagne en main. La crème de la société akathinienne était réunie ce soir pour fêter l'anniversaire de la princesse. On comptait aussi plusieurs célébrités et des membres de familles royales européennes. Alex en connaissait certains — nombre d'entre eux séjournaient dans leur hôtel, réputé pour sa discrétion et sa formidable vue sur mer. Mais elle n'était pas habituée à les fréquenter en égale.

Saisissant une flûte sur un plateau, elle se perdit dans la foule. Le champagne était excellent, et elle soupira d'aise lorsqu'il lui réchauffa l'estomac. C'était exactement ce dont elle avait besoin. Quelque peu rassérénée, elle se posta dans un coin de la pièce. De là, l'épaule contre un pilier massif, elle étudia son environnement. Grâce à un éclairage discret, la salle de danse baignait dans les mêmes tons bleu et or que l'invitation. D'immenses chandeliers de cristal scintillaient, en un contrepoint spectaculaire au sol de marbre noir. Des tableaux plus grands qu'elle étaient accrochés entre les fenêtres, elles aussi gigantesques. Tout paraissait plus grand que nature, irréel. Mais sa vie entière était devenue irréelle depuis que sa mère, une ancienne dame de compagnie de la reine Amara, avait rompu un silence de vingt-cinq ans et lui avait annoncé une nouvelle ahurissante.

Son père, contrairement à ce qu'elle avait toujours cru, n'était pas un homme d'affaires mort peu avant sa naissance. Non, il n'était autre que le roi Gregorios, l'ancien monarque, avec lequel sa mère avait entretenu une liaison passionnée. Quand la reine l'avait appris, elle avait aussitôt renvoyé sa mère.

D'une main tremblante, Alex porta la flûte à ses lèvres. Elle avait toujours peine à croire que sa mère, une femme vertueuse dont la force et le courage lui avaient servi de modèle, avait pu faire une chose aussi dangereuse, aussi répréhensible et mentir ensuite, même si c'était pour la bonne cause. C'était inimaginable — mais vrai. Elle avait enfin une famille.

Un rire hystérique lui monta aux lèvres lorsqu'elle étudia Stella, sa demi-sœur. Vêtue d'une robe argentée à couper le souffle, la princesse se tenait au milieu d'un cercle d'admirateurs. Ses cheveux blonds remontés en chignon élaboré, elle évoquait une déesse grecque.

La vie d'Alex aurait-elle été différente, si elle avait appris la vérité plus tôt ? Serait-elle devenue princesse, elle aussi, digne de parader au côté de sa sœur ? Mais, dans ce cas-là, aurait-elle connu le bonheur de grandir dans la tranquillité de Stygos ?

Une poigne invisible se referma sur son cœur. Impossible de savoir comment ses frères et sœurs allaient l'accueillir. Sa préoccupation principale, pour le moment, était la santé de son père, dont l'état avait rendu nécessaire le subterfuge de ce soir. Une crise cardiaque avait en effet envoyé le roi Gregorios à l'hôpital, et Alex tenait absolument à le rencontrer avant qu'il meure. Dans le chaos de ces derniers mois, c'était sa seule certitude.

Du regard, elle balaya la pièce et repéra le jeune roi Nikandros. Sa femme Sofia et lui étaient en pleine conversation avec un groupe de courtisans. Nikandros — *son frère* — avait succédé à Gregorios lorsque ce dernier avait eu sa première crise cardiaque. Il était arrivé au pouvoir à une époque difficile : l'île voisine, Carnelia, ne cachait pas son désir d'annexer Akathinie. Le roi de Carnelia avait mobilisé l'armée et rappelé la réserve — la guerre menaçait.

Dans ces circonstances, Alex n'avait eu d'autre option que de forcer la main du destin. Obtenir une audience officielle avec le jeune roi était impensable. Elle avait donc choisi de prendre un raccourci, si risqué soit-il.

Avec détermination, elle reposa sa flûte et en prit une autre. Le champagne, un millésime de luxe, lui redonnait confiance en elle et relâchait l'étau qui lui comprimait la poitrine. Après ce verre, décida-t-elle, elle aurait enfin le courage de mettre son plan à exécution : menacer la famille royale d'un scandale au moment où elle en avait le moins besoin.

Du coin de la salle de bal où il se trouvait, Aristos Nicolades étudiait la magnifique brune en robe bleue qui venait d'arriver, et qui terminait une deuxième flûte de champagne comme si elle y cherchait du courage.

Du courage pour quoi ? se demanda-t-il tout en admirant la silhouette de la jeune femme. Il lui en avait déjà fallu pour mentir sur son identité, non ? Depuis qu'elle avait été annoncée sous un faux nom, il ne la quittait pas des yeux. Le spectacle, il le reconnaissait, n'était pas désagréable.

Il s'était tenu juste derrière elle dans la file des invités. Son avion était arrivé des États-Unis en retard et il avait un instant songé à manquer la soirée. Il aurait préféré rentrer chez lui, prendre une bonne douche et se coucher après une semaine épuisante à l'étranger. Mais, étant donné que le roi lui avait donné la permission de construire un nouveau casino sur Akathinie, il n'avait pas eu le choix : il devait se montrer, pour quelques heures au moins.

Lorsque l'ange en robe bleue s'était présenté sous le nom de Kara Nicholson, il s'était d'abord demandé s'il était victime d'hallucinations, après trente-six heures passées sans fermer l'œil. Il connaissait bien Kara Nicholson — il lui avait fait l'amour six mois plus tôt à Las Vegas. Et ce n'était pas la femme qui se tenait devant lui. Avec ses grands yeux bleus et son nez mutin, elle ne ressemblait pas à un espion de Carnelia — ou, pire, à un assassin. En ces temps troublés, rien n'était impossible. Et l'une de ses autres sociétés étant responsable de la sécurité, ce soir, il ne voulait prendre aucun risque.

La brunette était visiblement en proie à un tourment intérieur en dépit du sourire assuré qu'elle affichait. Elle n'avait adressé la parole à personne depuis son arrivée. Il était clair qu'elle ne connaissait aucun des invités. La seule personne qui semblait l'intéresser était le roi, qu'elle suivait du regard avec attention.

Peut-être n'était-elle qu'une admiratrice énamourée, une des nombreuses femmes incapables d'accepter que le jeune souverain fût marié et heureux. Le pays n'en manquait pas. Une ancienne amante ? C'était une autre possibilité, qui expliquerait l'aura de vulnérabilité et de tristesse qui se dégageait d'elle.

La fille dut sentir l'examen auquel il la soumettait, car elle tourna soudain la tête et croisa son regard. La confusion qui consumait ses pupilles attisa encore la curiosité d'Aristos. Mais elle se changea bien vite en un trouble d'une nature différente, tandis que ses joues rosissaient. Un message électrique, invisible, passa entre eux.

L'inconnue brisa le contact la première, baissant les yeux en un mouvement timide qui ne collait pas avec son apparence. Intrigué, Aristos termina son whisky d'un trait, posa son verre sur une table et se dirigea vers elle. Il avait joué à des jeux bien moins distrayants que celui-ci, après tout. Son petit doigt lui soufflait que ce soir, enfin, il allait s'amuser.

Thee mou. L'homme s'approchait d'elle !

Alex déglutit, se demandant ce qu'elle était en train de faire. Elle était venue dans l'espoir de parler à son père, pas pour flirter, même avec l'homme le plus sexy qu'elle avait jamais vu. Mais elle ne pouvait ignorer la façon dont il l'avait regardée, sans faire le moindre effort pour dissimuler son intérêt. Et il offrait une distraction bienvenue à sa mission, qui lui paraissait plus irréaliste à mesure que les minutes passaient. Elle n'avait pas réussi à parler à son royal demi-frère, lequel naviguait d'un groupe à l'autre sans jamais être seul. Même si elle l'abordait, comment réagirait-il ? Il la ferait sans doute expulser manu militari par ses gardes du corps.

Un parfum boisé l'arracha à ses ruminations, précédant d'une fraction de seconde l'apparition de l'homme qui le portait. Grand et athlétique, il était vêtu d'un smoking hors de prix, mais il n'était pas difficile de l'imaginer en jean et en T-shirt — ou sans rien. Ses yeux étaient d'un gris profond et un début de barbe faussement négligé couvrait ses joues. En comparaison, tous les autres hommes présents ce soir paraissaient presque efféminés.

— Je me demandais ce qu'une femme aussi séduisante que vous faisait seule, à boire du champagne comme s'il s'agissait d'eau, déclara-t-il sans préambule. Plutôt que de me laisser emporter par mon imagination, j'ai pensé qu'il était préférable de vous poser directement la question.

— C'est seulement mon deuxième verre, protesta Alex.

— Il a très vite succédé au premier, objecta l'inconnu en la balayant d'un regard brûlant. Pour vous donner du courage, peut-être ?

En un geste de défi, la jeune femme rejeta ses cheveux en arrière.

— Pourquoi aurais-je besoin de courage ?

— À vous de me le dire, répondit son compagnon, dont les yeux pétillaient d'amusement. Vous êtes seule, si je ne m'abuse. Peut-être que ça vous met mal à l'aise ?

Dans le mille, songea Alex, qui haussa les épaules d'un air indifférent.

— Je suis ici pour affaires, déclara-t-elle. Pas pour faire des mondanités.

— Pour affaires ? À un anniversaire ? C'est de mauvais goût, non ?

— C'est un sujet d'ordre personnel.

— Je vois. Que diriez-vous de mêler affaires et plaisir, alors ? Il se trouve que je m'ennuie.

Elle était sûre qu'il mentait et qu'il ne s'était jamais ennuyé une minute de sa vie entière, mais sa voix grave produisit l'effet escompté : il la transforma en pelote de nerfs.

— Que puis-je faire pour vous ? demanda-t-elle de son ton le plus froid.

— Oh ! j'ai juste besoin d'une… distraction. Et vous êtes la plus belle femme de cette pièce.

Malgré elle, Alex rougit.

— Ça m'étonnerait bien. La princesse est magnifique, pour commencer.

— Peut-être, mais on dirait qu'elle est faite de glace. Pas vous.

Horrifiée, Alex constata qu'elle ne pouvait s'arracher à la contemplation des yeux gris fumé de l'inconnu.

— J'ai bien peur de ne pas être à même de vous servir de distraction.

— Parce que vous êtes venue voir quelqu'un d'autre ?

— Oui.

— Accordez-moi juste une danse, murmura son compagnon. Après quoi vous pourrez vaquer à vos occupations.

D'un coup d'œil, Alex remarqua que le roi et la reine étaient en pleine conversation. Peut-être valait-il mieux accepter cette proposition, après tout, que de rester plantée là comme une potiche en attendant une occasion de parler au souverain.

— Très bien, répondit-elle, prenant la main qu'il lui tendait. Allons-y.

— Je m'appelle Aristos. Et vous êtes ?

Alex se figea, l'esprit embrumé par les deux verres qu'elle avait bus. Il lui fallut quelques instants pour répondre :

— Kara.

Mieux valait s'en tenir à sa fausse identité. Le cœur battant, elle laissa Aristos la conduire jusqu'à la piste de danse. Le groupe venait d'entamer un slow de jazz, et elle sentit son cœur s'emballer lorsque son cavalier glissa un bras autour de sa taille. C'était un danseur de talent, d'une grâce surprenante pour un homme de son gabarit.

— Alors, demanda-t-il en baissant les yeux sur elle, comment connaissez-vous la princesse ?

Alex se raidit, puis se morigéna aussitôt. C'était une question parfaitement anodine.

— Nous sommes amies, déclara-t-elle, répétant ce que

Kara lui avait dit. Nous siégeons au comité de direction de plusieurs organisations caritatives.

— Je vois. Comment occupez-vous votre temps, lorsque vous ne faites pas la charité ?

Alex fouilla désespérément dans sa mémoire, mais ses quelques conversations avec Kara ne lui avaient pas fourni cette information.

— Ça m'occupe déjà beaucoup, marmonna-t-elle. Mon père finance nombre de ces organisations. Il a besoin d'aide.

— Hum. Et où vivez-vous ?

— Au Texas, répondit-elle aussitôt.

— C'est drôle, vous n'avez pas l'accent texan.

Tout en se maudissant intérieurement, Alex se força à sourire.

— Je sais. Je voyage beaucoup et j'ai perdu mon accent. Et ma mère est grecque.

— Ah, je comprends mieux. Je suis dans le même cas. Voyager m'a fait perdre mon propre accent.

Il la fit tourner sur la piste, resserra son étreinte autour de sa taille et reprit :

— C'est grand, le Texas. De quelle partie venez-vous, au juste ?

— De Dallas, improvisa Alex.

— Comme J.R. Ewing ?

— Exactement. Et vous ? enchaîna-t-elle dans l'espoir de reprendre le contrôle de la conversation. Comment connaissez-vous Stella ?

— Le roi et moi avons des projets en commun.

Oh, non. Mauvaise nouvelle. Ravalant sa panique, Alex se força à demander :

— Quel genre de projets ?

— Casinos, ce genre de choses.

Bien sûr. Cela convenait parfaitement à un tel homme, à l'énergie noire qu'il dégageait.

— Ça doit être un univers… intéressant.

— Vous n'en avez pas l'air très sûre, remarqua Aristos d'un ton moqueur.

— Je ne suis pas attirée par le jeu, pour être honnête. Et je pense que les casinos ne sont qu'un moyen habile de se faire de l'argent sur le dos des plus faibles.

— Personne n'oblige un joueur à rentrer dans un casino.

— Beaucoup de gens ne savent pas s'arrêter.

— Ils devraient. Je trouve qu'il y a une tendance, ces derniers temps, à la déresponsabilisation de l'individu. Nous sommes tous responsables de nos actions.

— Sans doute. Mais je pense que nous devrions tous veiller au bien de notre prochain.

— Ah, une idéaliste… C'est une espèce en voie de disparition.

Alex garda le silence. Inutile de parler si rien ne l'y forçait. Avec un mélange de douceur et de fermeté, Aristos la serra contre lui et appuya son menton sur ses cheveux. Elle aurait dû protester, mais elle ne put résister à la tentation de se laisser aller contre lui. Il s'agissait d'une danse, après tout. Et puis, quand aurait-elle de nouveau l'occasion de rencontrer un tel homme ? Ils ne pullulaient pas à Stygos.

Les notes plaintives du saxophone, mêlées à l'ivresse du champagne, lui firent tourner la tête et lui donnèrent une audace qu'elle ne se connaissait pas. Elle prit conscience du corps puissant plaqué contre le sien, du parfum grisant de son cavalier, de la main qui, dans son dos, lui marquait la peau d'un sceau invisible à travers le tissu de sa robe. Qu'éprouverait-elle à être touchée par un tel homme de manière plus intime ?

Elle flottait dans un brouillard de phéromones quand le morceau se termina enfin. Mais, lorsqu'elle voulut ôter sa main de celle d'Aristos, il la retint.

— Encore une danse.

La raison lui commandait de refuser, mais il était bien plus agréable d'accepter. Le roi était toujours en pleine conversation, elle n'avait donc rien à perdre. Sans un mot, elle s'abandonna de nouveau à son cavalier, et ne protesta pas lorsque sa main descendit du milieu de son dos vers le creux de ses reins. Il était un héros de roman incarné — comment lui résister ? Encore quelques minutes et elle s'en irait.

Lorsqu'elle redressa enfin la tête, avec un soupir d'aise, elle constata qu'un troisième ou un quatrième morceau avait dû commencer, car ils étaient maintenant complètement en marge de la piste de danse. En deux pas, ils se retrouvèrent sur une terrasse baignée d'une obscurité sensuelle, loin du reste des invités.

— Je vous ai dit que je ne souhaitais pas vous servir de distraction, protesta Alex, soudain consciente des intentions d'Aristos.

Avec un sourire, il inclina la tête vers elle.

— Vraiment ? murmura-t-il. J'ai l'impression que vous mentez.

Puis ses lèvres conquirent les siennes, en un baiser d'une intensité folle. Jamais personne ne l'avait embrassée ainsi et Alex s'effondra contre lui avec un gémissement. Les mains de son compagnon enveloppèrent ses fesses et la plaquèrent si étroitement contre lui qu'elle sentit pointer, contre son abdomen, la barre d'acier d'une impressionnante érection.

Paniquée, Alex fit de son mieux pour le repousser.

— Aristos… A… Arrêtez !

Au lieu de lui obéir, il glissa une main sous sa fesse droite, entre ses cuisses.

— Que… Qu'est-ce que vous faites ?

— Je vérifie si vous portez une arme.

— Une arme ? répéta-t-elle avec ahurissement. Pourquoi serais-je armée ?

De sa main gauche, il explora tranquillement son autre fesse, puis sa cuisse.

— À vous de me le dire, *Kara*.

L'ironie avec laquelle il avait prononcé ce nom pétrifia Alex. *Il savait. Depuis le début, il était au courant.*

Elle le repoussa de nouveau. Cette fois, il la relâcha.

— Vous savez que je ne suis pas Kara, n'est-ce pas ?

— Bien vu, ma jolie. Vous allez donc me dire ce que vous faites ici, et pourquoi vous avez endossé son identité.

— Co… comment avez-vous su ? demanda Alex, ignorant le bourdonnement dans ses oreilles.

— Votre accent, pour commencer. Ensuite, Kara est de Houston, pas de Dallas. Enfin, et surtout, je connais *intimement* Kara.

Thee mou. Alex ferma les yeux, les joues brûlantes. Kara Nicholson et lui étaient amants. Voilà qui s'appelait jouer de malchance.

— Vous étiez derrière moi dans la file à l'entrée. Pourquoi ne pas m'avoir arrêtée à cet instant ?

— J'étais curieux de découvrir vos intentions.

— Et que croyez-vous que mes intentions soient, au juste ?

— Je l'ignore. Tout ce que je sais, c'est que nous sommes au bord de la guerre.

— Vous pensez que je suis une espionne ? demanda la jeune femme, horrifiée. Un assassin ?

— Je crois que lorsque quelqu'un s'introduit dans le palais sous une fausse identité, il y a de quoi se méfier.

— Et vous vous êtes nommé détective en chef ? Vous vous êtes dit que ce serait une bonne occasion de me tripoter ?

— Je ne vous ai pas tripotée. Vous y avez pris autant de plaisir que moi. Quant à mon rôle, c'est ma société qui est responsable de la sécurité, ce soir. C'est une autre facette de mes activités, en plus d'être un méchant propriétaire de casinos. Vous imaginez bien que je n'allais pas vous laisser vous promener en liberté dans la même pièce que le roi.

Furieuse, Alex serra les poings.

— Vous allez le regretter.

— Vraiment ? fit Aristos avec un rire grave. Laissez-moi deviner. Vous avez eu une aventure avec le roi et vous ne digérez pas qu'il soit marié. Comme vous n'avez pas l'air cinglée, je pense que vous êtes là pour voir s'il n'aimerait pas reprendre une maîtresse. Désolé de vous décevoir, mais il est très amoureux de sa femme. Ça ne se produira pas.

— Une aventure avec le roi, moi ? Vous êtes fou ?

— Vous ne seriez pas la première. Vous êtes peut-être beaucoup plus séduisante que les autres, ça ne change rien au fait que vos chances sont nulles. Vous perdez votre temps.

— Je suis venue voir le roi au sujet d'une affaire personnelle, déclara Alex, les dents serrées.

— Pourquoi ne pas le faire sous votre véritable identité ?

— Parce que c'est compliqué.

— Compliqué comment ?

— Ce sont mes affaires.

— Ce sont aussi les miennes, à moins que vous ne vouliez finir au poste de police.

— Vous n'oseriez pas.

— Essayez pour voir.

Avec un gémissement de détresse, Alex enfouit son visage dans ses mains.

— Je ne peux pas vous dire pourquoi. Je reconnais que mes méthodes sont peu conventionnelles, mais elles étaient nécessaires. Je n'aurais jamais pu obtenir une audience. Le roi est inapprochable.

— Pour de très bonnes raisons.

— Oui, je le comprends. Écoutez, j'aimerais que vous me conduisiez à lui, puisque vous le connaissez. Je lui expliquerai tout.

— Pas avant que vous m'ayez tout expliqué à *moi*.

— C'est impossible.

— Très bien.

Aristos tourna les talons et se dirigea vers la porte, visiblement décidé à alerter les gardes.

— Aristos ! Attendez…

Lentement, il se retourna.

— Personne n'est au courant, murmura Alex. Vous devrez impérativement garder le secret…

— Crachez le morceau.

— Très bien. Je m'appelle Aleksandra Dimitriou. Le roi est mon demi-frère.

Chapitre 2

Aristos la dévisagea, incrédule. Avait-il bien entendu ? Elle était la demi-sœur du roi ?

— Vous pouvez répéter, s'il vous plaît ?

Aleksandra — si du moins c'était son véritable nom — se massa les tempes du bout des doigts.

— Ma mère, Melaina, était l'une des dames de compagnie de la reine. Elle a eu une aventure avec Gregorios, ce qui lui a valu d'être renvoyée. Personne ne savait que ma mère était enceinte. Elle est rentrée dans son village pour accoucher et m'y a élevée seule.

— Pourquoi avoir gardé le secret ? Selon les lois de ce pays, vous êtes de sang royal.

— Parce que ma mère redoutait que je ne lui sois enlevée si la vérité éclatait. Elle a donc raconté à tout le monde, moi y compris, que mon père était un homme d'affaires qu'elle avait rencontré pendant qu'elle travaillait au palais, et qui était mort avant ma naissance dans un accident de voiture. Je n'ai appris la vérité que lorsque le roi a fait sa seconde crise cardiaque.

Thee mou. Aristos, stupéfait par ces révélations, avait la tête qui tournait. Les infidélités du roi Gregorios étaient de notoriété publique, mais un enfant né hors mariage, d'une dame de compagnie de la reine ? Si c'était vrai, le scandale risquait d'être énorme.

Il scruta la jeune femme, perplexe. Disait-elle la vérité ? Sa pâleur et sa vulnérabilité n'étaient certainement pas feintes.

Elle n'était pas habituée à mentir, c'était évident. Mais Aristos avait appris à ne pas se fier aux apparences, surtout lorsqu'il s'agissait des femmes. Et plus encore quand la femme en question réclamait une audience avec le roi.

Puis ses yeux le frappèrent. Voilà ce qui l'avait troublé sans qu'il s'en rende compte. Ils étaient de ce bleu unique propre à la lignée royale. C'était le bleu Constantinides. Il avait l'impression de regarder Nikandros ou Stella.

Elle ne mentait pas, comprit-il avec effroi.

— Je vous avais dit que vous regretteriez vos manières, ironisa Aleksandra.

Aristos ferma les yeux — elle avait raison. Ses relations avec le roi, après des débuts difficiles, commençaient à peine à s'améliorer, et il n'avait pas besoin d'un scandale.

— Ce n'est pas parce que vous avez les yeux des Constantinides que votre histoire est vraie. Vous comprendrez ma méfiance.

— Votre méfiance, oui. Vos façons de procéder, non.

— Nous étions deux pour ce baiser.

La jeune femme se rembrunit, mais ne répondit pas. L'esprit en ébullition, Aristos arpenta le balcon. Ils étaient en plein milieu d'un événement surmédiatisé. La discrétion la plus absolue s'imposait donc.

— Quelles étaient vos intentions en venant ce soir ? demanda-t-il, se rapprochant enfin d'elle. Qu'attendez-vous du roi ?

— Qu'il me permette de rencontrer mon père. C'est tout.

Aristos l'étudia pendant un long moment, puis il tira son portable de sa poche et appela son chef de la sécurité. Quelques minutes plus tard, un garde du corps en costume sombre apparut sur la terrasse.

— Voilà ce qui va se passer. Vous allez rester là avec ce monsieur. Vous ne bougez pas, vous ne parlez à personne. Si vous essayez de lui fausser compagnie, il vous menottera. C'est compris ?

Aleksandra pâlit, mais acquiesça. Elle paraissait plus vulnérable que jamais et Aristos tenta de faire taire la compassion qui montait en lui. Elle avait fait preuve de courage en venant, et il imaginait aisément à quel point elle devait avoir peur.

Avec un soupir, il s'approcha d'elle et lui souleva le menton d'un doigt.

— Le roi est un homme bon. Vous n'avez rien à craindre.

Aristos, en revanche, avait des raisons d'être inquiet, si la jeune femme s'avisait de raconter au souverain ce qui s'était passé entre eux…

Le cœur d'Alex battait la chamade. Le garde du corps qui lui tenait compagnie venait de recevoir un coup de fil à l'issue duquel il lui avait fait signe de le suivre. L'homme la conduisit jusqu'à la bibliothèque du palais, une pièce majestueuse aux étagères remplies de livres rares. Passionnée de littérature, Alex se serait sans doute arrêtée pour les examiner sans les deux hommes qui l'attendaient à l'autre bout de la pièce : Aristos et le roi en personne.

Le souverain se retourna, puis l'observa un instant en silence. Ses yeux s'arrondirent fugitivement, mais il retrouva presque aussitôt sa mine impassible. D'un signe de tête, il remercia Aristos.

— *Efharisto.*

L'intéressé acquiesça et se dirigea vers la porte. Alex fut tentée de lui demander de rester, oubliant qu'il avait menacé de la menotter et de l'emmener au poste. Aristos lui adressa un regard d'encouragement avant de disparaître. Le roi désigna deux fauteuils de cuir près de la fenêtre ;

— Asseyez-vous, je vous en prie.

Alex obéit avec soulagement. De près, elle fut choquée par sa propre ressemblance avec le jeune monarque : mêmes yeux bleus, mêmes pommettes hautes et cheveux d'ébène.

— Vous êtes donc la fille de Melaina.

— Oui, répondit-elle d'une voix mal assurée. Vous la connaissiez ?

— J'avais huit ans quand elle est partie, mais je me souviens d'elle. Ma mère et elle étaient très proches.

— Je…

— Aristos m'a mis au courant, coupa Nikandros. Vous prétendez que mon père est aussi le vôtre.

— Je ne *prétends* rien, corrigea Alex. C'est le cas.

— Vous me pardonnerez de ne pouvoir accepter la chose aveuglément. Votre mère vous cache pendant vingt ans et soudain, quand mon père est à l'article de la mort, vous surgissez. Pourquoi ?

— Elle avait peur que ma garde lui soit retirée, elle n'a donc rien dit à personne jusqu'à récemment. Et elle ne voulait pas que ma vie soit marquée du sceau de son erreur. Mais la crise cardiaque de votre père l'a touchée. Je crois qu'elle regrette maintenant de m'avoir caché mes origines.

— Et vous êtes venue ce soir pour…

— Pour vous connaître, vous et Stella. Je n'ai pas d'autre famille. Et pour parler à mon père, bien sûr. Je ne désire rien d'autre. Je mène une vie heureuse à Stygos.

— Vous n'êtes pas naïve au point de croire que votre vie ne changera pas, s'il s'avère que vous êtes une Constantinides. Vous serez de sang royal, la troisième dans l'ordre de succession.

— Rien de tout cela ne m'intéresse. Je ne m'attends même pas à être accueillie dans votre famille.

Le roi prit une longue inspiration, puis soupira.

— C'est une situation… compliquée. Si vous dites la vérité, il ne sera pas question de vous refuser vos droits. Évidemment, vous devrez vous soumettre à un test d'ADN.

Alex acquiesça — elle s'était attendue à une telle requête. Elle n'en était pas moins humiliante.

— Je dois rejoindre mes invités, à présent. Vous comprendrez que pour des raisons de sécurité, je doive vous confiner dans une suite du palais. Vous y passerez la nuit. Demain, nous réglerons tout ça.

La chambre qui lui avait été attribuée donnait sur les jardins du palais. Décorée dans des teintes vert pâle, elle était fraîche et élégante à la fois, dominée par un lit à baldaquin droit sorti des contes de fées de son enfance.

Quelques minutes plus tard, une servante apparut pour lui proposer une chemise de nuit de satin, puis lui demanda si elle avait besoin d'autre chose. Alex lui adressa un sourire tremblotant et lui assura qu'elle avait tout ce qu'il lui fallait. Contre toute attente, elle avait mené sa mission à bout. Elle allait voir son père. Elle regrettait juste que son frère ne l'ait pas crue sur parole.

Incapable de dormir, elle se dirigea vers la terrasse. Le groupe venait d'arrêter de jouer, sa musique remplacée par celle des cigales. Les jardins, sous le clair de lune, étaient aussi impressionnants qu'en plein jour. Quelques instants plus tard, elle entendit frapper à la porte de sa suite.

Elle alla ouvrir, perplexe, se demandant qui pouvait bien lui rendre visite à cette heure. La princesse Stella se tenait dans la pénombre du couloir, toujours vêtue de sa robe argentée.

— Il fallait que je vienne…

Alex fixa sa demi-sœur avec ébahissement, tandis que cette dernière l'examinait avec la même curiosité. Stella parla la première.

— *Thee mou*, c'est vrai que vous vous ressemblez.

— Qui ça ?

— Nik et vous.

Alex déglutit, submergée par une bouffée d'émotion. Ses jambes flageolaient et elle se demanda un instant si elle n'allait pas s'effondrer. Elle se força à se ressaisir, puis fit un pas en arrière pour laisser entrer la princesse.

— La soirée est terminée, annonça cette dernière. J'espère que je ne vous réveille pas.

— Oh, non. Je n'ai pas très envie de dormir.

— Ça ne m'étonne pas.

Les deux femmes se dévisagèrent en silence. Alex fouilla

le regard de Stella, s'attendant à y trouver la méfiance qu'elle avait lue dans les yeux de son frère, mais elle n'y vit qu'un mélange d'ahurissement et de fascination.

— Le roi vous a dit que j'étais là ?

— Bien sûr que non, fit la princesse en souriant. Pas volontairement, en tout cas. Nik est bien trop protecteur pour ça. Mais je l'ai entendu parler à Aristos.

— Il se méfie de moi, murmura Alex.

— Vous devez le comprendre. Le pays est au bord de la guerre.

Alex se mordit la lèvre, puis regarda franchement Stella.

— Et vous ? Vous ne doutez pas de mon histoire ?

— Vous ressemblez davantage à Nik que moi ! Alors non, je n'en doute pas une seconde. La liaison de mon père et de votre mère, de plus, était un secret de Polichinelle. Nous nous attendions tous à ce que quelque chose de ce genre se produise un jour. Personne ne pensait que ce serait si tard.

— Je n'ai appris la vérité qu'il y a quelques semaines.

— Oui, c'est ce que j'ai cru comprendre. J'espère que vous n'êtes pas déçue. Mon père était un grand roi, mais un homme imparfait. N'attendez pas trop de lui. Il n'est pas très chaleureux.

— Je pensais que mon père était mort. Alors, quoi qu'il arrive, je gagne au change.

La princesse hocha la tête, la mine grave.

— Je ne peux qu'imaginer ce que vous avez dû ressentir en apprenant la nouvelle.

— De la stupeur, de la confusion, murmura Alex. J'en ai voulu à ma mère de m'avoir menti. Je me suis sentie… trahie. Mais je sais aussi qu'elle l'a fait pour de bonnes raisons. Elle souhaitait me protéger. Je n'ai pas le droit d'être en colère.

— Bien sûr que si. Elle vous a refusé ce qui vous revenait de droit.

— J'ai eu une enfance heureuse à Stygos.

— Mais vous êtes de sang royal, une Constantinides.

Vous auriez pu avoir le monde à vos pieds. Votre mère vous a privée de ça.

— Ou alors elle m'en a protégée.

— Peut-être. Je dois avouer que la vie d'une princesse n'est pas de tout repos.

L'hésitation, dans la voix de sa sœur, piqua la curiosité d'Alex.

— Mais les avantages compensent les inconvénients, non ?

— Je n'en suis pas sûre, avoua Stella. Cette vie est-elle mon destin ? Oui, et je l'accepte. L'aurais-je choisie en connaissance de cause ? Je ne sais pas quoi répondre.

Le silence retomba entre elles, ponctué seulement par le chant des cigales. Puis Stella reprit :

— Je vous ai vue danser avec Aristos.

Malgré elle, Alex rougit comme une pivoine. Elle avait espéré que personne n'aurait remarqué cet épisode. Au vu de la réputation sulfureuse de sa mère, elle aurait dû se montrer plus prudente.

— C'était une erreur, soupira-t-elle. J'étais nerveuse, j'avais bu deux verres de champagne…

— Aristos a cet effet sur les femmes. Il vous séduit et se débarrasse de vous sitôt que vous commencez à vous faire des illusions.

Parlait-elle par expérience ? se demanda Alex. Le sourire amer qui flottait sur ses lèvres laissait supposer que oui.

— Ça ne se reproduira pas. Dès que j'aurai parlé à mon père, je rentrerai chez moi.

La princesse l'examina un moment, un sourire au coin des lèvres.

— J'aime assez l'idée d'avoir une sœur. Il serait dommage de la perdre si vite.

Une immense émotion étreignit le cœur d'Alex, menaçant de la submerger. Stella dut s'en apercevoir, car elle tourna les talons et se dirigea vers la porte.

— Il est tard. Nous parlerons demain. En attendant, reposez-vous. La journée promet d'être chargée.

Puis elle disparut, abandonnant une bouffée de son parfum exotique dans la pièce. Tremblante, Alex ferma la porte et s'adossa au battant. Elle avait l'impression d'avoir couru un marathon.

Pour être honnête, elle redoutait les conséquences des événements qu'elle avait mis en branle. Son désir de connaître son père l'avait non seulement arrachée au petit monde rassurant de Stygos, mais encore précipitée dans un univers qui risquait de la consumer. N'était-ce pas exactement de cet univers que sa mère, en mentant, avait voulu la protéger ?

Chapitre 3

Deux jours s'écoulèrent, et les inquiétudes d'Alex se vérifièrent. Le médecin du palais avait à peine effectué les prélèvements d'ADN requis que la rumeur de sa présence se répandait comme une traînée de poudre.

Lorsque les résultats tombèrent, confirmant la paternité de Gregorios, les journalistes se massaient déjà aux portes du château en quête d'une déclaration officielle. Nikandros était partisan de la leur fournir le plus rapidement possible, surtout en ces temps troublés. Mieux valait désamorcer cette bombe-là au plus vite.

Ce fut dans ce contexte tendu qu'Alex rencontra son père pour la première fois. Elle suivit Stella jusqu'à l'aile où le vieux roi se reposait, après avoir été informée que la reine Amara était sortie pour la journée. Alex avait la distincte sensation que cette dernière l'évitait.

Gregorios était appuyé contre des oreillers, son visage ridé par des années de pouvoir frappé d'une pâleur de mauvais augure. Son épaisse chevelure blanche, par contraste, donnait une déconcertante impression de vitalité chez un homme qui, c'était évident, menait son dernier combat.

Stella se retira, abandonnant une Alex pétrifiée au beau milieu de la chambre. Le roi ouvrit des yeux du même bleu étonnant que les siens, puis lui indiqua une chaise près du lit.

— Viens. Assieds-toi.

Alex se força à bouger et alla prendre place au bord du siège.

Son père avait été un souverain sévère, austère, mais adoré de son peuple. À ses yeux, il était tout simplement intimidant.

— Tu ressembles à ta mère, déclara-t-il après l'avoir observée longuement.

— Je sais. De caractère aussi.

— Comment va-t-elle ?

— Bien. Nous tenons un hôtel à Stygos.

De nouveau, le vieux roi la contempla en silence.

— Tu es une Constantinides. Comme Nikandros a dû te le dire, tu as le statut de princesse. Tu as droit à une place dans cette famille.

— Je le sais, oui. Mais je ne suis pas venue pour ça. Je voulais juste vous parler, faire la connaissance de mon frère et de ma sœur. Je ne suis pas là pour créer des problèmes.

Pour la première fois, une lueur d'émotion traversa le regard du souverain.

— Des problèmes, il y en aura. Bien des erreurs ont été commises. Et comme je n'ai plus beaucoup de temps devant moi, je n'aurai pas l'occasion de les réparer. C'est à toi, Aleksandra, de prendre la place qui te revient.

Alex enfonça ses ongles dans ses paumes, ébranlée. Pas la moindre déclaration d'amour, pas d'expression de regret ou de joie de la rencontrer enfin… Stella avait bien fait de la prévenir de ne pas se faire d'illusions. Mais comment aurait-elle pu s'en empêcher ? Bien sûr, elle ne s'était pas attendue à grand-chose. Mais elle avait espéré davantage que des considérations froides sur son rôle à venir.

— Vous l'aimiez ? demanda-t-elle malgré elle. Ma mère… Vous l'aimiez ?

Le roi la fixa de son regard bleu acier, avant de secouer la tête.

— Je l'estimais. Mais l'aimer ? Non. La priorité d'un roi, c'est de gouverner. Il n'y avait pas de place dans mon cœur pour autre chose.

Alex se retint de souligner que le propre fils de Gregorios, Nikandros, était un roi apprécié de tous *et* follement amoureux de sa femme. La déception qui lui glaçait le cœur l'anesthésiait et l'empêchait de parler. À quoi bon ? Elle ne pouvait forcer Gregorios à devenir le père qu'elle avait imaginé.

Elle voulait des réponses ? Elle les avait obtenues, même si elles ne ressemblaient en rien à ce qu'elle avait espéré.

Alex passa le reste de la journée à tenter de décider quoi faire. En théorie, sa décision aurait dû être facile — elle n'avait jamais voulu devenir princesse. Sa rencontre avec son père l'avait déçue et sa loyauté allait à sa mère et à l'hôtel qu'elles géraient ensemble. Personne ne la forcerait à accepter son nouveau statut. Mais elle ne pouvait pas non plus ignorer le fait qu'elle était désormais troisième dans l'ordre de succession au trône.

Son frère et sa sœur pesaient d'un poids plus important encore dans la balance. À présent qu'elle les avait rencontrés, elle répugnait à les quitter de sitôt. Mais comment pouvait-elle, du jour au lendemain, devenir une princesse ? Les autres avaient été éduqués, depuis leur plus tendre enfance, en prévision du rôle qu'ils tenaient aujourd'hui.

Plus elle réfléchissait, moins la solution lui paraissait évidente. Ce fut donc dans la confusion la plus totale qu'elle rejoignit, le soir venu, le reste de sa famille pour l'apéritif. Nik et Sofia sirotaient déjà un cocktail lorsqu'elle arriva en compagnie de Stella. La reine Amara entra au moment même où un majordome tendait un verre à Alex, et tous les regards se braquèrent sur elle. Alex fit une rapide révérence, même si le chef du protocole lui avait expliqué que, du fait de son statut, une telle déférence n'était pas nécessaire. D'un geste impatient, la reine lui fit signe de se redresser.

— Pas de ça entre nous. Vous faites partie de la famille, maintenant.

Vraiment ? Alex aurait aimé en être aussi sûre !

— C'est un honneur de vous rencontrer, Majesté.

— Appelez-moi Amara.

L'atmosphère demeura tendue pendant tout l'apéritif. Alex fut soulagée lorsque l'heure du dîner sonna enfin, et qu'elle put se concentrer sur son assiette.

— Quand votre nouveau statut sera-t-il annoncé ? demanda la reine au beau milieu du repas. Bientôt, j'espère, au vu du cirque médiatique qu'a déchaîné votre présence.

— Je… je n'ai pas encore décidé quoi faire, murmura Alex, reposant sa fourchette.

À cette nouvelle, Amara haussa un sourcil réprobateur.

— Comment ça, « décidé » ? Vous êtes troisième dans l'ordre de succession.

— J'ai ma propre vie, répondit Alex en redressant le menton. Ma mère et moi tenons un hôtel.

— Vous êtes de sang royal. Il n'y a pas de décision à prendre. Votre devoir vous impose d'assumer votre rôle de princesse.

— Je n'ai de devoir que vis-à-vis de ma mère, et de l'affaire que nous avons créée ensemble.

Un silence pesant tomba sur la petite assemblée, presque aussitôt rompu par Nikandros.

— La décision appartient à Aleksandra et à elle seule. J'espère cependant qu'elle décidera de rester. Elle fait partie de la famille.

Le regard chaleureux que lui adressa son frère réconforta Alex. C'était la première fois qu'il se comportait autrement qu'en souverain avec elle. Une violente émotion l'étrangla, la forçant à piquer du nez dans son verre d'eau.

Lorsque le dîner prit fin, elle était à fleur de peau. Nik se rendit droit à son bureau pour une réunion, Sofia monta donner son bain à leur fils Theo, Stella partit boire un verre avec une amie. Alex téléphona à sa mère, qui lui recommanda d'une voix larmoyante de faire le meilleur choix possible. Armée de ce conseil qui ne l'aidait guère, elle se rendit à la bibliothèque dans l'espoir d'y trouver un calme propice à la réflexion. Mais le silence du lieu lui pesa bien vite, et elle prit le chemin des jardins. Si la réponse à ses questions était quelque part, c'était là-bas, elle en était sûre.

Aristos émergea le cœur lourd de sa seconde visite au palais en moins d'une semaine. Le roi l'avait convoqué pour l'informer de sa décision de rappeler à son tour tous les réservistes et de tenir son armée prête à intervenir. Aristos avait promis un prêt au gouvernement d'Akathinie et Nikandros lui avait demandé de le débloquer, ce qu'il avait accepté. Mais si une guerre éclatait, que deviendrait son projet de casino ? La construction était censée commencer la semaine suivante. Un véritable casse-tête…

Il se dirigeait vers le portail lorsqu'il vit une silhouette vêtue de blanc passer sous une arche. *Aleksandra*. Il aurait reconnu cette chute de reins n'importe où. Et il devait admettre qu'il avait beaucoup pensé à elle depuis l'anniversaire de Stella. Pourquoi ? Il n'en avait pas la moindre idée. Loin des yeux, loin du cœur était un dicton qui résumait parfaitement sa vision du monde. Ne s'attacher à personne, voilà le meilleur moyen de ne pas être déçu — ou de ne pas décevoir.

Malgré lui, il ralentit l'allure. *Ne fais pas ça, Aristos. Tu as déjà commis une erreur avec elle. Et tu as d'autres soucis.* Si son projet de casino n'aboutissait pas, il laisserait près de deux milliards de dollars dans l'affaire. Une telle perte menacerait l'existence de sa société tout entière.

Il aurait été incapable d'expliquer pourquoi, dans ce contexte, il bifurqua vers les jardins. Il trouva Alex après quelques instants, assise sur la margelle d'une fontaine. Vêtue d'une robe d'été blanche, ses cheveux bruns remontés en queue-de-cheval au sommet de sa tête, elle était ravissante — un véritable tableau impressionniste. Il s'était cru blasé, las des femmes, et constatait qu'il n'en était rien.

Oui, il avait fait une erreur en la suivant. Mais il était trop tard pour la corriger, car la jeune femme l'aperçut au même instant. Elle se redressa d'un coup, une main sur les lèvres.

— Aristos !

— Restez assise.

Avec un soupir, il alla la rejoindre sur la margelle. Alex glissa de cinquante bons centimètres pour s'éloigner de lui, ce qui l'irrita et l'amusa à la fois.

— Que faites-vous ici ? demanda-t-elle d'un air méfiant. Vous assurez la sécurité des jardins, maintenant ?

— Non, j'avais rendez-vous avec le roi. Je vous ai vue sortir, et je me suis dit que j'allais venir voir comment vous alliez.

— Après m'avoir tripotée et avoir menacé de me jeter en prison ?

— Permettez-moi d'être clair : si je vous ai embrassée, et non « tripotée », c'est parce que vous êtes à cent pour cent mon genre. Je craque pour les petites brunes avec des formes comme les vôtres. Et comme je vous l'ai déjà rappelé, nous étions deux. J'aurais pu vous faire l'amour à même ce balcon si j'avais voulu.

— Absolument pas ! protesta Alex, rougissant furieusement. Je ne vous aurais jamais laissé faire.

Il baissa les yeux, un sourire aux lèvres, s'attardant sur le décolleté de sa robe. Elle frissonna visiblement, et le tissu léger ne fit rien pour cacher le bourgeonnement de ses seins.

— Vraiment ? murmura-t-il. À quel stade m'auriez-vous repoussé, au juste ? Quand avez-vous laissé un quasi-inconnu vous embrasser pour la dernière fois ?

La jeune femme ouvrit la bouche pour répondre, puis s'empourpra davantage encore et la referma. Aristos laissa échapper un rire sourd avant de reprendre :

— Pour être honnête, je suis un peu déçu. Maintenant que vous êtes une princesse, vous êtes chasse gardée. C'est dommage, car nous savons tous deux que nous aurions fait des étincelles…

Alex retint son souffle, le ventre en feu. Elle était consciente qu'elle aurait dû se fendre d'une repartie cinglante, rabattre le caquet de ce malotru. Mais son imagination était bien trop occupée à la représenter dans le lit d'Aristos, son corps nu contre le sien.

— Stella ne me ressemble pas, pourtant. J'ai cru comprendre que ça ne vous avait pas dissuadé.

Aristos plissa les yeux, puis sourit.

— Vous avez échangé vos impressions, toutes les deux ? ironisa-t-il.

— Elle nous a vus danser.

— Stella et moi, c'était voué à l'échec, déclara son compagnon avec un haussement d'épaules. La décision de rompre était mutuelle.

— Y a-t-il une femme en ce monde avec laquelle vous n'avez pas couché ? s'enquit-elle, incrédule.

— Quelques-unes. Et malheureusement vous en faites partie.

— Vous ne doutez de rien, n'est-ce pas ?

— Rassurez-vous, je ne suis pas là pour vous séduire. Je veux juste savoir comment s'est passée votre rencontre avec votre père.

Alex le regarda en coin, dubitative, mais il paraissait sincère.

— Comme ci, comme ça.

— C'est-à-dire ?

— Disons qu'il n'était pas particulièrement affectueux. Heureusement, je ne m'y attendais pas.

— À quoi vous attendiez-vous ?

Alex hésita, et Aristos lui retourna un sourire moqueur.

— Le roi me confie ses secrets militaires. Je pense que vous pouvez avoir confiance en moi.

— Très bien. Il était distant. Abrupt, même. Il m'a avoué qu'il avait de l'estime pour ma mère, mais qu'il ne l'avait jamais aimée. Selon lui, un chef d'État n'a pas de place dans son cœur pour quoi que ce soit d'autre que son pays.

— C'est un rôle difficile, concéda Aristos. Vous ne vous appartenez plus complètement.

— J'en ai conscience. C'est juste que… ma mère m'avait brossé un tout autre portrait de leur relation. Elle m'a fait croire que mon père et elle avaient été follement amoureux. Je sais que c'était pour me protéger, mais j'aurais préféré la vérité.

— Notre éducation nous pousse à croire en l'amour. Le résultat, c'est que nous allons de déception en déception lorsque nous constatons qu'il n'existe pas. La biologie, l'étude d'autres espèces nous l'ont confirmé. Mais nous continuons, envers et contre tout, de perpétuer ce mythe.

Alex le dévisagea en silence, presque choquée par tant de cynisme.

— Vous ne croyez pas *du tout* en l'amour ? Il n'y a pas d'exception ?

— Non. Ce que nous appelons « amour » n'est que de l'attirance sexuelle déguisée. Lorsque cette attirance et l'excitation finissent par passer, ce qui arrive immanquablement, il ne reste rien.

Si un roi d'Angleterre avait abdiqué pour une roturière, faillit rétorquer Alex, n'était-ce pas la preuve que l'amour existait ? Mais elle se retint — elle n'avait pas envie de débattre avec lui. Elle avait besoin de préserver au moins l'une de ses illusions.

— Quel est le programme, maintenant ? s'enquit son compagnon.

— Je dois décider de mon destin, à savoir si je veux devenir une princesse ou non.

— C'est une décision difficile ? Je croyais que toutes les petites filles voulaient devenir princesses ?

— Pas moi. J'adore ma vie à Stygos.

— Vous allez donc passer votre vie dans un village côtier alors que vous pourriez faire le tour du monde ?

— Beaucoup de gens donneraient tout ce qu'ils ont pour vivre à Stygos. Qu'y a-t-il de mal à aspirer à une vie paisible ?

— Rien, si vous avez cinquante ans. Que faites-vous là-bas ?

— Ma mère et moi tenons un hôtel.

— Et quand vous ne travaillez pas ?

— Je vois des amis. Ou je lis.

En réponse au regard moqueur qu'il lui décocha, elle se hâta d'ajouter :

— Gérer un hôtel est un emploi à plein temps. Je n'ai pas beaucoup de temps pour m'amuser.

— J'en ai conscience, Alex. J'en gère moi-même plusieurs. Et le paradoxe, c'est que plus l'hôtel est petit, plus il demande de travail, car les propriétaires se retrouvent à tout faire. Vous pourriez très bien engager quelqu'un pour aider votre mère.

— Impossible. Ma mère et moi avons fait un pacte quand mon oncle nous a légué l'hôtel : celui de toujours nous soutenir mutuellement. Je ne peux pas l'abandonner.

— À ceci près qu'il s'agit de circonstances extraordinaires, et que votre mère vous avait caché des faits importants au moment de ce pacte. Il n'y a personne dans votre famille qui pourrait vous remplacer ?

— Mon cousin, je suppose.

— Dans ce cas, vous n'avez pas à vous inquiéter.

— Mais j'adore travailler là-bas, faire la connaissance des clients, les aider à oublier leurs soucis l'espace d'une semaine ou deux.

— C'est parce que vous ne connaissez rien d'autre. Ne vous méprenez pas, je trouve formidable que votre mère et vous soyez si proches. Mais un jour, vous devrez prendre votre envol.

— Pourquoi, vous pensez que c'est un poids qui m'empêche d'avancer ?

— C'est vous qui le dites. Je crois juste que la vie est faite pour être vécue. De quand date votre dernier petit ami ?

Alex rougit — *de très longtemps !*

— À ce point-là, hum ?

— Un an, avoua-t-elle.

— Et qui était l'heureux élu ?

— Sebastian Soukis, le boulanger du village voisin. Un

métier peut-être moins rémunérateur que le vôtre, mais plus honorable.

— Ah, c'est vrai : je soutire de l'argent à des innocents.

— Ce n'est pas ce que j'ai dit.

— Si, c'est exactement ce que vous avez dit. Alors, que s'est-il passé entre ce Soukis et vous ?

— Nous… nous avons décidé de rompre.

— Laissez-moi deviner : vous vous ennuyiez.

— Il m'a demandée en mariage.

— Et vous avez refusé parce que… ?

— Parce que je n'en avais pas envie. Je n'arrivais pas à m'imaginer mariée.

— Bien sûr que non. Vous êtes bien trop jeune pour ça, Aleksandra. Si vous acceptez la chance qui s'offre à vous, vous vivrez des expériences que le commun des mortels ne connaîtra jamais. La plupart des gens vendraient père et mère pour être à votre place. Pourquoi hésiter ?

— La peur de l'inconnu, je suppose… Je suis *déjà* heureuse. Pourquoi chambouler ma vie pour autre chose ? Et si je n'étais pas faite pour être une princesse ? Je pourrais tout abandonner et découvrir que j'ai commis une énorme erreur.

— Dans ce cas, il ne sera pas difficile de faire machine arrière. Cette décision est réversible. Ne laissez pas la peur dicter votre conduite. Il est toujours plus facile de fuir que d'affronter ses craintes, mais c'est le mauvais choix.

— C'est facile à dire, pour vous.

— Pourquoi ? Parce que j'ai réussi dans la vie ? Ça ne s'est pas fait du jour au lendemain, Alex. Je me suis battu avec mes propres démons. J'aurais pu leur céder, prendre une autre voie, un chemin beaucoup plus facile. Sortir de votre zone de confort, voilà une décision que vous ne regretterez jamais.

Intriguée par sa fougue, Alex demanda :

— De quelle autre voie parlez-vous ? Celle que vous n'avez pas choisie ?

— C'est de l'histoire ancienne.

D'un doigt, Aristos lui cala une mèche derrière l'oreille avant de reprendre :

— Sautez le pas. Vous ne le regretterez jamais.

Alex se mordit la lèvre, luttant contre le frisson de plaisir qui lui parcourait l'échine. Elle s'était presque convaincue que sa réaction face à Aristos, le premier soir, était due à l'alcool qu'elle avait ingéré. Mais il venait de lui prouver qu'elle se trompait — elle avait à peine bu deux gorgées de vin blanc ce soir. Non, le champagne n'était pour rien dans le désir qui la consumait dès que cet homme posait les yeux sur elle.

Elle retint son souffle quand leurs regards se croisèrent. Du pouce, Aristos suivit le tracé de sa lèvre inférieure, puis la libéra de l'emprise de ses dents. D'invisibles volutes de chaleur enveloppèrent Alex aussi sûrement que des cordes. Sa gorge s'assécha, sa bouche s'entrouvrit pour accueillir le baiser qu'elle imaginait — non, qu'elle *espérait* — qu'il allait lui offrir. À son grand dam, Aristos secoua la tête.

— Désolé, princesse, ce serait une très mauvaise idée. Je vous l'ai dit : vous êtes chasse gardée. Je ne veux pas d'ennuis avec votre frère.

Puis il sauta à bas de la fontaine, jeta sa veste sur son épaule et sourit.

— La femme qui a osé se présenter à l'anniversaire de Stella sous une fausse identité n'hésiterait pas un instant. Elle saisirait cette chance à bras-le-corps. Il ne vous reste plus qu'à décider qui vous êtes.

Tournant les talons, il s'éloigna dans la nuit. Alex le regarda disparaître, encore sous le choc de cette rencontre inattendue, ressassant les conseils qu'il venait de lui prodiguer. Était-elle passée à côté de sa vie en demeurant à Stygos ? Et, à présent qu'une occasion inespérée d'en partir se présentait, regretterait-elle un jour de ne pas l'avoir saisie ? Elle ne s'était jamais posé ces questions jusqu'à ce soir. L'hôtel l'occupait, sa famille lui offrait toute l'affection dont elle avait besoin, et les livres se chargeaient d'assouvir ses rares rêves d'aventure.

Elle songea à tout ce qui s'était passé depuis que sa mère lui avait appris la vérité. En l'espace de quelques semaines à peine, son monde avait complètement changé. Elle avait désormais un choix clair : prendre sa vie en main ou continuer de se laisser porter. Mais Nik avait raison : quelle que soit sa décision, rien ne serait plus jamais comme avant. Elle était de sang royal. Elle était une princesse.

Oserait-elle enfin vivre pleinement, plutôt qu'à travers les livres ? Aurait-elle le courage de tourner le dos à tout ce qu'elle connaissait pour sauter dans l'inconnu ? Et, si c'était le cas, qu'y trouverait-elle ?

Chapitre 4

— Alors, Aleksandra, qu'est-ce que ça fait d'être une princesse ?

C'est terrifiant. Je me réveille la nuit avec des sueurs froides. Je ne souhaite ça à personne !

Alex déglutit et étudia en silence la foule des journalistes massés dans les jardins du palais pour l'annonce de son nouveau statut. Des centaines d'yeux et de caméras étaient braqués sur elle, l'atmosphère lourde d'une curiosité presque palpable. L'événement avait rassemblé le plus gros contingent de presse depuis le mariage de Nikandros et Sofia. Elle avait passé de longues heures à s'y préparer, mais sa langue collait à son palais et un filet de sueur coulait entre ses omoplates sous la robe hors de prix qu'elle avait choisie pour l'occasion.

Stella lui adressa un regard encourageant, Nikandros un sourire. Alex prit une profonde inspiration et rétorqua au journaliste qui l'avait interrogée :

— Tout cela est très nouveau pour moi. Reposez-moi la question dans quelques mois, je serai plus à même de vous répondre.

— Quel sera votre rôle ? demanda le même journaliste. Soutenez-vous des causes en particulier ?

C'était exactement ce qu'elle essayait de déterminer. Sa seule « cause », jusqu'à présent, avait été la survie de leur hôtel.

— J'y travaille, répondit-elle.

— Pourquoi n'avons-nous jamais entendu parler de vous

avant aujourd'hui ? demanda un autre journaliste. Est-il vrai que votre mère ne vous avoué la vérité que récemment ?

— C'est une affaire personnelle sur laquelle je ne m'exprimerai pas.

— Et les aventures de votre père ? Est-il possible qu'il ait d'autres enfants illégitimes ?

— Pas de commentaire.

— Comment pensez-vous gérer votre nouvelle vie et l'attention médiatique qui l'accompagne ?

— J'apprendrai au jour le jour, comme n'importe quel travail. Par chance, j'ai ma sœur et mon frère pour m'y aider.

Un journaliste lança une question à Stella, et la jeune femme en profita pour respirer. Ce fut alors qu'elle remarqua l'homme appuyé contre un arbre derrière les journalistes. *Aristos.* Comme chaque fois qu'elle posait les yeux sur lui, son pouls s'accéléra. *Que faisait-il ici ?*

— Aleksandra ! Vous êtes devenue du jour au lendemain l'une des femmes les plus convoitées du pays. Êtes-vous en couple ou êtes-vous célibataire ?

— Je suis célibataire.

— Quelles qualités recherchez-vous chez un mari ?

— Je ne suis pas à la recherche d'un mari. Mais si c'était le cas, intelligence et générosité figureraient en tête de liste.

Elle vit Aristos sourire, mais un nouveau reporter réclamait déjà son attention.

— On dit le duc de Catharia très épris de vous. Un commentaire ?

Alex hésita, prise de court. Le duc en question avait été assis à côté d'elle lors d'un dîner officiel deux jours plus tôt. Il s'était montré aimable et attentif. Elle l'avait apprécié, mais avait pris soin de ne pas l'encourager, peut-être parce qu'elle n'arrêtait pas de penser à Aristos et à leur rencontre dans les jardins.

— Le duc est quelqu'un de très bien, mais j'ai bien peur de n'avoir rien de très intéressant à vous offrir sur le sujet.

Une multitude d'autres questions lui furent posées, qui

allaient de sa vie à Stygos à sa couleur préférée. Lorsqu'ils eurent épuisé leur curiosité, un journaliste s'adressa à Nikandros.

— On murmure que Carnelia a entamé des manœuvres d'entraînement. Pourriez-vous nous en dire plus ?

À cette nouvelle, Alex sentit son cœur se serrer. Elle tourna un regard anxieux vers Nik, qui se pencha vers le micro.

— Nous faisons tout pour assurer la sécurité d'Akathinie.

— Anticipez-vous une invasion ?

— Nous n'en sommes pas encore là.

Les médias continuèrent de l'interroger sur la situation politique du pays. Alex, pendant ce temps, fit de son mieux pour rester concentrée sur la foule et pour ignorer l'homme appuyé contre l'arbre. Après ce qui lui parut une éternité, la conférence de presse se termina. L'attaché de presse du palais apparut pour les reconduire à l'intérieur du bâtiment. Stella s'arrêta pour parler avec un journaliste qu'elle connaissait, mais Alex suivit le reste du groupe, trop heureuse d'échapper enfin à ce cirque médiatique.

Aristos apparut sans crier gare à ses côtés, les mains dans les poches et un sourire nonchalant aux lèvres.

— Bien joué, murmura-t-il. Ravi de constater que vous avez suivi mes conseils et que vous avez sauté dans l'inconnu.

Sa barbe, plus épaisse que d'habitude, lui donnait l'allure d'un pirate. Alex fit taire les palpitations de son cœur et lui décocha son regard le plus hautain.

— Vous êtes venu vous moquer de moi ?

— Quelle idée ! Non, ma belle, désolé de vous décevoir, mais je ne suis pas là pour vous. J'ai rendez-vous avec votre frère. Permettez-moi cependant de vous présenter mes félicitations. Vous avez déjà séduit un duc ? Vous ne perdez pas de temps.

— Je n'ai séduit personne, répondit Alex, réprimant un inexplicable sentiment de déception à l'idée qu'il n'était pas venu pour elle. Le duc en question était juste assis à côté de moi lors d'un dîner, rien de plus. Le reste n'est que l'imagination des journalistes.

— Si vous l'avez regardé avec ces yeux extraordinaires, il ne faut pas en vouloir à ce pauvre hère. Il a dû succomber à votre charme instantanément.

— Je n'ai rien fait pour.

— C'est naturel, chez vous, vous n'y pouvez rien.

Puis il esquissa un sourire narquois et enchaîna :

— Mais « générosité et intelligence » ? Vraiment, Alex ? Vous avez décrit tous les Sebastian Soukis du monde. Ne vous étonnez pas s'ils accourent pour demander votre main. Ce n'était pas ce que j'avais en tête quand je vous suggérais d'élargir vos horizons.

— Non, j'imagine parfaitement ce que vous aviez en tête. Sachez que Sebastian est quelqu'un de très bien, et qu'il rendra un jour une femme heureuse.

— Mais pas vous. Vous êtes d'une nature bien trop explosive pour ça.

— Si j'avais besoin de conseils en matière de sentiments, ce n'est pas à vous que je m'adresserais, Aristos.

— Vous me brisez le cœur, répliqua l'intéressé, posant une main sur sa poitrine en un geste théâtral. Quelle cruauté !

— Je suis sûre que vous vous en relèverez.

Du coin de l'œil, Alex vit Stella qui les rejoignait, et se hâta d'ajouter :

— J'espère que votre rendez-vous se passera bien. À bientôt, monsieur Nicolades.

Puis elle bifurqua et entra dans le palais par la première porte qu'elle trouva. À son grand dam, sa sœur la rattrapa dans le foyer.

— Qu'est-ce qui s'est passé ? Je t'ai vue parler à Aristos. Vous pourriez produire assez d'électricité, à vous deux, pour alimenter la moitié de la ville.

— Tu exagères. Désolée, je dois te laisser. J'ai un cours.

Sans laisser à Stella le temps de répondre, Alex se dirigea vers le salon où elle recevait ses leçons quotidiennes : histoire, maintien, étiquette, sciences politiques. Comment allait-elle retenir tout cela ? Certains aspects de sa nouvelle éducation lui paraissaient archaïques, mais elle se rappela qu'elle le faisait pour son frère et sa sœur. Nik et Stella s'étaient montrés formidables. Et puis, peut-être qu'Aristos avait raison, après tout. Peut-être avait-elle manqué d'ambition.

Cela ne signifiait pas pour autant qu'elle devait entrer dans son jeu. Si elle voulait vraiment devenir une princesse digne de ce nom, le mieux était d'ignorer Aristos Nicolades. Elle serra donc les dents, et accorda toute son attention à son professeur.

Aristos souriait toujours, après sa conversation avec la bouillante Aleksandra, lorsqu'il entra dans le bureau du roi.

— Merci d'être venu, fit Nikandros, désignant un canapé sous une imposante fenêtre. Assieds-toi. J'ai besoin d'une faveur.

Aristos retint un sourire de satisfaction. Faire une faveur au roi, c'était pouvoir en exiger une en retour. La construction de son casino allait sans doute produire son lot de surprises, dont certaines coûteuses, et le bon vouloir d'un souverain serait un atout précieux.

— Bien sûr, répondit-il, croisant une jambe sur l'autre. Que puis-je faire pour toi ?

L'air préoccupé, Nik prit place face à lui.

— Selon mes sources, le roi Idas serait prêt à nous attaquer. Je vais donc relever notre niveau d'alerte au maximum.

À ces mots, le sourire d'Aristos disparut. C'était le pire de tous les scénarios possibles. Comment réagiraient ses investisseurs à la perspective d'une guerre susceptible de déstabiliser la région ? Abandonneraient-ils le navire ? Céderaient-ils à la panique ?

Son estomac se noua. Il avait tout misé sur ce casino, y compris une bonne partie de sa fortune personnelle. C'était quitte ou double. Si le projet tombait à l'eau, il serait le premier à boire la tasse.

Ton ambition te perdra, Aristos, si tu n'apprends pas à la contrôler.

— Aristos ?

Il sursauta — Nikandros le dévisageait, les sourcils froncés.

— Désolé. Je t'écoute.

— J'ai besoin d'évacuer les princesses. Stella peut se rendre chez une bonne amie à Athènes. Quant à Aleksandra, j'aimerais que tu l'emmènes sur Larikos.

Aristos cligna des yeux, totalement pris de court par cette requête.

— Je suis tout à fait disposé à t'aider, Nik, répondit-il enfin. Mais tu dois savoir que je ne suis pas un très bon baby-sitter.

Le regard du roi, bleu acier, se focalisa sur lui.

— Je ne te demande pas de faire du baby-sitting, mais d'offrir ta protection à une héritière au trône. Et Larikos est l'endroit idéal pour ça. C'est une véritable forteresse.

Aristos acquiesça — il avait un casino, là-bas, où les hommes les plus riches du monde venaient jouer. Mais il protesta pour la forme :

— Tu ne crois pas qu'Alex serait mieux à Athènes, avec Stella ?

— La loi stipule qu'en cas de menace, les héritiers au trône doivent être séparés.

— Je suis vraiment un très mauvais choix, Nik. Je ne suis pas l'homme idéal pour ce genre de mission. Je peux demander à des amis de…

— Tu es un excellent choix précisément parce que tu n'es pas l'homme idéal. Larikos est le dernier endroit où l'on viendrait chercher Alex.

Ce n'était pas une requête, et Aristos le savait. Il s'agissait d'un ordre, auquel il avait tout intérêt à obéir s'il voulait protéger la licence qu'il avait mis cinq ans à obtenir pour bâtir son casino.

— Très bien. Quand ?

— Vendredi.

— *Vendredi ?*

— Vendredi, répéta le roi. Au fait, inutile de préciser qu'Aleksandra est intouchable. Compris ?

En silence, Aristos accusa le coup. Le sous-entendu était clair : il n'était pas digne d'une princesse. On lui avait fait comprendre la même chose à l'époque où Stella et lui s'étaient fréquentés. Il espérait, depuis, avoir gagné le respect de Nikandros, mais ce dernier le considérait vraisemblablement toujours comme un inférieur.

Sa mâchoire durcit et ses doigts se crispèrent sur l'accoudoir du canapé. Il avait élevé l'indifférence au rang d'art, une nécessité absolue dans l'univers impitoyable où il évoluait — surtout pour un homme avec un passé aussi sombre que le sien. Apparemment, il avait encore du travail, car l'attitude de Nik le blessait.

— Considère que c'est fait, répondit-il en se levant brusquement.

Il avait des soucis plus importants qu'Alex, après tout, comme des investisseurs à rassurer et un plan B à mettre en place, même s'il espérait ne jamais avoir à s'en servir.

Son ambition n'était pas le problème. Son problème, c'étaient les coups tordus du destin. Mais il n'avait pas encore rencontré un défi qu'il n'avait su relever, et n'avait pas l'intention de commencer aujourd'hui.

Jamais il ne retournerait d'où il venait. *Jamais.*

Alex et Stella furent convoquées dans le bureau de Nik après le dîner, une requête d'autant plus inhabituelle que le roi était particulièrement occupé par la situation militaire du pays.

— Tu sais ce qu'il nous veut ? murmura Alex à l'intention de sa sœur, tandis qu'elles traversaient une majestueuse antichambre.

Stella secoua la tête, visiblement inquiète.

— Je n'en ai pas la moindre idée.

L'expression de Stella ajouta à l'angoisse d'Alex, qui tremblait presque lorsqu'elles pénétrèrent enfin dans le bureau du souverain. D'un geste, il leur fit signe de s'asseoir.

— Vous avez entendu parler des manœuvres entamées par l'armée de Carnelia. La rumeur est vraie, mais nous ignorons toujours s'il s'agit pour Idas de parader, ou s'il compte vraiment nous envahir.

— Il n'oserait pas ! s'exclama furieusement Stella. Il sait que le monde entier condamnerait une telle opération !

— Je ne suis pas sûr qu'il soit parfaitement sain d'esprit, vu son âge. Mais peu importe, le sujet n'est pas là. Je pense qu'il est prudent de vous éloigner de l'île le temps d'y voir plus clair.

— Et Sofia et Theo ?

— Ils restent. Sofia refuse de bouger.

— Dans ce cas, moi aussi, répondit Stella. Je ne t'abandonne pas.

— Moi non plus, ajouta Alex.

Le regard de leur frère s'adoucit, puis Nik soupira.

— J'apprécie votre courage et votre solidarité, mais je ne peux pas me permettre d'avoir trois héritiers au trône au même endroit. Et je n'ai pas l'énergie pour me battre avec vous. Ma femme me fatigue déjà assez.

— Idas ne bougera pas, rétorqua Stella. Tout ça, c'est du bluff. Et pourquoi Kostas ne raisonne-t-il pas son père ? Il n'est pas fou, lui.

— Le prince est aux abonnés absents. Faites ce que je vous demande. S'il vous plaît. Nous sommes parfaitement capables de nous défendre, Stella. Ce n'est qu'une précaution.

— Très bien. Nous irons chez Cynthia, si tu insistes.

— *Tu* iras chez Cynthia. Pas Alex.

Les deux sœurs échangèrent un regard médusé.

— Pourquoi ? s'enquit l'intéressée.

— Parce que la loi stipule qu'en temps de guerre, les héritiers doivent être séparés pour des raisons évidentes de sécurité. Aristos t'emmènera à Larikos.

— *Aristos ?* répétèrent-elles de concert.

— Son casino est une vraie forteresse. Alex y sera plus en sécurité que n'importe où au monde.

— Je rentrerai à Stygos, suggéra Alex.

— Non. Tu y serais trop vulnérable. J'ai bien peur que ce ne soit impossible.

— Et ma famille ? Je ne peux pas les laisser sans protection !

— Je me charge de les protéger. De toute façon, ils ne sont pas menacés.

Alex se mordit la lèvre, effarée par sa suggestion. Aristos et elle, sur une île ? C'était de la folie.

— Je ne crois pas que ce soit une très bonne idée, marmonna-t-elle.

— Pourquoi ? demanda Nikandros, se retenant visiblement d'exploser.

Alex échangea un regard gêné avec Stella, puis haussa les épaules.

— Parce que… Juste une intuition.

Nik les dévisagea tour à tour d'un air soupçonneux, puis ordonna :

— Si vous avez quelque chose à dire, faites-le.

Parce que je ne peux pas me retrouver coincée sur un petit bout de terre avec un homme aussi sexy qu'Aristos. Ce serait trop dangereux.

Mais elle ne put faire un tel aveu, ce qui lui valut de s'envoler pour Larikos moins de vingt-quatre heures plus tard.

Chapitre 5

Larikos, l'île privée d'Aristos Nicolades au beau milieu de la mer Égée, était située à l'est de la Grèce. Frangée d'un océan bleu profond, elle était occupée par quelques villas hors de prix et par l'un des casinos les plus célèbres du monde, car l'on n'y jouait que sur invitation.

— Et voici la Grande Maison, annonça le pilote, désignant une demeure au toit de chaume perchée au sommet d'une colline.

Nombre de célébrités, expliqua-t-il, y séjournaient. À dix mille euros la nuit, le ticket d'entrée était hors de prix. Des bungalows séparés étaient également disponibles pour ceux qui souhaitaient plus de discrétion encore — et qui pouvaient se les offrir.

Alex étudia la vue avec ébahissement avant de se renfoncer sur son siège, toujours nerveuse. Elle n'avait jamais pris l'avion, encore moins un hélicoptère, et elle oscillait depuis leur départ d'Akathinie entre émerveillement et sueurs froides.

Elle n'avait, bien sûr, rien révélé à Nik de son aventure avec Aristos le soir de l'anniversaire de Stella. Elle avait à peine eu le temps d'appeler sa mère pour l'informer de son départ, puis Stella et elle avaient été fourrées dans deux hélicoptères différents. Malgré l'attitude rassurante de son frère, Alex ne pouvait s'empêcher de s'inquiéter. Elle aurait préféré rester auprès de sa famille durant cette passe difficile. Qui savait de quoi le roi Idas était capable ? Et, pendant ce temps-là, elle était condamnée à séjourner sur une île avec un homme qui lui faisait perdre tout sens de la retenue.

À peine habituée à sa nouvelle vie, elle était derechef déracinée, transplantée malgré elle dans un environnement qu'elle avait de bonnes raisons de craindre. Au lieu de la stabilité et des certitudes auxquelles elle aspirait, l'avenir ne lui offrait que des doutes.

Son estomac remonta dans sa gorge lorsque l'hélicoptère piqua soudain vers l'île, et elle ne se remit à respirer que lorsque les patins de l'appareil touchèrent enfin la terre ferme. Un homme l'attendait sur l'héliport, vêtu d'un jean et d'un T-shirt qui claquait dans le vent. *Aristos*. Elle n'avait pas envisagé qu'il vînt l'accueillir en personne. Elle avait même espéré qu'il ne serait pas sur l'île. Ce n'était pas parce qu'il avait accepté de l'héberger qu'il devait jouer les hôtes.

Aristos ouvrit la porte de l'appareil et salua le pilote, ce qui permit à Alex de l'étudier plus en détail. C'était la première fois qu'elle le voyait autrement qu'en costume. Le spectacle en valait la peine. Son T-shirt moulait un torse athlétique, et elle se prit à imaginer ce qu'il dissimulait : des pectoraux saillants, des abdominaux ciselés. Son imagination continua son voyage, le déshabilla de son jean, lui représenta ses jambes puissantes et…

Par chance, Aristos la ramena à la réalité lorsqu'il lui prit la main pour l'aider à descendre.

— Vous n'avez pas l'air dans votre assiette. Ça va ?

Alex acquiesça, se demandant si ses aigreurs d'estomac étaient vraiment dues à ce voyage.

— Oui. C'est la première fois que je voyage par les airs, c'est tout.

Aristos ne la relâcha pas aussitôt, et Alex sentit une incontrôlable rougeur lui monter aux joues. Une bouffée de son parfum taquina ses narines, des effluves enivrants de bois de santal et de musc.

— Vous voulez dire que vous n'avez jamais pris l'hélicoptère ?

— Non. Je n'ai jamais voyagé par les airs, point. Ni par hélicoptère, ni par avion, ni par quoi que ce soit qui vole.

Aristos écarquilla les yeux, stupéfait.

— Mais vous avez bien dû quitter Akathinie, non ?

— Je n'ai visité que les îles grecques, toutes accessibles en bateau.

Son compagnon la dévisagea comme si elle était une extra-terrestre, et Alex s'empourpra plus encore.

— Je n'ai pas eu beaucoup d'occasions de voyager, maugréa-t-elle. Vous l'avez dit vous-même : gérer un hôtel est un travail à plein temps. Les rares fois où nous sommes parties en engageant un gérant, nous l'avons regretté.

— Oui, il est difficile de trouver du personnel de confiance. C'est votre cousin qui vous remplace, désormais ?

Elle acquiesça, le cœur lourd, incapable de se départir de l'impression qu'on lui avait volé sa place.

— Comment votre mère a-t-elle pris votre départ ?

— Mal. Elle a fait de son mieux pour faire bonne figure, mais je sais que ma décision l'attriste.

Le regard d'Aristos s'adoucit.

— La voie que vous avez choisie n'est pas celle de la facilité, c'est certain.

Elle était même affreusement difficile, songea Alex. Quelque chose lui disait que sa nouvelle vie serait un défi de tous les jours.

Aristos prit sa valise, avant de se diriger à grandes enjambées vers la maison principale. Elle le suivit, presque obligée de trotter pour rester à sa hauteur.

— Je vais vous montrer votre chambre, où je vous laisserai vous installer. Yolande, ma gouvernante, vous fera faire le tour de l'île cet après-midi. Si vous avez besoin de quoi que ce soit, à n'importe quel moment, adressez-vous à elle.

Et pas à moi. Le message était clair et blessa Alex. Elle savait qu'elle n'était pas la bienvenue. Jouer les baby-sitters était la dernière chose qu'Aristos souhaitait, elle en était sûre. Mais elle n'avait pas davantage demandé à venir.

— Merci de m'accueillir, se força-t-elle à dire. Je ne vous dérangerai pas. Vous pourrez vaquer à vos occupations comme si je n'étais pas là.

— Mais vous *êtes* là, fit valoir Aristos, son regard sombre luisant au soleil. Vous et moi sommes coincés ici jusqu'à nouvel ordre. Plus précisément, jusqu'à ce que le roi de Carnelia se rende compte qu'il ne pourra jamais prendre Akathinie.

Le moral d'Alex, à ces mots, tomba en flèche. *Cela pourrait prendre des semaines. Des mois, même !*

— Vous devez bien avoir des voyages prévus ? Vous ne pouvez pas suspendre vos activités pour moi. Je ne vous le demande pas.

— Je travaillerai d'ici. Et, si je dois partir, je ferai des allers-retours rapides.

— Ne soyez pas ridicule. Vous avez des intérêts dans le monde entier. Je n'ai pas besoin d'un baby-sitter. Je suis parfaitement capable de prendre soin de moi.

Aristos s'arrêta brusquement et baissa sur elle ses yeux gris. Son visage s'était durci.

— Le roi m'a confié votre garde. Vous êtes une cible potentielle, je dirais même de choix. Vous êtes sous ma responsabilité et vous ferez tout ce que je vous dirai de faire tant que vous serez sur cette île. C'est compris ?

Un sentiment glacial envahit Alex. Elle n'aurait su dire s'il provenait de cet Aristos intimidant qu'elle découvrait, ou du fait qu'il l'avait qualifiée de cible potentielle. Non sans effort, elle ravala la boule logée dans sa gorge.

— Vous ne pensez pas vraiment qu'Idas s'en prendrait à Stella ou à moi, n'est-ce pas ?

— Non, ce serait complètement stupide. Mais ne pas être sur nos gardes le serait plus encore.

Alex acquiesça, vaguement rassérénée. Elle savait qu'il avait raison. Et plutôt que de laisser son imagination s'emballer, elle s'interrogea sur cette étrange capacité d'Aristos de passer du feu à la glace.

— Puisque je suis condamnée à rester là, vous n'avez qu'à me donner du travail. Après tout, j'ai déjà géré un hôtel. Je peux vous donner un coup de main.

— Nous n'avons pas d'hôtes pour le moment. Et que dirait votre frère s'il apprenait que je vous ai mise au travail ?

— Il serait ravi que vous m'ayez trouvé une utilité.

— Oh ! non, princesse, ça m'étonnerait fort. Alors, arrêtez de rêver.

Aristos et elle, seuls sur cette île... Cette perspective était pour le moins inquiétante. Pour se rassurer, Alex se rappela qu'ils n'étaient pas vraiment seuls. Quelques dizaines d'employés devaient travailler sur Larikos à plein temps. Les jardins et les villas ne s'entretenaient pas seuls.

— Quand vos prochains invités doivent-ils arriver ?

— Je ne recevrai personne durant votre séjour, pour des raisons de sécurité. Il n'y a qu'une exception à cette règle : un groupe de joueurs doit venir pour une partie de poker dans trois semaines. Mais je connais chacun d'eux personnellement.

Avisant la mine dépitée d'Alex, Aristos partit d'un éclat de rire rauque et demanda :

— Que se passe-t-il, princesse ? Vous avez peur d'être seule avec moi ?

Tant que vous êtes aussi désagréable, non !

— Pourquoi aurais-je peur ? répliqua-t-elle en redressant le menton.

Leurs regards se heurtèrent, noir contre bleu.

— Ah, c'est vrai, susurra-t-il. J'oubliais que vous recherchiez « générosité et intelligence ». Vous feriez bien d'aller retrouver votre duc, dans ce cas.

— Je vous l'ai dit : il n'y a pas de duc.

Ils venaient d'arriver à la maison principale, dans laquelle Aristos s'engouffra avec un haussement d'épaules. Mais qu'avait-elle fait pour l'irriter à ce point ?

Son désarroi s'évapora lorsqu'elle pénétra à sa suite dans la chambre qui lui avait été attribuée. Celle qu'elle occupait au palais était digne d'un conte de fées, mais celle-ci était plus spectaculaire encore. Trois murs blancs accueillaient des œuvres d'art minimalistes, le quatrième était composé d'un immense panneau de verre coulissant. Un imposant canapé, face à lui, permettait de jouir d'une vue à couper le souffle sur la mer.

— C'est magnifique, murmura Alex, se tournant vers son hôte.

— Rien n'est trop beau pour une princesse.

Elle ignora son évidente ironie, trop impressionnée par le cadre pour s'en préoccuper.

— J'adore cet endroit.

— Parfait. Ma chambre est là, déclara Aristos, indiquant la terrasse voisine de la sienne. Mon bureau est situé dans le casino. Yolande vous montrera où exactement, au cas où vous auriez besoin de moi.

D'un geste, il désigna un bureau dans un coin et reprit :

— Vous trouverez là un ordinateur, une ligne sécurisée et un nouveau portable. Vous n'utiliserez pas vos propres appareils durant votre séjour. Veillez à les laisser éteints.

— D'accord.

— Pour vos repas, le chef du restaurant principal est à votre disposition. Vous avez bien évidemment libre accès au spa et à tous les équipements dont nous disposons. La seule chose que vous ne devez pas faire, c'est aller nager seule. Les courants peuvent être violents quand le *meltemia* souffle.

— Je suis akathinienne, Aristos. Je suis née sur l'eau.

— Ça ne change rien à la règle. Vous noterez également la présence de gardes lourdement armés autour de l'île. Ne vous affolez pas, ils sont essentiellement là pour protéger mes invités, qui sont tous des hommes richissimes. À cet effet, il est impossible d'accéder à l'île, par mer ou par air, sans mon accord. L'île est au centre d'un cercle de cinq kilomètres interdit au survol et à la navigation.

Alex le fixa, abasourdie. Mais où était-elle tombée ?

— C'est vraiment nécessaire ?

— Oui. Certains de mes invités sont constamment menacés. Ici, ils sont en sécurité.

Elle déglutit, puis essuya son front moite du revers de la main.

— Très bien.

— Je m'étais dit que nous pourrions dîner ensemble. 20 heures, ça vous convient ?

— Quand j'ai dit que vous n'étiez pas obligé de jouer les gardes d'enfant, je le pensais. Vous n'avez pas à me tenir compagnie. Je me débrouillerai.

— Je n'en doute pas, mais il se trouve que j'ai du temps libre ce soir. En attendant, j'espère que vous profiterez de votre visite de l'île.

De fait, Alex prit un véritable plaisir à découvrir Larikos. Yolande était adorable, l'île, un paradis. À l'inverse de Stygos, qui devait sa renommée à l'aspect sauvage de la région, Larikos était un parangon d'élégance et de sophistication. Le casino, d'inspiration néoclassique, trônait au milieu de jardins à la française qui accueillaient trois piscines, deux courts de tennis et un héliport. Mais ce raffinement, si spectaculaire fût-il, ne faisait que lui rappeler à quel point Stygos lui manquait. Ses plages étaient tout aussi belles, ses vues non moins impressionnantes.

Alex soupira, le cœur lourd. Sans elle, sa mère devait se faire un sang d'encre. Comme elle aurait voulu pouvoir rentrer chez elle et reprendre une vie normale ! Mais elle soupçonnait que rien ne serait plus jamais comme avant. Sa vie telle qu'elle la connaissait s'était évaporée, et elle avait la désagréable l'impression d'être un esquif à la dérive.

Aristos passa l'après-midi dans son bureau, enchaînant les conférences téléphoniques. La plupart avaient pour but d'apaiser les angoisses de ses investisseurs, plus particulièrement le plus important d'entre eux, l'oligarque russe Dimitri Smirnov. Ce dernier s'était montré plus vague que jamais, et avait qualifié la situation géopolitique d'Akathinie de « préoccupante ». Il avait refusé de confirmer son engagement dans le projet de casino.

Aristos avait donc enclenché son plan B : se servir de la partie de poker qui s'annonçait pour rassurer les plus frileux de ses collègues. S'il répugnait en général à mêler jeu et affaires, il n'avait plus le choix. Aux grands maux, les grands remèdes. Tous les invités étaient riches à milliards, et il comptait profiter de leur séjour pour flatter leur ego. À cet effet, il avait également convié Dimitri.

Mais un sentiment de frustration le travaillait. Trop de coups de fil. Trop d'incertitude.

Il abattit son poing sur le bureau, rageur. S'il s'était rendu à Moscou, comme prévu, il aurait pu convaincre Dimitri de confirmer son engagement. Au lieu de cela, il était coincé ici, pour protéger une princesse avec laquelle il devait dîner dans quelques minutes. Il espérait juste que le Russe accepterait son invitation et prendrait place à sa table de poker dans quelques jours.

Constatant qu'il avait renversé un reste de café dans son emportement, et qu'il imbibait les pages d'un rapport financier, Aristos lâcha un juron. Il prit quelques serviettes en papier dans un tiroir et s'employa à réparer les dégâts. Mieux valait ne pas penser aux hommes qui, avant lui, avaient bâti Las Vegas. Ils avaient gagné des milliards et les avaient perdus aussi vite, consumés par leur avidité. Mais il ne serait jamais l'un d'eux, songea-t-il, se levant pour mettre les serviettes à la poubelle. Il prenait des risques, oui, mais calculés. Il ne se rappelait que trop l'époque où, enfant des rues, il avait dû se battre pour manger. C'était le genre d'épreuve que l'on n'oubliait pas, même lorsque tout vous souriait. Aristos misait gros, mais pas n'importe comment. Il ne voulait pas tout perdre, comme cela avait bien failli lui arriver des années plus tôt, au cours d'une nuit brûlante à Athènes. Ce soir-là, il n'avait pas su garder la tête froide. Il s'était juré de ne pas recommencer.

Avec une grimace, il s'arracha à ses ruminations, dues sans doute à un excès de café et au maigre sandwich dont il s'était contenté à midi. Il avait besoin de manger. Ce qui tombait bien, vu qu'une certaine princesse l'attendait pour dîner.

Il se rembrunit à cette perspective. Alex n'avait pas eu l'air particulièrement ravie de débarquer sur Larikos, et il ne pouvait pas lui en vouloir. Sa nouvelle vie et la crainte d'une guerre à Akathinie l'avaient arrachée à sa famille. Il savait qu'il s'était montré dur avec elle, mais il ne voyait pas meilleur moyen d'étouffer dans l'œuf le désir qui les saisissait quand ils étaient ensemble. Ils étaient attirés l'un par l'autre, inutile de le nier. Mais à la différence des femmes qu'il fréquentait habituellement, Alex n'avait pas la moindre expérience du monde. Elle était naïve, vulnérable. Contrairement à ses maîtresses habituelles, il redoutait qu'elle ne se fasse des idées s'il s'autorisait à coucher avec elle. Et, depuis ses années à Las Vegas, il mettait un point d'honneur à ne passer la nuit qu'avec des femmes qui n'attendaient rien d'autre qu'un moment de plaisir. Une précaution nécessaire, car sa fortune attirait toutes sortes d'ambitieuses et de croqueuses de diamants. L'exemple de ses parents avait achevé de conforter sa défiance envers l'institution du mariage. Sa mère avait fini par mettre son père à la porte après des années d'infidélité.

Carin, sa secrétaire, passa la tête par la porte pour lui rappeler que l'heure de son dîner approchait. Avec un soupir, Aristos se leva et se prépara à rejoindre son problème du moment — un problème qu'il comptait bien résoudre au plus vite.

Et si l'innocence d'Aleksandra ne suffisait pas à tempérer ses ardeurs, la mise en garde du roi y remédierait.

Après une douche rafraîchissante, mais qui n'avait en rien dissipé sa mauvaise humeur, Aristos enfila jean et T-shirt pour aller retrouver la princesse qui l'attendait sur la terrasse de la Grande Maison. Elle paraissait si fragile, debout contre le fond de ciel rose et mauve du crépuscule, qu'il sentit son cœur se serrer. Il était, après tout, partiellement responsable de cette situation. C'était lui qui l'avait encouragée à faire ce saut dans l'inconnu.

— J'aurais dû vous dire de vous habiller de façon décontractée.

La jeune femme se retourna, un sourire narquois aux lèvres.

— Je ne fais que suivre les leçons que j'ai reçues. Être élégante en toute occasion. Élégante et discrète.

Il aurait pu lui répondre qu'avec sa silhouette, elle aurait été sexy quoi qu'elle portât. Que la robe de soirée turquoise qui enveloppait ses formes lui donnait envie de la déballer comme le plus merveilleux des cadeaux, et que sa natte impeccable lui faisait le même effet. Mais il se rappela ses bonnes résolutions et se força à reprendre le contrôle de sa libido. Mâchoire serrée, il se dirigea vers le seau à glace où une bouteille de vin blanc rafraîchissait.

— Vous n'êtes pas censée les laisser vous transformer en robot, maugréa-t-il.

— Ce n'est pas le cas. Mais il y a tellement de règles… C'est presque plus facile de les suivre.

— Stella est expérimentée, répondit Aristos en remplissant deux verres. Prenez exemple sur elle, elle sait quoi faire.

Alex prit le verre qu'il lui tendait, visiblement songeuse. Aristos la savait curieuse de sa relation avec Stella, mais il n'avait rien à en dire. Stella et lui avaient simplement satisfait un désir mutuel dans les bras l'un de l'autre, sans se faire la moindre illusion. Alex, elle, était différente. Elle était fragile, émotive.

Mais les émotions de la princesse ne le regardaient pas, se rappela-t-il avec férocité. Il était responsable de sa sécurité, point. Au spectacle des cernes qui soulignaient ses yeux, cependant, il ne put s'empêcher de demander :

— Qu'est-ce qui vous tracasse ? Vous avez l'air préoccupée depuis votre arrivée.

La jeune femme se crispa, sur ses gardes, puis se détendit d'un coup.

— C'est ma mère, murmura-t-elle. C'est auprès d'elle que je devrais être, pas ici, si merveilleuse que soit cette île.

Aristos fut pris de culpabilité. Il aurait dû se montrer plus rassurant quand elle avait débarqué de l'hélicoptère, au lieu de l'effrayer.

— Vous n'avez pas à vous en faire pour Akathinie. Si Idas tente quoi que ce soit, ce qui m'étonnerait fort, le reste du monde réagira. Beaucoup de flux financiers passent par notre île, et personne ne nous abandonnera. Par cynisme, peut-être, mais le résultat sera le même.

— Oui, je suppose que vous avez raison.

— J'ai raison, assura-t-il en levant son verre. Trinquons plutôt à votre courage, et à votre saut dans l'inconnu. J'espère qu'il vous vaudra de merveilleuses aventures.

Alex leva son verre, puis but sans se départir de sa mine soucieuse.

— Qu'y a-t-il ? demanda Aristos.

— Je n'ai toujours pas trouvé à quoi employer mon temps dans mon nouveau rôle. J'étais en train d'y réfléchir quand Nik m'a brutalement envoyée ici. Tout ce que j'ai appris, pour le moment, c'est à casser une bouteille de champagne sur la coque d'un navire sans m'éclabousser et à couper un ruban d'un seul coup de ciseaux.

Aristos s'adossa à la rambarde, puis lui adressa un sourire rassurant.

— Rome ne s'est pas faite en un jour. Vous avez demandé conseil ? Stella n'a pas d'idée ?

— Elle m'a juste fait visiter le nouveau centre pour jeunes en difficulté que son organisation caritative vient de faire bâtir.

— Compas Jeunes ? Oui, je siège au comité de direction. C'est une très bonne organisation.

— Vraiment ?

— Vous avez l'air étonnée. Sachez qu'un pourcentage du

bénéfice de mes casinos est reversé à des organisations qui aident les sans-abri et les jeunes en difficulté.

— Je vois. Le magnat du jeu a donc un cœur.

— Oh ! je n'irais pas jusque-là, princesse. La philanthropie, c'est très bon pour l'image d'une société.

— C'est une opération de communication ?

— Exactement.

— Et ça explique le fait que votre jardinier en chef, ainsi que l'ingénieur qui s'occupe de votre installation solaire, soient d'anciens gamins des rues ?

Aristos fit la grimace, et se promit mentalement de dire à Yolande de se montrer plus discrète sur sa vie privée.

— Vous avez fait vos recherches, déclara-t-il avec un demi-sourire.

— Oui. Et c'est ce genre de projets qu'il me faut.

— Je comprends. Mais ça doit venir de vous. Quelle cause vous intéresse ? De quoi avez-vous envie, en ce moment ?

Elle rougit — Aristos n'eut pas besoin de lui demander pourquoi. Il pensait lui aussi à la même chose, comme toutes les fois qu'ils étaient ensemble.

— À part moi, bien sûr, susurra-t-il. Nous avons déjà établi que c'était impossible.

La jeune femme se mordit la lèvre, tandis que sa rougeur gagnait son cou.

— Vous êtes vraiment insupportable, parfois. Et vous vous faites des idées.

Aristos sourit, satisfait. Voilà, c'était mieux ainsi. Il se sentait plus capable d'affronter une Alex combative que déprimée.

— Insupportable, peut-être. Mais me faire des idées ? Ça m'étonnerait fort. Cette nuit-là dans les jardins, vous brûliez d'envie de m'embrasser. Vous n'êtes pas très douée pour cacher vos sentiments.

— Vouloir quelque chose et le concrétiser sont deux choses très différentes, rétorqua Alex, les lèvres pincées. D'ailleurs, maintenant que j'y pense, le duc est bien davantage mon type d'homme que vous.

— Oh ! vraiment ?

— Oui. Il est civilisé, et ça me plaît.

De nouveau, le sous-entendu qu'il n'était pas digne d'une princesse froissa Aristos. Il oublia instantanément sa bonne humeur — et ses résolutions.

— Si je vous prenais ce verre des mains, dit-il en regardant Alex droit dans les yeux, si je vous cueillais dans mes bras et que je vous emmenais dans ma chambre, croyez-moi, vous ne protesteriez pas. Vous me supplieriez d'aller jusqu'au bout. Voilà la vérité.

— Absolument pas.

— Vous voulez essayer ?

La jeune femme pâlit brusquement, et il comprit qu'il avait été trop loin. Mais il ne pouvait se départir de sa colère, et cette dernière l'empêchait de recouvrer son légendaire sang-froid.

— Vous avez peut-être raison, concéda-t-elle à mi-voix. Mais les hormones n'ont pas grand-chose à voir avec la raison, n'est-ce pas ? Mon corps peut désirer une chose que mon intelligence rejette. Et si c'est le cas, est-ce le genre de victoire que vous désirez ?

Pour la première fois de sa vie, Aristos découvrit qu'une femme lui avait coupé la chique.

Alex, dans sa colère, faillit tourner les talons et abandonner son hôte à son dîner. Mais ses bonnes manières l'en empêchèrent. Et puis, elle était assez grande pour résister à l'offensive de charme d'Aristos.

Ce qui la troublait le plus, tandis qu'elle prenait place à une table située près de la piscine, dans la brise iodée du soir, c'était qu'Aristos avait peut-être raison. Que s'il s'avisait de la toucher, elle serait incapable de lui résister. C'était d'autant plus incompréhensible que Sebastian n'avait jamais réussi à la persuader de coucher avec lui. C'était d'ailleurs dans le but de la faire changer d'avis qu'il l'avait demandée en mariage.

Pourquoi avait-elle refusé de lui céder ? Elle n'aurait su le dire. Elle ne s'était pas attendue à une romance à la Gatsby. De romance, il était encore moins question avec Aristos. Pourtant, plus elle réprimait l'attirance qu'elle éprouvait pour lui, plus elle avait envie de s'y abandonner. Et c'était pire maintenant qu'elle savait qu'il avait un cœur, que derrière ce physique si séduisant se cachait un homme capable de prendre deux gamins des rues, un à Las Vegas et un à Rio, de financer leurs études et de leur offrir un travail sur Larikos. Il leur avait donné une seconde vie. Aristos avait beau se dépeindre comme un homme impitoyable, il était bien davantage que cela. Mais il était dangereux d'y penser.

La conversation demeura légère et impersonnelle pendant tout le dîner, centrée sur le tourisme en général et les clients d'Aristos en particulier. Après une courte pause dans la discussion, l'homme d'affaires claqua des doigts et demanda :

— Vous avez dit que vous aimiez lire, je me trompe ?

— Non. J'adore ça. Je lis dès que j'ai cinq minutes.

— Pourquoi ne pas choisir de consacrer votre temps à l'alphabétisation du pays ? De nombreux jeunes ne savent pas lire ou lisent mal. C'est un fardeau terrible et, le plus souvent, un secret honteux. Stella et vous pourriez vous allier.

Alex fronça un sourcil, intriguée. Elle n'avait jamais songé au fait de lire comme un privilège. La chose lui venait naturellement, depuis sa plus tendre enfance. Et comme sa mère lui avait appris l'anglais, elle avait lu tous les livres qu'abandonnaient leurs invités quand ils quittaient l'hôtel. Pourtant, Aristos avait raison : lire n'était pas donné à tout le monde, même au XXIe siècle, même dans un pays riche.

— C'est une idée formidable, murmura-t-elle, reconnaissante.

— Dans ce cas, profitez du temps que vous passerez ici pour faire une liste des institutions et des associations avec lesquelles vous aimeriez travailler.

Elle acquiesça, réprimant un frisson d'excitation, puis se força à se concentrer sur son assiette. Le silence retomba, moins tendu cette fois, mais Alex découvrit que son appétit s'était envolé. Comment s'intéresser à ce qu'elle mangeait, assise face à un tel homme par une nuit si romantique ? Son jean sombre et son T-shirt blanc ne cachaient rien d'une constitution athlétique — il ne passait à l'évidence pas tout son temps derrière un bureau.

— Mais assez parlé de moi, reprit-elle. Qu'est-ce qui *vous* empêche de dormir la nuit ?

Une expression amusée passa sur le visage d'Aristos. Il s'adossa à son siège, son verre entre les mains.

— La liste est trop longue. Je ne voudrais pas vous ennuyer.

— Laissez-moi deviner. Vous vous faites du souci pour votre casino.

— Entre autres, mais je ne contrôle pas la situation. M'inquiéter ne sert donc à rien. La seule chose que je puisse faire, c'est rassurer mes investisseurs.

— Et ça fonctionne ?

— Pour la plupart, oui. Seul Dimitri Smirnov, un oligarque russe, risque de me glisser entre les doigts. Je l'ai invité à ma partie de poker pour pouvoir le travailler au corps…

— Et vous seriez sans doute déjà en train de le travailler, comme vous dites, si je n'étais pas là, murmura Alex avec dépit.

— Nous avons déjà eu cette conversation.

Il avait raison, mais elle détestait l'idée d'être un boulet pour lui.

— Parlez-moi de cette partie, reprit-elle pour penser à autre chose. Qui est invité ?

— Je croyais que vous trouviez mon métier répugnant, princesse ?

— Hector Rigatos, le père de mon meilleur ami, a ruiné sa famille à Vegas. Je sais que c'est un cas extrême, mais voilà pourquoi j'ai un problème avec le jeu. Et vous pourriez arrêter de m'appeler « princesse » ? Vous savez que je n'aime pas ça.

— Il y a des cas extrêmes, en effet. La plupart des gens, cependant, jouent de manière raisonnable. Quant à vous appeler « princesse », ça me rappelle qui vous êtes.

— Comme vous voudrez. Depuis combien de temps cette partie si exclusive existe-t-elle ?

— Cinq ans. Les joueurs l'apprécient pour sa discrétion. Ce qui se passe sur Larikos ne sort pas de Larikos.

Alex acquiesça — elle imaginait sans mal ce qui se passait quand les hommes les plus puissants du monde se réunissaient.

— Je suppose que l'ambiance doit être électrique…

— Parfois.

— La mise est à combien ?

— Cent mille dollars. L'année dernière, nous avons eu un pot à vingt millions de dollars. C'est une information confidentielle, bien sûr.

Thee mou… Ces chiffres lui faisaient tourner la tête. À l'inverse du pauvre Hector Rigatos, ces hommes-là devaient savoir ce qu'ils faisaient.

— Sur cette partie aussi, vous reversez un pourcentage à des organisations caritatives ?

— Oui.

— Vous jouez aussi ?

— Ça m'arrive.

Alex était sûre qu'il était un joueur redoutable… et particulièrement sexy à observer. Elle pinça les lèvres tout en le dévisageant.

— Bon, comment allons-nous faire pour attirer Dimitri Smirnov ?

— Vous voulez dire, comment *je* vais faire pour attirer Dimitri ?

— Je peux vous aider. Faire des recherches. J'ai déjà organisé des événements qui ont attiré leur lot de célébrités à notre hôtel.

— Il s'agit d'une partie de poker, princesse, rien de plus.

Ça fait longtemps que Dimitri convoite une place à cette table. Il devrait donc mordre à l'hameçon.

— Qu'est-ce qui vous inquiète, alors ?

— C'est l'anniversaire de sa femme ce week-end-là. Je leur ai déjà proposé un séjour tous frais payés sur Larikos. Si ça ne leur suffit pas, je ne vois pas ce qui pourrait les convaincre.

Alex acquiesça en silence. Elle n'imaginait pas une femme au monde qui refuserait quelques jours sur cette île paradisiaque — tant qu'elle n'en était pas captive, bien sûr. Mais peut-être pouvait-elle trouver quelque chose de plus personnel, un détail qui emporterait la décision de Dimitri Smirnov. Une expérience unique, disponible seulement sur Larikos.

Un sourire étira ses lèvres. Elle disposait d'un ordinateur qui lui permettrait de faire des recherches. Si elle suggérait une stratégie susceptible d'emporter la décision de Dimitri Smirnov, était-ce un crime ?

— *Non*, Alex, fit Aristos en l'étudiant d'un œil soupçonneux.

— Non quoi ? répondit-elle de son ton le plus innocent.

La conversation reprit en terrain neutre, choisi par Aristos pour éviter tout échauffement des esprits. Après dîner, il offrit de la raccompagner jusqu'à sa chambre et elle accepta par politesse.

Chaque pas vers ses nouveaux quartiers lui alourdissait l'âme. Combien de temps resterait-elle prisonnière de cette cage dorée ? Des semaines ? des mois ? Elle aurait préféré reprendre le cours de sa vie. Mais laquelle, celle de princesse ou celle de gérante d'hôtel ? Elle n'aurait su le dire.

— Avez-vous besoin de quoi que ce soit ? demanda Aristos à la porte de sa chambre.

Il y avait tant de réponses possibles à cette question… Réprimant les larmes qui lui brûlaient les yeux, Alex redressa le menton et se força à sourire.

— Non merci.

Du bout du doigt, son compagnon lui effleura la joue. Son regard, dans la pénombre, était d'un noir de charbon.

— Alex…

Elle sursauta comme s'il l'avait brûlée puis, après avoir murmuré des remerciements hâtifs, s'engouffra dans sa chambre et referma la porte derrière elle. Mieux valait fuir que faire quelque chose qu'elle regretterait à tout jamais…

Aristos resta figé devant la porte pendant une longue minute, tiraillé entre le désir de la suivre pour la réconforter, et la conscience des conséquences s'il le faisait. Après un combat intérieur, il se résolut à regagner sa chambre, où il répondit aux courriels de ses équipes à l'étranger.

La tempête arriva une heure plus tard, un assaut vicieux des éléments, animés d'une colère presque surnaturelle. Le tonnerre ébranlait les murs de la Grande Maison, les éclairs déchiraient l'horizon. Avec un soupir, Aristos quitta son siège pour vérifier que le parafoudre était bien activé, puis se servit un verre de whisky et sortit profiter du spectacle.

Des éclairs blanc et or se découpaient contre le ciel tropical, des doigts de lumière dont les motifs complexes éblouissaient l'œil. Le tonnerre se faisait plus violent à mesure que l'orage approchait, secouant les lattes de bois sous ses pieds. Il n'y avait presque plus d'intervalle entre son et lumière, et Aristos comprit que la tempête devait passer juste au-dessus de l'île.

Il n'aurait su dire ce qui lui fit prendre conscience de la présence d'Alex sur la terrasse voisine. Il n'avait pas pu l'entendre — l'orage était trop bruyant. Elle se tenait là, enveloppée dans le peignoir que l'hôtel fournissait à chaque invité, les bras serrés sur sa poitrine. Un éclair zigzagua et frappa la mer, à trois cents mètres de là, illuminant le visage blême de la jeune femme. Elle était terrifiée.

Avec un cri rentré, elle tourna les talons et se précipita à l'intérieur. Aristos se dirigea sans hésiter vers sa chambre et, à sa surprise, entra sans avoir besoin de frapper — elle avait dû oublier de mettre le verrou. Après quelques pas dans le noir, il entra presque en collision avec une Alex paniquée.

— Eh ! Mais que se passe-t-il ? demanda-t-il en l'attirant dans ses bras.

— C'est… c'est la foudre… Elle a frappé trop près…

Aristos lui caressa le dos d'une main rassurante, son menton contre le front d'Alex.

— Vous n'avez pas à vous inquiéter. Nous subissons souvent ce genre de tempête.

— N… Nous aussi, à Stygos. Je déteste ça.

— Ne vous fiez pas au son du tonnerre. Vous n'avez rien à craindre.

— Et si la foudre tombait sur l'hôtel ?

— Nous sommes équipés, la foudre peut tomber quand elle veut.

Un nouveau roulement de tonnerre fit sursauter Alex. Elle tremblait tant que ses dents s'entrechoquaient. Avec un juron, Alex la relâcha, se dirigea vers le bar et lui servit un fond de cognac. Il l'entraîna ensuite sur le canapé et lui mit le verre dans les mains.

— Buvez ça.

Il ne resterait que quelques minutes, décida-t-il en son for intérieur, *le temps de la calmer. Quelques minutes et rien de plus.*

Alex prit le verre et le porta à ses lèvres d'une main tremblante. La première gorgée lui arracha une grimace.

— C'est drôlement fort !

— Ça va vous calmer.

Elle prit une seconde gorgée, tandis qu'il lui lissait les cheveux avec douceur. Elle n'avait toujours pas dénoué sa natte, si serrée qu'il grimaça en la regardant.

— Ça ne vous donne pas la migraine ? demanda-t-il, tirant légèrement dessus.

— J'avais les cheveux ébouriffés après ma douche. Je la déferai avant de me coucher.

Sans un mot, Aristos retira l'élastique qui retenait la tresse et la démêla pour elle, nœud après nœud, les doigts dans ses entrelacs de soie. Au-dessus d'eux, la tempête continuait son vacarme.

— Pourquoi avez-vous si peur de l'orage ?

— Mon oncle Rasmus a été frappé par la foudre quand j'étais enfant. Il était pêcheur. Il est parti un matin, tôt comme à son habitude, et s'est fait surprendre par une tempête comme celle-ci. Heureusement, un autre bateau a vu l'accident. Ils l'ont secouru, mais il est resté paralysé du côté gauche. Il n'a plus pu travailler après ça.

— J'imagine que ça a dû être une expérience terrifiante, pour une petite fille.

— Oui. Je sais qu'il y a une chance sur un million que ça se produise, mais, depuis, j'ai peur de l'orage. Je me dis que si c'est arrivé une fois, ça peut se reproduire de nouveau.

Aristos termina de dénouer sa natte. Il étala ses cheveux sur ses épaules — ils étaient magnifiques. Si elle était sienne, il ne l'autoriserait pas à les porter autrement que défaits.

Si elle était sienne ? Quelle idée ridicule. Il ne sortait jamais avec la même femme assez longtemps pour la considérer comme sienne, encore moins pour avoir un avis sur la façon dont elle se coiffait !

L'espace entre le tonnerre et les éclairs s'étira, la foudre recula sur l'horizon. Du bout des doigts, Aristos massa le crâne d'Alex. C'était une attention chaste, juste pour l'aider à se détendre.

— Aristos ?

— Hum ?

— Parlez-moi de cette fameuse route que vous n'avez pas prise, autrefois…

— Comme je vous l'ai dit, c'est de l'histoire ancienne.

— Si c'est de l'histoire ancienne, pourquoi ne pas m'en parler ?

— Parce que ça n'a plus la moindre importance.

— Même question : si ça n'a plus d'importance, pourquoi ne pas m'en parler ?

Parce que le récit l'obligerait à lui révéler des détails intimes de son existence, des détails qu'il n'avait jamais dévoilés à personne. Parce que, enfin, elle le connaîtrait mieux s'il répondait à sa question.

Alex, pourtant, n'avait pas hésité à lui faire part de ses propres craintes. Quel mal y avait-il à lui parler du passé, un passé qui n'avait plus la moindre importance ? Il n'était plus le même homme.

Mais peut-être, justement, le problème venait-il de l'homme qu'il était aujourd'hui.

Il l'attira contre lui, ses doigts toujours dans ses cheveux, et soupira.

— À seize ans, je vivais dans les rues d'Athènes. Je faisais partie d'un gang. Pour des raisons diverses, j'avais coupé les ponts avec ma famille, et j'en voulais au monde entier. Mon mentor, ou plutôt l'homme qui allait le devenir, David Tennyson, s'est trouvé un beau jour à Athènes. Il se tenait devant un restaurant lorsque j'ai essayé de le soulager de son portefeuille. Mais il n'était pas né de la dernière pluie. Il m'a attrapé. Au lieu de me livrer à la police, il m'a demandé ce que je faisais dans les rues. Je lui ai raconté mon histoire. Il a dû voir quelque chose en moi, derrière la colère et l'amertume, car il a offert de m'aider. Il m'a proposé un marché. Il m'a donné vingt billets de cent dollars, sa carte de visite, et m'a suggéré de le rejoindre à Vegas si je voulais travailler dans un casino.

— Et vous y êtes allé.

Lentement, Aristos acquiesça.

— C'est le genre de chance qui ne se présente qu'une fois.

— Ou jamais, murmura Alex avec cette charmante façon qu'elle avait de se mordre la lèvre quand elle était troublée.

— Ou jamais, confirma-t-il.

— C'est une sacrée histoire.

— Les choses n'étaient pas aussi idylliques que vous semblez le croire, en tout cas au début. J'avais pas mal de problèmes, de colère à... évacuer. David n'était pas un tendre, lui non plus, et il n'avait pas la moindre pitié à mon égard. J'ai vite compris que si je voulais réussir, je devrais me plier à ses règles, filer droit, et travailler dur.

— Quelle est votre relation, aujourd'hui ?

Aristos considéra un instant la question, puis déclara :

— Nous sommes comme père et fils.

— Et votre véritable famille ? Vous vous êtes réconciliés ?

— Non.

— Pourquoi pas ?

— Parce que certains gouffres sont trop profonds pour être comblés.

Sa voix était dure, son visage fermé.

— Est-ce que David assistera à votre partie de poker ?

— Oui. Inutile de préciser que cette histoire est strictement confidentielle. Elle ne regarde que David et moi.

— Vous pouvez me faire confiance. Merci de me l'avoir racontée. Je comprends mieux le choix dont vous parliez, et à quel point il a dû être difficile.

En silence, Aristos lui captura une mèche de cheveux. Il la lissa doucement, puis la cala derrière son oreille.

— Vous aviez l'air particulièrement lugubre en arrivant. Pourquoi ?

— Parce que j'ai le mal du pays. J'ai dû quitter Stygos, et j'ai à peine eu le temps de me faire à ma nouvelle vie que Nik m'a expédiée ici. Ne vous méprenez pas, votre île est magnifique. Mais elle me rappelle justement mon village...

— Et il vous manque.

— Oui. J'aimerais être certaine, également, d'avoir fait le bon choix en tournant le dos à mon ancienne vie. J'ai parfois l'impression d'avoir bien agi, puis je suis saisie par le doute.

— C'est précisément dans ces moments-là que vous devez tenir le cap, déclara Aristos d'une voix ferme. Les premiers temps sont les plus difficiles. C'est ce qui m'est arrivé à Vegas.

Une fois que vous passez le point de non-retour, les doutes vous assaillent. Le plus important, c'est ce que vous faites de ce doute.

Un sourire d'une vulnérabilité à briser le cœur étira les lèvres d'Alex.

— Vous êtes étonnamment sage, Aristos Nicolades.

— En sus d'être arrogant et insupportable ?

— Oui. Peut-être que vous êtes mon David à moi. Mon mentor, celui qui me pousse sur la bonne voie.

Mais Aristos secoua la tête.

— Je comprends ce qui vous arrive, rien de plus. Je l'ai vécu moi-même. Je sais à quel point il est difficile de tourner le dos à ce que l'on connaît. De se répéter que l'on a fait le bon choix lorsque tout semble nous indiquer le contraire. Mais je ne suis pas un mentor. Je n'ai pas cette prétention.

De nouveau, leurs regards se croisèrent. Le temps s'étira, et Aristos s'enfonça lentement dans les immenses yeux bleus d'Alex. Puis, avec un sursaut, il se ressaisit.

— Alex… Nous avons établi des règles strictes…

— Je sais, murmura-t-elle.

Elle s'était rapprochée tout en parlant, dans un parfum de jasmin et d'une autre essence qu'il ne parvenait pas à identifier. Avoir ce corps à portée de main, ces formes, cette bouche mûre comme un fruit, était une véritable torture. Les règles qu'il avait lui-même édictées, déjà, lui paraissaient lointaines et mesquines.

Quelques centimètres à peine séparaient leurs lèvres. Aristos, il le savait, aurait pu tout arrêter. Il était encore en possession de tous ses moyens, alors que ce n'était apparemment plus le cas d'Alex, presque droguée par la sensualité qui les enveloppait comme un linge moite. Mais il ignora la voix de la raison, fit taire sa logique et se pencha à son tour vers la jeune femme. Elle avait besoin de réconfort. Pourquoi ne pas lui accorder un baiser, après tout ? Un seul petit baiser ? Puis il regagnerait sa chambre et la laisserait seul.

Oui, il en était parfaitement capable.

Il laissa son souffle se mêler au sien, ses lèvres effleurer celles d'Alex. Un grondement de plaisir rauque lui échappa aussitôt. Le mâle alpha, en lui, ne pouvait décidément pas se contenter de ce succédané de baiser. Il captura son visage entre ses mains et prit le contrôle de la situation. Leur baiser se raffermit, se prolongea. Lorsqu'il fut satisfait, et sûr d'avoir exploré entièrement la texture de ses lèvres, il glissa sa langue contre la sienne. Un frémissement le parcourut — comme le goût de cette femme lui avait manqué ! C'étaient des arômes de pêche, de poire, de l'alcool qu'elle avait consommé, un mélange enivrant.

Son sang se mit à bouillir dans ses veines et son corps s'éveilla. Il était temps de s'arrêter, comme il l'avait résolu. Mais, lorsqu'il voulut reculer, les bras d'Alex se refermèrent sur lui.

— Encore un peu, souffla-t-elle contre ses lèvres.

Encore un peu ? Était-ce sage ? Elle était bien trop séduisante pour qu'il refuse. Mais elle était aussi trop séduisante pour qu'il accepte ! S'il obéissait, il courait à sa perte.

Allez, encore deux minutes. Deux petites minutes, tu ne risques rien. Mais pas davantage.

Ses mains descendirent sur la taille d'Alex, la soulevèrent comme si elle ne pesait rien pour la déposer à califourchon sur lui. Dans cette position, il avait accès à tout son corps. *Hum, ce n'était peut-être pas une si bonne idée.*

Il fit glisser ses baisers vers la colonne gracile de son cou, traçant d'invisibles sillons sur sa peau du bout de la langue. Là encore, elle était délicieuse — elle avait un goût fruité et floral à la fois. *Christe mou.* Il se reput d'elle, brûlant de goûter à un nectar plus intime encore, au plaisir qui fleurissait au creux de ses cuisses. Il savait qu'il n'aurait jamais accès à cette divine ambroisie. Mais il en mourait d'envie…

Ses lèvres se posèrent sur la pulsation qui, sur le cou d'Alex, marquait les battements de son cœur. Il s'y attarda, tremblant presque d'excitation.

— Aristos…, souffla-t-elle.

Son nom devenait si sexy, quand elle le prononçait, avec ce léger roulement du *r* qui le rendait fou. Il sentit aussitôt son sang refluer vers son bas-ventre. Le souffle court, il posa la bouche sur sa poitrine.

— Vous êtes parfaite, murmura-t-il contre sa peau.

Son décolleté lui donnait accès à la naissance de ses seins. Succombant à la tentation, il glissa une main sous la dentelle de son soutien-gorge et effleura un téton dur comme un galet. Avec un hoquet, Alex s'arc-bouta contre lui.

Cette fois, Aristos ne put pas retenir sa libido. Il l'embrassa de nouveau, avec une passion débridée, les doigts mêlés à ses cheveux. Sa main libre caressait ses seins, arrachait à Alex des soupirs qui enflammaient son excitation. Il était désormais prisonnier d'un cercle de désir qu'il ne pouvait briser, qui l'entraînait irrémédiablement vers l'acte qu'il ne devait surtout, surtout pas commettre, le crime que le roi ne lui pardonnerait jamais.

C'est de la folie. La pensée remonta des profondeurs de sa raison, émergea telle une bulle à la surface de son esprit. Les brumes qui l'entouraient se dissipèrent brusquement et, l'espace d'un instant, il prit conscience de ce qu'il était en train de faire. De la folie ? C'était un euphémisme !

Il s'arracha aux bras d'Alex, refermant dans le même mouvement les pans de son peignoir. Elle le fixa sans un mot, oscillant entre la stupeur et l'effroi.

— C'était une mauvaise idée, dit-il d'une voix rauque. Une très mauvaise idée.

— Aristos…

Il se leva brusquement, le cœur fermé à la vulnérabilité qui marquait ses traits.

— L'orage est passé, maintenant. Reposez-vous.

Puis il tourna les talons et s'enfuit, se raccrochant à ce qu'il lui restait de bon sens, ses résolutions en lambeaux.

Chapitre 6

C'était inutile.

Alex referma son ordinateur portable, termina son expresso d'un trait et s'allongea sur sa chaise longue pour admirer le panorama qui s'offrait à elle. Devait-elle se servir un autre café ? Un supplément de caféine lui permettrait peut-être de reprendre le contrôle de son esprit, obsédé par le baiser qu'ils avaient échangé la veille. Pas seulement le baiser, d'ailleurs, mais la manière dont Aristos avait pris possession d'elle en même temps.

Elle ferma les yeux, effrayée par la violence de ses souvenirs. Elle s'était offerte à lui tout entière, sans hésiter, sans se soucier des conséquences. Ses mains sur ses seins avaient éveillé en elle un désir dont elle n'avait jamais soupçonné l'existence.

À la lumière du jour, ses actions lui paraissaient incompréhensibles, ou seulement explicables par la sensation de solitude qui l'avait assaillie la nuit précédente. Ou par le besoin de vérifier si leur baiser, le soir de l'anniversaire de Stella, avait été aussi extraordinaire que dans son souvenir. Ou peut-être, enfin, par son envie de découvrir le véritable Aristos, un personnage beaucoup plus complexe que l'impitoyable homme d'affaires pour lequel elle l'avait d'abord pris.

Il avait dû faire preuve d'une force de caractère étonnante pour en arriver où il en était. Qu'avait-il pu se passer pour qu'il finisse dans les rues d'Athènes ? Malgré elle, Alex se sentait flattée par la confiance qu'il lui avait manifestée en se livrant à elle. Mais c'était, elle le savait, une voie dangereuse. L'île était jonchée des corps métaphoriques de femmes qui avaient voulu comprendre Aristos. Qui, comme elle, avaient fugitivement songé qu'elles étaient différentes, spéciales. Alex ne comptait pas finir de la même manière. Au fond, Aristos ne valait guère mieux que le play-boy qui avait brisé le cœur de sa propre mère, qui lui avait volé ses rêves.

Pourtant, elle ne pouvait nier le fait qu'Aristos Nicolades, en dépit de sa réputation de bourreau des cœurs, était un guide de choix dans les défis qui s'annonçaient. Son expérience et sa sagesse, la veille, lui avaient réchauffé le cœur. Peut-être n'était-elle pas si folle d'espérer, après tout…

Elle fixa le fond de sa tasse, songeuse, comme pour y chercher des réponses. Elle oscillait entre doute et détermination, entre sa prudence innée et l'envie de prendre des risques, de vivre plus intensément. Plutôt que de ruminer, décida-t-elle, mieux valait se concentrer sur la suggestion d'Aristos : travailler à son avenir et reprendre sa vie en main.

Elle passa les deux heures qui suivirent à étudier les associations caritatives qui non seulement se spécialisaient dans l'alphabétisation, mais qui bénéficieraient également d'une ambassadrice. Elle nota le nom de deux candidates potentielles, puis abandonna ses recherches pour se consacrer à une tout autre.

Elle tapa *Dimitri Smirnov* et *épouse*, puis passa une heure à parcourir tout ce qu'elle dénicha sur le couple. Les informations ne manquaient pas. Galina Smirnov était une mondaine incontournable à Londres. Son mari semblait avoir une réputation sulfureuse, et Alex se demanda pourquoi Aristos voulait travailler avec lui. Mais ce n'était pas son problème.

À force de chercher, elle finit par exhumer un portrait de Galina paru dans un magazine féminin, et qui regorgeait de renseignements utiles. L'article évoquait les légendaires soirées des Smirnov, leur talent pour recevoir et les célébrités qui se battaient pour y assister. C'était l'événement à ne pas manquer sur le calendrier social.

Galina Smirnov reçoit ses hôtes avec une élégance d'autrefois, en un tourbillon mondain qui nous ramène à l'époque où les grands du jazz régnaient sur la musique et où la préparation d'un simple cocktail relevait de l'art. Dans un coin, un vieux gramophone joue des disques tirés des archives personnelles de Galina, l'une des plus grandes collectionneuses de jazz au monde…

Le jazz… Alex esquissa un sourire. Voilà, la clé était là. Sa mère était amie avec la légende du jazz Nina Karvelas, qui avait annoncé récemment sa retraite. Nina était venue chanter à leur hôtel, à Stygos, pour sa réouverture après rénovation.

Parviendrait-elle à convaincre Nina de chanter sur Larikos, exceptionnellement, pour Galina Smirnov ? Peut-être accepterait-elle si Aristos se fendait d'une donation à l'une des organisations caritatives qu'elle soutenait depuis sa retraite.

Une bouffée d'excitation la souleva presque de terre. Elle passa un short et un T-shirt, puis partit à la recherche d'Aristos. Il n'était pas dans son bureau et son assistante, Carin, l'informa qu'il serait pris par une série de conférences téléphoniques jusqu'au soir. Réprimant son impatience, Alex se rendit à la plage avec un livre, prit une leçon de surf avec Diego, le professeur de sports aquatiques, puis dîna seule. Aristos ne reparut pas.

Lorsqu'elle se leva le lendemain matin, Carin lui apprit qu'Aristos était parti à Athènes. L'évitait-il à cause de ce baiser ? Et si c'était le cas, combien de temps ce manège allait-il durer ?

Poursuivie par un sentiment d'humiliation, elle se plongea dans un nouveau livre pour remplir sa journée. Lorsque l'heure du dîner arriva, Alex constata qu'elle n'avait pas faim. La perspective de manger seule une nouvelle fois, de toute façon, la rebutait. Elle avait l'impression que sa vie se résumait à lire et à manger.

Elle décida donc de partir se promener sur les falaises,

dans l'air encore chaud de ce début de soirée. Assise sur un rocher, elle profita de la vue un long moment, puis descendit jusqu'à la plage et prit la direction de la Grande Maison. En chemin, elle traversa une petite crique, une véritable enclave bleue bordée par les falaises, et se sentit prise d'une soudaine envie de nager. Mais Diego était déjà rentré, Aristos n'était nulle part en vue, et elle savait qu'elle n'était pas censée se baigner seule.

Elle laissa échapper une imprécation. Elle était en sueur, elle avait chaud, et elle n'avait pas le droit de se rafraîchir ? Au fond, elle ne valait guère mieux que n'importe quel prisonnier de droit commun, à ceci près que sa prison était d'or pur. Cette île qu'Aristos qualifiait de paradis n'était qu'une forteresse. Alex nageait depuis l'enfance, et décida qu'il n'y avait pas le moindre risque.

Un regard alentour confirma que personne ne la surveillait. Après une dernière hésitation, elle se déshabilla — elle portait son maillot de bain sous ses vêtements — et s'avança dans l'eau avec un soupir de soulagement.

Aristos atterrit sur Larikos peu avant 21 heures. L'île scintillait sur fond de ciel étoilé. Il récupéra son attaché-case, remercia le pilote et, sautant à bas de l'appareil, se dirigea vers la Grande Maison.

La journée avait été longue. Il n'avait toujours pas de nouvelles de Dimitri et avait dû convaincre ses fournisseurs à Athènes de patienter. Le chantier allait bientôt commencer, leur avait-il promis.

Tandis qu'il gagnait sa chambre, il s'autorisa enfin à penser à Alex. Il l'avait délibérément ignorée depuis leur baiser, pour lui laisser le temps — et pour *se* laisser le temps — de se ressaisir. Il n'arrivait pas à croire qu'il s'était laissé aller à parler de lui. Quelle mouche l'avait piqué ? Cet épisode avait confirmé ce qu'il soupçonnait : Aleksandra était dangereuse.

L'embrasser était une chose — c'était d'ailleurs une erreur qu'il ne comptait pas renouveler —, mais lui révéler son passé était pire encore. En prétendant que ce passé n'existait pas, en l'ignorant, il lui refusait toute influence. Nul ne pouvait l'utiliser contre lui. S'en ouvrir à Alex avait incarné tout ce qu'il rejetait et l'avait ramené de plain-pied dans le présent. Même s'il lui faisait confiance, et qu'il savait qu'elle ne le trahirait jamais, il s'agissait d'une entaille dans son armure.

Il grimpa les dernières marches, la mâchoire serrée. Le problème, c'était la culpabilité qui lui démangeait. Alex devait se sentir bien seule. Avait-elle dîné ? Ils pouvaient bien s'asseoir sans risque à la même table. Ce n'était pas dangereux.

Après avoir déposé ses affaires dans sa chambre, il alla frapper à la porte voisine. Pas de réponse. Il tourna la poignée et entra — la pièce était vide. Il appela, en vain. Étrange... La salle à manger lui avait semblé inoccupée quand il était passé devant.

Les sourcils froncés, il dévala l'escalier et alla trouver Yolande.

— Vous savez où est Alex ?

— Non, je ne l'ai pas vue depuis ce matin. Je pensais qu'elle se reposait.

— Elle n'est pas dans sa chambre. Au spa, peut-être ?

Sa gouvernante passa un coup de fil rapide, puis secoua la tête.

— Non, elle n'y est pas non plus.

Où était-elle passée, bon sang ? Un frisson d'alarme parcourut Aristos. Alex avait fait allusion aux falaises l'autre soir, et suggéré que la vue depuis leur sommet devait être fabuleuse. Il l'avait aussitôt découragée de s'y rendre, expliquant que les rochers étaient traîtres, friables par endroits. Il avait offert de s'y promener avec elle un jour.

Son malaise s'intensifia. La jeune femme avait-elle outrepassé ses ordres ? S'y était-elle rendue seule ? Même si elle l'avait fait, les falaises n'étaient pas loin. Y aller et en revenir était l'affaire d'une heure.

— Interrogez le personnel, ordonna-t-il. Je veux savoir qui l'a vue en dernier.

Lorsque Yolande revint faire son rapport, elle lui apprit que personne n'avait vu Alex depuis plusieurs heures. Cette fois, Aristos laissa libre cours à son inquiétude. Les Carnéliens ? Non, c'était impossible. Son île était une véritable forteresse et il aurait été alerté d'une intrusion. Mais mille autres dangers naturels la guettaient. Il convoqua aussitôt son chef de la sécurité pour lancer des recherches.

Les falaises le préoccupaient plus que tout, et il se mit au volant de sa jeep. Son progrès était ralenti par la nuit qui tombait, ce qui lui donna tout loisir d'imaginer le pire. Était-elle tombée ? Était-elle blessée ? Il y avait des serpents venimeux sur l'île, des scorpions capables d'immobiliser un adulte. Son esprit était tiraillé dans mille directions toutes plus sinistres les unes que les autres. S'il lui arrivait quoi que ce soit…

Il écrasa l'accélérateur, furieux et angoissé. Voilà pourquoi il n'avait pas voulu d'elle. Voilà pourquoi, dans la vie, il refusait d'être responsable de qui que ce soit d'autre que de lui-même.

Il avait épuisé tous les scénarios tragiques lorsqu'il arriva enfin au sommet des falaises. Un coup d'œil lui suffit pour constater qu'il n'y avait personne. Au même moment, le nom de son pilote s'afficha sur son téléphone. Il avait localisé Alex depuis les airs : elle se trouvait dans la crique, cent mètres plus bas, et nageait.

Une autre chose qu'il lui avait expressément interdit de faire !

Il donna la permission à son pilote de rentrer, appela son chef de la sécurité pour annuler les recherches, puis fit tourner la jeep dans un crissement de pneus et redescendit la route à toute allure. Lorsqu'il atteignit enfin les abords de la crique, il était hors de lui.

Il mit pied à terre sitôt le contact coupé et dévala le sentier qui menait à la plage. Là, allongée sur l'eau les bras en croix, Alex faisait la planche comme si de rien n'était, dans la lumière argentée du clair de lune.

Un juron étouffé fit comprendre à Alex qu'elle n'était plus seule. Elle se retourna sur le ventre, surprise, et fut plus stupéfaite encore de voir Aristos traverser la plage en direction du rivage. Il était vêtu d'un costume. Il ne comptait tout de même pas…

Thee mou. Elle mit la main sur ses lèvres lorsqu'il s'avança dans l'eau. À son expression furieuse, elle comprit qu'elle allait avoir des ennuis. La langue collée à son palais, elle parvint tout juste à articuler :

— Aristos…

Deux mains puissantes se refermèrent sur sa taille. L'homme d'affaires la jeta en travers de son épaule comme un vulgaire sac, puis rebroussa chemin et se dirigea vers le rivage. Le souffle coupé, elle lui martela le dos.

— Mais qu'est-ce que vous faites ? Lâchez-moi !

Sitôt sur le sable, il obéit et la déposa sans douceur devant lui.

— Pendant que vous vous baigniez, ce que je vous avais interdit de faire, tout mon personnel vous cherchait.

— Tout votre… Pourquoi ?

— On ne vous a pas vue au dîner. Vous aviez disparu depuis des heures et personne ne savait où vous étiez. Vous n'avez daigné informer personne de vos déplacements.

— J'allais rentrer, murmura Alex, la tête basse. Je m'accordais encore quelques minutes… C'est tellement beau, ici ! Et je vous ai dit que j'étais une excellente nageuse. Vous ne pensez pas que vous exagérez ?

Il fit un pas vers elle, véritable mur de chaleur qui lui fit battre le cœur.

— Vous oubliez que vous êtes une cible de choix, princesse. Et vous êtes sous ma responsabilité. Comment dois-je réagir quand vous disparaissez ? Vous pensez que je vais me balader sur l'île en sifflant dans mes doigts, comme si je cherchais mon chien ?

Il la balaya d'un regard sévère, puis ajouta :

— Il y a des animaux dangereux sur cette île, des falaises de trente mètres… Je me suis imaginé les pires scénarios.

Les mains sur les joues, rouge d'embarras, Alex marmonna :

— *Lypamai*. Je suis désolée. Je n'ai pas réfléchi. Je m'ennuyais. Je n'ai pas pensé à dire à quelqu'un où j'allais.

— Vous vous ennuyiez ? répéta-t-il furieusement. Laissez-moi vous dire qui ne s'ennuie *pas*. Mon pilote, qui s'apprêtait à dîner en famille quand je l'ai rappelé. Mon chef de la sécurité et ses équipes, qui avaient déjà travaillé toute la journée. Et Yolande, qui se rongeait les sangs.

Alex fixa ses pieds, les yeux brûlants.

— J'ai dit que j'étais désolée. J'essayais juste de vous expliquer…

— Pourquoi ? coupa son compagnon. Pourquoi avoir désobéi à mon ordre exprès de ne pas aller nager seule ?

— J'étais… frustrée.

— À cause de quoi ?

— D'être prisonnière de cette île, de n'avoir rien à faire. Vous ne me laissez même pas vous aider.

Un rictus étira les lèvres d'Aristos, tandis que des volutes de colère se déployaient dans ses yeux.

— Vous savez ce que vous devriez faire, princesse ? Grandir. Vous devriez arrêter de vous plaindre et prendre conscience de la chance que vous avez d'être ici, bien à l'abri, protégée par des gens qui se font du souci pour vous. Tout le monde n'a pas ce privilège.

Alex rougit — il avait raison. Mais elle n'avait pas l'intention de se laisser insulter sans réagir.

— Et vous, Aristos ? Vous vous comportez en adulte, peut-être ? Un simple baiser et vous prenez vos jambes à votre cou !

— Je travaillais. Je n'ai pas pris mes jambes à mon cou.

— Vraiment ? Vous ne pouviez pas prendre cinq minutes pour dire bonjour ? Que redoutez-vous ? Que je vous saute dessus ? Que je ne puisse pas vous résister, parce que je me sens fragile et vulnérable ? Dans ce cas, laissez-moi vous rassurer. Je sais que ce baiser était une très mauvaise idée.

Une expression moqueuse adoucit la colère sur le visage d'Aristos.

— C'est exactement le contraire, princesse. C'est de *moi* que j'ai peur. J'ai peur de ne pas avoir la discipline de vous résister la prochaine fois que vous vous jetterez dans mes bras. En temps normal, après notre baiser, je vous aurais déshabillée et j'aurais goûté à chaque centimètre carré de votre peau… Où serions-nous, si je l'avais fait ?

Thee mou. Un torrent brûlant, à ces mots, se déversa dans les veines d'Alex. Elle déglutit, puis se raccrocha à sa dignité, dernier rempart contre la folie.

— Je sais que ce baiser ne doit pas se reproduire, déclara-t-elle. Et je vous l'aurais dit si vous n'aviez pas disparu aussitôt après. Quant à ce soir, reprit-elle comme il allait protester, je vous répète que je suis désolée de ce qui s'est passé. Je me suis montrée insensible.

— La tempête Aleksandra, murmura son compagnon avec un sourire en coin. Quand elle souffle, elle emporte tout sur son passage.

Alex baissa les yeux, puis frissonna lorsque la brise caressa sa peau humide. Aristos ôta aussitôt sa veste pour la lui poser sur les épaules. Ses doigts, en effleurant sa peau, y firent courir des picotements électriques, mais elle s'arc-bouta contre cette sensation pour ne pas révéler à quel point il l'affectait.

— Puisque vous êtes là, reprit-elle d'un ton dégagé, je voulais vous parler de quelque chose.

Aristos leva un sourcil interrogateur et acquiesça.

— C'est au sujet de Galina Smirnov.

— Alex, *non.*

— Écoutez-moi, au moins. J'ai lu un article à son sujet. Elle est amatrice de jazz.

— Et alors ?

— Alors, il se trouve que ma mère est une très bonne amie de Nina Karvelas.

— *La* Nina Karvelas ?

— Oui. Elle a même chanté dans notre hôtel. Elle a pris sa retraite, mais je sais qu'elle se consacre à des bonnes causes. Si vous organisiez une soirée d'anniversaire pour Galina ? Nina chante, vous faites un don généreux à l'une de ses associations caritatives, et tout le monde est content. Même Smirnov ne pourrait pas offrir une telle expérience à sa femme, car Nina ne se déplacera pas si ma mère ne le lui demande pas.

Aristos se mâchonna la lèvre, visiblement intrigué.

— Comment être sûrs que Galina aime à ce point le jazz ? La plupart des gens disent n'importe quoi dans les interviews, pour se rendre intéressants.

— Elle a l'une des collections de vinyles les plus importantes au monde. Elle ne fait pas semblant.

Mais l'homme d'affaires se frotta la joue, perplexe.

— C'est une partie de poker, pas une fête.

— Ce n'est tout de même pas compliqué d'organiser une soirée la veille. C'est de Nina Karvelas qu'il s'agit. C'est un coup énorme. Je ne vois pas ce qui empêcherait Galina de venir.

— Elle a peut-être déjà d'autres projets.

— À vous de le découvrir. De mon côté, je vais demander à ma mère d'appeler Nina.

Aristos semblait toujours hésiter, et Alex soupira.

— Vous avez des nouvelles de Dimitri ?

— Non. J'ai besoin de réfléchir à tout ça. Et vous, de vous habiller.

Ils remontèrent vers la jeep, puis regagnèrent la Grande Maison. Alex s'y changea en hâte et dîna avec Aristos, prenant soin de faire profil bas. Ce ne fut que lorsqu'il la raccompagna à la porte de sa chambre qu'elle aborda le sujet qui lui brûlait les lèvres.

— Ce que vous m'avez dit hier… Au sujet de votre passé, de la force de caractère qu'il vous a fallu pour survivre…

Voilà ce que j'en ai retenu. Pas vos erreurs, par la noirceur, mais votre courage. Vous avez tourné le dos à tout ce que vous connaissiez, vous avez traversé un océan, changé complètement de vie. Voilà ce que je trouve formidable.

— Quand je vous écoute, ça sonne comme un vrai conte de fées, maugréa Aristos. Vous êtes douée.

Voilà qu'il recommençait. Il refusait tout compliment, toute admiration, niait farouchement ce qui pouvait ressembler à une qualité. C'était sans doute, comprit Alex, une façon pour lui de se protéger, de tenir les autres à distance. Elle commençait à soupçonner qu'il ignorait le sens du mot intimité, en tout cas autrement que physique. Il ne croyait pas en l'amour, traitait toute relation comme une simple transaction et ne quittait jamais les remparts derrière lesquels il s'abritait, probablement parce qu'il avait souffert autrefois.

— Très bien, soupira-t-il comme elle le dévisageait sans un mot. Vous avez gagné. J'ai besoin d'une carotte à agiter sous le nez de Dimitri. Appelez votre mère et voyez si Nina accepterait de venir. Mais ne faites aucune promesse.

Alex acquiesça, retenant un sourire triomphant. *Enfin de quoi s'occuper !* Restait à espérer que Nina dirait oui.

— Cette partie de poker est une machine bien huilée, fit valoir Aristos. Vous passez un coup de fil, et c'est tout. Si votre idée ne marche pas, tant pis.

— D'accord.

— Quant à ce qui s'est passé à la plage ce soir… Vous avez gagné un baby-sitter à plein temps.

— Comment ça ?

— Je ne vous quitte plus d'une semelle, princesse. Je connais maintenant votre tendance à la rébellion, et j'ai bien l'intention de vous rendre à Nik en un seul morceau.

— Ce ne sera pas nécessaire, répliqua Alex. J'ai appris la leçon. Je respecterai les règles.

— En effet, parce que je serai là pour m'en assurer.

— Aristos…

Mais il s'éloigna sans lui laisser le temps de finir, agitant la main en l'air.

— Habituez-vous à ma présence, princesse. C'est la meilleure chose à faire.

Chapitre 7

Alex appela sa mère dès le lendemain, par une belle matinée où tout semblait aller pour le mieux dans le meilleur des mondes. Mais les manœuvres militaires continuaient aux frontières de Carnelia et la situation restait tendue. Après avoir assuré à sa mère qu'elle allait bien, elle lui expliqua le dilemme d'Aristos et l'aide que Nina pourrait lui apporter.

— Je devais justement téléphoner à Nina, répondit sa mère. Je verrai ce que je peux faire.

Après avoir raccroché, Alex passa en revue les derniers événements. Son comportement rebelle de la veille avait, de manière inattendue, payé. Il avait forcé Aristos à lui prêter attention. Et si son plan fonctionnait, si elle parvenait à attirer les Smirnov à Larikos, elle pourrait exiger de nouvelles responsabilités. Aristos serait bien obligé d'admettre qu'elle lui était utile.

Fidèle à sa promesse, il ne la quitta plus d'une semelle. Il déjeuna avec elle, l'accompagna en personne à son cours de surf et se joignit à elle pour dîner. Lorsqu'il n'était pas là, l'un de ses gardes du corps suivait Alex à distance respectueuse, une présence aussi menaçante que rassurante. Elle commençait à s'en irriter quand sa mère appela, le lendemain, pour annoncer que Nina avait accepté de venir chanter en échange d'une contribution à une organisation caritative de son choix.

De joie, Alex faillit tomber de sa chaise, surtout lorsqu'elle apprit que l'organisation en question apprenait aux enfants à lire par l'enseignement de chansons. Elle appela Nina directement pour discuter des modalités de sa venue, puis lui fit part de son envie d'aider une association de ce type. La chanteuse s'enthousiasma à cette idée et lui promit d'en discuter lors de sa venue.

Elle courut presque depuis la plage rejoindre Aristos dans son bureau, suivie par son éternel garde du corps.

— C'est bon, déclara-t-elle en se plantant devant lui, j'ai compris la leçon. Tu peux rappeler tes gorilles.

Il étudia sans vergogne ses longues jambes avant de répondre :

— Je ne pense pas, non. Je préfère te tenir à l'œil. Ça me tranquillise. Au moins, je suis sûr que tu n'es pas en train de risquer ta vie quelque part.

— Rappelle tes gorilles, répéta-t-elle, ou je téléphone ma mère pour lui dire que la présence de Nina n'est plus nécessaire. Elle a dit oui, au fait.

Un sourire étira les lèvres d'Aristos, qui se redressa lentement sur sa chaise.

— Bien joué.

— Tu ne devrais pas avoir l'air surpris. Je n'en suis pas à ma première négociation. Alors, marché conclu ?

— Oui. Mais si tu t'avises de nouveau de me désobéir, tu en subiras les conséquences.

D'un geste, il fit signe au garde du corps de disparaître, puis croisa les bras et l'étudia de nouveau.

— Ce short est très sexy, observa-t-il.

Alex baissa les yeux, puis rougit avant de se ressaisir.

— Je croyais que nous n'étions pas censés flirter ?

— Je ne flirte pas, répondit son compagnon avec un haussement d'épaules. J'aime les belles jambes, c'est tout. C'était un commentaire purement esthétique. Et quand bien même vous m'attireriez, j'ai des stratégies de défense.

— Du genre ?

— J'ai fait une liste de sujets de conversation mortellement ennuyeux pour le dîner. La météo, la pluie de météorites annoncée pour bientôt et son explication scientifique, les détails du fonctionnement de mes organisations caritatives… Chaque sujet est un tue-l'amour garanti.

— C'est très honorable de votre part. Ma stratégie à moi est de faire venir Galina, de manière à pouvoir tout organiser et me tenir occupée.

— Si tant est que je vous laisse tout organiser.

— Oh ! je ne l'ai pas mentionné ? fit la jeune femme en se tapotant les lèvres. Ça fait partie du contrat.

Aristos lui jeta un regard mi-narquois, mi-irrité, puis lui fit signe de s'asseoir et lui demanda de lui exposer ce qu'elle comptait faire. Alex prit place, croisant et décroisant les jambes sous son nez, presque étourdie du pouvoir qu'elle avait sur lui. Aristos, en effet, ne cherchait pas à dissimuler sa fascination.

— Et le plus excitant de toute l'affaire, conclut-elle après son exposé, c'est que Nina soutient une organisation qui vise à alphabétiser les enfants en difficulté par la musique. Je pense que nous pourrions travailler ensemble. Nous en discuterons lors de son séjour.

Enfin, Aristos s'arracha à la contemplation de ses jambes.

— Excellent. Une princesse heureuse, c'est exactement ce qu'il me faut.

— Tu ne veux pas que je te fasse part des détails ? demanda Alex, réprimant son exaspération. Nina a des exigences précises.

— Non. Je te fais entièrement confiance. Occupe-toi de tout organiser, puisque c'est ce que tu veux. Moi, j'appelle Dimitri.

En fin d'après-midi, Aristos rejoignit Alex sur la plage juste avant sa leçon de surf, le regard brillant d'excitation.

— Dimitri a dit oui.

Alex mit une main sur ses lèvres pour réprimer un cri de joie.

— Vraiment ? Et je peux organiser la fête ?

— Oui. Je t'offre un créneau de deux heures juste avant la partie de poker. Tu te coordonneras avec Carin pour les détails pratiques. Elle s'occupera, avec mon chef de la sécurité, de valider les invités de Galina. Mais ton rôle s'arrête là. Je ne veux pas te voir à la partie de poker.

— Oui, mon général, répliqua Alex avec un salut moqueur.

— Et je te rappelle que tu es là incognito. Tu n'es pas la princesse Aleksandra, mais simplement Alex. Compris ?

Elle acquiesça, puis tourna les talons pour rejoindre Diego. La voix d'Aristos monta dans son dos.

— Oh ! Alex ?

— Oui.

— Merci.

Une douce chaleur se déploya en elle, et elle sourit en retour.

— Ne me remercie pas. Il faut encore que j'organise cette soirée.

Alex prit sa mission très au sérieux. Avec seulement deux semaines pour tout gérer, l'efficacité la plus absolue s'imposait. Elle conçut un menu pour le dîner, planifia les déplacements des invités et veilla à ce que tout fût en place pour les accueillir.

Par chance, l'organisation d'événements était l'une de ses activités préférées. Elle créa une liste de choses à faire et travailla d'arrache-pied pour s'assurer que la représentation de Nina sera parfaite. Il fallait absolument impressionner les Smirnov.

Aristos était lui aussi à l'œuvre jour et nuit. Plus le jour J approchait, plus sa nervosité augmentait. Il se levait avec le soleil et se couchait tard dans la nuit. À présent qu'elle connaissait son passé, un tel acharnement n'étonnait plus Alex. Il avait construit son empire à partir de rien, à la force du poignet, et l'édifice était à présent menacé.

Sa curiosité la taraudait plus encore depuis qu'il s'était confié à elle. Quel traumatisme l'avait poussé à fuir sa famille et à devenir un enfant des rues ? Mais elle gardait ses questions pour elle, de peur de briser leur entente fragile. Il lui avait accordé sa confiance en lui permettant d'organiser la soirée d'anniversaire de Galina Smirnov et elle ne voulait pas tout gâcher. Son mantra : faire profil bas et réussir la mission qui lui avait été donnée. Cela signifiait qu'elle devait réprimer son attirance pour Aristos.

Chapitre 8

La venue de Dimitri Smirnov assurée, Aristos se concentra sur le reste de ses affaires. Préoccupé par son projet akathinien, il les avait négligées.

Le travail ne manquait pas. Avec trente-trois hôtels dans onze pays, il comptait sur la compétence de leurs gérants en son absence. Grâce à la qualité de son équipe, il découvrit que ses affaires tournaient comme une machine bien huilée et se détendit quelque peu.

Seule sa stratégie d'évitement d'Alex laissait à désirer. La jeune femme était plongée dans l'organisation de la soirée de Galina Smirnov et lui-même dans ses dossiers. Dans ces circonstances, leur attirance mutuelle aurait dû décroître. Ce fut exactement le contraire qui se produisit.

Alex, dans son élément, était plus sexy que jamais. Elle débordait de confiance en elle, d'une énergie irrépressible. Impossible de rester insensible à son charme lorsqu'elle lui faisait part, au dîner, de ses progrès et de ses nouvelles idées. Il en ressentait de drôles de nœuds à l'estomac. Alex était intelligente, perspicace, créative. Sa fraîcheur contrastait avec son propre cynisme. Il en était venu, lui qui adorait la solitude, à attendre avec impatience leurs dîners.

Un bourdonnement l'arracha à ses ruminations, et il étudia l'écran de son portable. *David.*

— Je voulais juste m'assurer que tu étais toujours vivant, déclara son mentor. Tu sembles avoir complètement disparu.

Aristos sourit — il comprenait l'inquiétude de son ami. Autrefois, un long silence de sa part n'aurait rien auguré de bon. Il se leva et se dirigea vers la fenêtre, derrière laquelle un croissant de lune montait dans le ciel.

— Désolé. J'étais occupé à organiser ma partie de poker.

— Tu es satisfait ?

— Maintenant, oui. J'ai eu du mal à faire venir Dimitri, mais c'est réglé.

Une courte pause assourdit la ligne, puis David reprit :

— Tu es sûr de pouvoir lui faire confiance ? Je peux peut-être t'aider à trouver un autre investisseur.

— J'ai la situation bien en main, répondit Aristos.

Sa fierté l'empêchait d'accepter l'offre de son mentor. Il n'était plus le gamin des rues sauvé autrefois par David, et il comptait bien affirmer son indépendance.

— Comme tu voudras.

— Je te remercie pour ta proposition, reprit-il d'un ton plus conciliant. Mais tout va bien. J'ai hâte de te voir. J'espère que tu te montreras plus joueur et plus aventureux que l'an dernier ! Cette partie n'est pas faite pour les petites natures.

— Je n'ai pas besoin d'épater la galerie. Et toi non plus, si je puis me permettre. Tu as réussi au-delà de toute espérance, Aristos. Tu n'as plus rien à prouver.

C'était typiquement David : un conseil sous la forme d'un uppercut. Machinalement, Aristos agrippa la balle de tennis sur laquelle il passait son stress et la malaxa.

— Je veux construire ce casino, marmonna-t-il. Après ça seulement, je m'accorderai un repos bien mérité.

David et lui discutèrent pendant quelques minutes encore, puis Aristos raccrocha. Les mains à plat sur le rebord de la fenêtre, il laissa son regard se perdre dans la nuit qui enveloppait Larikos. Les satisfactions de la semaine passée, soudain, laissèrent place à une intense lassitude. *Qu'essaies-tu de te prouver, au juste ?*

Il en avait assez de se battre, il était le premier à l'admettre.

Assez d'essayer d'être le meilleur, son nom sur toutes les lèvres. Après son projet de casino, il n'était pas sûr d'avoir envie de continuer.

Il s'apprêtait à se détourner de la fenêtre lorsqu'un mouvement attira son attention sur la plage. Alex s'avançait sur le sable, un sac à la main. Elle en tira une serviette et s'y assit, les yeux rivés sur le ciel.

La pluie de météorites… Aristos l'avait presque oubliée. Il aurait dû se remettre à travailler, mais, au lieu de cela, il éteignit la lumière et se dirigea à son tour vers la plage. Comme cette nuit dans les jardins du palais, il soupçonnait qu'il n'était pas prudent de la rejoindre. Mais il lui résistait depuis deux semaines, et il était désormais sûr d'avoir la situation bien en main. Presque sûr, en tout cas.

Alex leva les yeux à son arrivée et lui sourit.

— Il reste encore des sièges au premier rang, annonça-t-elle.

Aristos baissa les yeux vers les cuisses toniques et bronzées qui dépassaient de son short blanc, et serra les dents malgré lui.

— Je dois vous avertir, reprit Alex d'un air malicieux. Vous me regardez d'une façon qui bafoue toutes les règles que nous avons édictées.

— C'est vrai, reconnut-il, prenant place près d'elle. Mais je me sens d'humeur à prendre des risques, ce soir. Si ce n'est pas votre cas, vous devriez me demander de partir.

La jeune femme se figea, mais ne répondit rien. Du coin de l'œil, Aristos la vit remonter les genoux contre sa poitrine.

— Je pensais que vous aviez réglé votre problème avec Dimitri.

— Je ne suis pas en confiance, avoua Aristos en prenant appui sur ses coudes. Je dois le convaincre de ne pas retirer ses billes.

— Et s'il le fait ?

— J'aurai un trou de cent millions de dollars dans mon plan de financement. Sans parler du précédent que son retrait créerait pour les autres investisseurs.

— Je comprends que vous vous inquiétiez. Mais, comme vous l'avez dit vous-même, vous n'y pouvez plus rien.

— C'est vrai. Mais c'est difficile à accepter lorsque vous investissez près d'un demi-milliard dans un casino.

Alex l'étudia un moment, puis adopta la même position que lui et étudia le ciel.

— Le spectacle devrait bientôt commencer.

Aristos observait le mouvement hypnotique du ressac, songeur. Alex avait raison — il avait fait tout ce qui était en son pouvoir. Dimitri était un joker au comportement imprévisible.

— C'est si calme, ici, murmura la jeune femme après quelques instants.

— Votre village doit être calme, lui aussi. Combien d'habitants y vivent ?

— Environ deux cents, dont une partie est constituée de la famille de ma mère. Et, oui, c'est un village calme, quelque peu figé dans son passé. La plupart des annonces importantes se font par voie d'affiches placardées sur les platanes. Un camion nous livre notre lait et nous achetons notre poisson directement sur le port.

— Comme c'est pittoresque.

— Oui. Et j'adore ça. J'aime commencer ma journée par une bonne discussion avec Sam, le fils du fermier local.

Aristos retint un sourire. Il était prêt à parier que Sam chérissait lui aussi ces instants.

— Le dimanche, nous ne travaillons que le matin, puis nous laissons un gérant s'occuper de l'hôtel le reste de la journée. Nous dînons en famille, ce qui veut dire que n'importe quel habitant du village peut se joindre à nous. C'est l'occasion d'échanger les dernières nouvelles. Nous faisons un barbecue, les enfants et les chiens s'en mêlent, c'est toujours un peu chaotique !

Aristos acquiesça, envahi d'un étrange sentiment d'amertume. Sa vie n'aurait pu être plus différente de celle d'Alex — l'*Enfer* de Dante contre *Alice aux Pays des Merveilles.* Cette vacuité ne l'avait jamais dérangé, mais c'était le cas ce soir. Son regard se noya dans les flots tandis qu'il essayait désespérément de contrôler la tempête d'émotions qui faisait rage en lui. Alex garda le silence, comme consciente de son trouble. C'était à croire qu'elle le comprenait intuitivement.

Il aurait dû prendre ses jambes à son cou. Pour une raison qu'il ignorait, il n'en fit rien.

Alex étudiait son compagnon du coin de l'œil — son désarroi était évident. Après une minute, elle décida de rompre le silence.

— Vous aviez raison.

— À propos de quoi ?

— En disant que j'avais peur du risque. J'étais heureuse à Stygos, mais j'avais besoin de sortir de ma zone de confort. Merci de m'y avoir encouragée.

— Vous pensez donc avoir bien fait ?

— Oui. J'ai l'impression de vivre deux fois plus intensément qu'avant.

— Rien ne vous arrêtera, princesse. J'en suis certain.

Une sensation de chaleur se lova dans le ventre d'Alex, aussi forte qu'inattendue. Elle détourna le regard pour dissimuler son émoi, mais ses yeux accrochèrent le tatouage qui dépassait de la manche du T-shirt d'Aristos. Presque malgré elle, elle l'effleura du bout du doigt.

— Qu'est-ce que c'est ? Certains de vos gardes portent le même.

— C'est une vessie de mer. C'est la marque du gang dont nous faisions partie.

— Vous avez amené des membres de votre ancien gang sur Larikos ?

— Oui. Un, parce que c'était un moyen de les arracher à ce gang. Deux, parce que je leur faisais confiance et que je sais qu'ils donneraient leur vie pour moi. Leur loyauté est totale.

Alex frissonna et continua d'étudier les détails du tatouage.

Son dégradé de pourpre, de bleu et de noir représentait parfaitement la créature marine contre laquelle, enfant, on l'avait mise en garde. Une espèce aussi fascinante que redoutable, un peu comme Aristos lui-même.

Elle frémit au contact des muscles qui roulaient sous sa peau, plus troublée qu'elle ne voulait l'admettre par cette excuse innocente pour le toucher. Mais était-elle si innocente ? Dans le doute, elle laissa retomber sa main.

— Quelle est la signification de ce tatouage ?

— La vessie de mer est une créature magnifique, mais dangereuse en groupe.

— Et vous l'étiez ? Dangereux ?

— Que voulez-vous savoir, princesse ? Si j'ai déjà tué un homme ?

— Oui.

— La réponse est non. Nous nous voulions révolutionnaires, redresseurs de torts, nous prenions aux riches pour donner aux pauvres. La plupart de nos crimes étaient des vols à la tire, quelques braquages parfois. Il y a bien eu des dérapages dus à des personnalités trop violentes, mais rien de grave.

La jeune femme le fixa, fascinée.

— D'où venaient tous ces jeunes gens ? Comment avaient-ils fini dans un gang ?

— La pauvreté, un père violent, une mère seule qui ne s'en sortait pas… Il y avait plein de raisons. Le gang nous offrait la famille que nous n'avions pas.

— Et vous ? demanda Alex, le cœur battant. Comment était votre famille ?

— Pauvre, brisée. Mon père était un mécanicien alcoolique, infidèle, souvent au chômage. Mes parents se battaient sans cesse.

— C'est ce qui vous a poussé à fuir ?

— En partie. En grandissant, je devenais plus fort, plus audacieux. Je tenais tête à mon père. C'était soit partir, soit risquer un geste que je regretterais.

— Comment vos parents ont-ils pris votre départ ?

— Mon père était furieux. Il m'a donné un ultimatum : reprendre mes études ou ne jamais revenir.

— Quel âge aviez-vous ?

— Quatorze ans.

— Et votre mère ? Vos frères et sœurs ? Ça a dû être difficile de leur tourner le dos.

Cette fois, Aristos resta si longtemps silencieux qu'elle crut un instant avoir été trop loin. Mais il finit par répondre d'une voix sourde :

— La colère me dévorait. Il *fallait* que je parte…

— Bref, une décision impossible, murmura Alex, la gorge nouée.

— Oui.

— Votre famille, que devient-elle ?

— Ma mère a mis mon père à la porte peu après mon départ. Elle en avait assez. Après avoir vendu mon premier hôtel, je lui ai acheté une maison pour être sûr qu'elle ne manquerait de rien. Mais nous n'avons que très peu de contacts.

Alex était sûr de tenir là le secret de cet homme. Il s'interdisait tout sentiment par peur, soupçonnait-elle, de souffrir.

— La famille, c'est important, fit-elle valoir après une hésitation. C'est ce qu'il nous reste quand tout disparaît. Vous avez dit que le gouffre était infranchissable, mais êtes-vous sûr que…

— Certain.

— Mais…

— Écoutez, princesse, je sais que vous avez eu une enfance heureuse. Mais ce n'est pas le cas de tout le monde. Ah, une étoile filante, enfin !

Alex leva les yeux au ciel. La première étoile fut suivie d'une seconde, puis d'une autre. Après quelques instants de ce spectacle magique, elle voulut poser la main sur le bras d'Aristos pour lui désigner un coin du ciel, mais elle atterrit par mégarde sur sa cuisse.

Il se tourna aussitôt vers elle, la mâchoire crispée. Le monde aurait pu exploser autour d'eux, en cet instant, Alex aurait continué de se pencher lentement vers lui, presque inconsciente de la supplique muette qui raidissait son corps. Aristos tendit une main pour l'arrêter.

— *Non.*

Elle le fixa, en proie à la confusion la plus totale. Avec une imprécation sourde, son compagnon la prit par la taille et la remit sur ses pieds. Il ramassa sa serviette, la secoua et entraîna Alex vers la Grande Maison.

Ils atteignirent le premier étage dans un silence lourd. Les joues brûlantes d'humiliation, elle tourna un regard meurtri vers Aristos lorsqu'ils s'arrêtèrent sur le seuil de sa chambre.

— Je voulais juste…

— Je sais ce que vous vouliez. Ça aurait été une très mauvaise idée. Nous le savons tous les deux.

Alex acquiesça, parce qu'il avait raison.

— C'est vrai. Voilà que je me jette de nouveau dans vos bras. Je ne peux que vous présenter mes plus plates excuses.

Elle pivota pour rentrer dans sa chambre, mais Aristos la saisit par le bras.

— Alex…

— Oublions ce regrettable épisode, répliqua-t-elle sèchement. Lâchez-moi.

Au lieu d'obéir, Aristos la colla contre le mur avant de plaquer les mains des deux côtés de ses épaules.

— Ce n'est pas parce que je vous repousse que je n'ai pas envie de vous, princesse. J'essaie seulement de ne pas perdre la tête.

N'était-ce pas la même chose ? Alex resta muette tandis qu'elle s'efforçait de reprendre les rênes de sa libido. Les secondes s'écoulèrent, leurs corps enveloppés d'une bulle de chaleur. Ils étaient si proches qu'ils respiraient le même air. Le bassin d'Aristos, tout contre le sien, lui indiquait à quel point il avait envie d'elle.

Avec un juron, il recula d'un pas.

— Bon sang, je ne sais pas quoi faire de vous. Et ce soir n'est pas le moment idéal pour en décider.

Un souffle d'air frais la parcourut quand il tourna brusquement les talons et s'éloigna. Alex patienta puis, lorsqu'elle fut sûre que ses jambes n'allaient pas se dérober, rentra à son tour dans sa chambre.

Quand cesserait-elle de faire n'importe quoi avec cet homme ?

Chapitre 9

La salle où se tenait la partie de poker transpirait l'opulence. Le plancher de palissandre luisait, le bar de marbre était décoré de centaines de bouteilles qui scintillaient, et d'immenses vitres ouvraient sur une terrasse qui dominait la mer. L'air était lourd d'un mélange de concentration et de fumée de cigare. Assise près du bar en compagnie de Galina Smirnov, Alex observait les joueurs. Aristos ne les avait autorisées à assister à la partie qu'à contrecœur, et parce que Galina avait insisté.

— Qui gagne ? demanda-t-elle à mi-voix à la serveuse blonde qui venait d'apporter un whisky à Aristos.

— Kako, puis le sultan, puis Aristos.

Alex acquiesça — elle commençait à reconnaître les divers participants. Kako était un joueur professionnel qui avait gagné gros l'an dernier.

— Il y a combien en jeu ?

— Huit millions.

Thee mou. Alex faillit s'étouffer à la mention de ce chiffre. Après s'être assurée que Galina avait une flûte de champagne à la main, elle s'autorisa à revivre mentalement les dernières vingt-quatre heures. La soirée avait été un succès, la performance de Nina vivement applaudie. Galina avait été visiblement émue. Tout s'était déroulé selon ses plans et elle avait eu le plaisir de lire, dans le regard d'Aristos, un mélange de fierté et d'approbation.

Les Smirnov étaient tels qu'Alex se les était imaginés.

Dimitri était arrogant, parlait fort, buvait sec. Sa femme, par contraste, était un modèle de gentillesse et de douceur. Ils formaient un bien étrange couple.

Alex reporta son attention sur la partie, et plus particulièrement sur Aristos. Les manches relevées sur ses avant-bras musclés, il poussa une pile de jetons et termina son whisky d'un trait. Des cartes furent échangées, un joueur — un sénateur — croisa le regard d'Alex et lui adressa un signe de tête aimable. Alex y répondit le plus discrètement possible, fidèle à la consigne de ne pas déranger la partie. Mais le sultan la remarqua à son tour et, sans doute parce qu'il avait trois femmes, laissa ses yeux peser lourdement sur elle. Alex pivota sur son tabouret, consacrant son attention à Galina.

La main suivante fut distribuée, le sultan l'emporta. Kako gagna ensuite, puis Aristos. La tension, dans la pièce, était à couper au couteau. Kako réclama une pause et l'atmosphère se détendit aussitôt. Certains joueurs flirtaient ouvertement avec les serveuses, d'autres s'étiraient en commentant la dernière donne. Seul le sultan restait maussade, adossé à sa chaise, les bras croisés sur la poitrine.

— Peut-être que nous devrions jouer plus gros, déclara-t-il soudain, étudiant de nouveau Alex de ses yeux noirs.

Aristos suivit son regard, puis demanda d'un ton sec :

— À quoi pensez-vous ?

— À elle, fit le sultan avec un geste du menton.

— Ce n'est pas ce genre de partie, répliqua Aristos. Vous le savez très bien.

— Ça pimenterait le jeu, pourtant.

— Ce n'est même pas la peine d'y penser.

— Pourquoi ? Elle est déjà prise ?

La petite assemblée retint son souffle, tandis qu'un éclat dur illuminait le regard d'Aristos.

— Il se trouve que oui.

Le sultan leva les mains, un sourire penaud aux lèvres.

— Pardon. Il faut dire que ce n'était pas très évident.

Parce qu'elle n'appartenait à personne ! songea Alex, furieuse. Bien entendu, elle se voyait mal protester — Aristos venait de la tirer d'un mauvais pas. La mine sombre, il se leva et s'approcha du bar pour commander un whisky. Puis, une main au creux de ses reins, il la guida jusqu'à la terrasse.

— Vous pouvez laisser tomber vos tactiques d'homme des cavernes, murmura-t-elle lorsqu'ils émergèrent en plein air.

— C'est vous qui avez voulu assister à cette partie, riposta son compagnon. Je vous avais dit que c'était une mauvaise idée. Ces hommes ne vivent pas sur la même planète que nous.

— Le sultan... Il était sérieux ?

— Oh, oui.

— Et vous ? En disant que vous et moi...

— Alex, il y a des millions en jeu sur cette table. Je n'ai pas envie de discuter de ça maintenant.

— Je sais. Mais j'aimerais quand même connaître la réponse à cette question.

— Il ne peut et ne doit rien se passer entre nous. Vous voulez que j'énumère une nouvelle fois les raisons ? Vous êtes intouchable. Quant à moi, je ne donne pas dans les relations sérieuses.

— Qui vous dit que j'ai envie d'une relation sérieuse ?

— Peu importe ce dont vous avez envie. Mon rôle est de vous protéger.

— Je n'ai rien à craindre, ici. À part vous.

— Exactement.

Alex sentit son cœur tressaillir, puis s'emballer.

— Et si je n'étais pas... intouchable ? Si mon frère ne vous avait pas mis en garde ?

— Je ne vois pas l'intérêt d'en discuter.

— Mais je sais que vous avez envie de moi... Je l'ai lu dans vos yeux, l'autre soir, sur la plage.

— *Christos*, Alex. Vous sortez droit d'*Alice au Pays des Merveilles*. Je ne suis pas l'homme qu'il vous faut. Je ne fais pas dans les fleurs et le chocolat.

— Je ne vous demande ni fleurs ni chocolat. Je veux juste explorer cette alchimie. C'est tout.

— *C'est tout ?* répéta Aristos, s'étranglant presque avec son whisky. Bon sang, vous essayez de me rendre fou ?

— Non. Je suggère simplement de nous comporter en adultes et de faire ce que nous avons envie de faire.

— Non.

Alex le dévisagea, ivre de frustration.

— Vous savez ce que je pense ? Que vous êtes un beau parleur, mais qu'il n'y a rien derrière. Vous me provoquez et quand je réagis, vous prenez vos jambes à votre cou. Je crois que vous avez peur. Vous n'avez pas la moindre idée de ce qui se passera si vous me cédez.

— Oh ! je ne le sais que trop. Ce serait explosif, entre nous. Et la situation n'en deviendrait que plus compliquée.

— Ou alors, ça résoudrait tous nos problèmes. Plus vite nous explorerons ce désir, plus vite nous pourrons l'oublier.

— Juste pour être clair… Vous suggérez que nous ayons une aventure ? Juste le temps de votre séjour ici ?

— Oui.

— *Non.*

— Pourquoi pas ? Vous m'avez accusée de m'ennuyer avec Sebastian et vous aviez raison. Vous m'avez conseillé de prendre des risques, de saisir à bras-le-corps ce dont j'avais envie. C'est ce que je suis en train de faire.

Aristos lâcha un juron qui la fit grimacer, puis se pencha vers elle et énonça posément :

— Remontez dans votre chambre et attendez-moi. Je vous rejoindrai dès la partie terminée. Nous discuterons de tout ça.

Sans lui laisser le temps de répondre, il tourna les talons et retourna s'asseoir.

Depuis son balcon, Alex étudiait la plage. Il était presque deux heures du matin. Seuls le son des cigales et le bruit du ressac troublaient la nuit. Ils ne suffisaient pas à couvrir le martèlement de son cœur. Elle avait vu une partie des joueurs regagner leurs bungalows, ce qui signifiait qu'Aristos n'allait pas tarder.

Elle avait beau s'attendre à sa visite, elle ne put s'empêcher de sursauter lorsque l'on frappa à sa porte dix minutes plus tard. Elle ne réagit pas aussitôt, se demandant ce qu'elle était en train de faire.

De nouveau, des coups ébranlèrent le battant. Alex se força à se ressaisir, traversa son salon et alla ouvrir. Aristos était appuyé contre le chambranle, le col de la chemise ouvert, une bouteille de champagne à la main. Il la balaya d'un regard prédateur, puis lança d'une voix moqueuse :

— Vous comptez me laisser entrer, princesse ? Parce que si vous voulez une aventure discrète, mieux vaut ne pas me faire patienter trop longtemps dans le couloir.

Une aventure ? Était-ce vraiment ce qui se passait ? Elle recula d'un pas, la gorge nouée. Aristos la dépassa dans un sillage de parfum épicé puis, du menton, désigna la porte.

— Fermez à clé.

Alex tourna le verrou d'une main tremblante. Lorsqu'elle pivota, son compagnon venait d'ouvrir la bouteille de champagne.

— Qui a gagné ? demanda-t-elle avec un détachement feint.

— Kako.

— Oh ! Je suis désolée.

— Vous pouvez. Vous m'avez fait perdre ma concentration.

— Je suis navrée, répéta-t-elle. J'ignorais que le sultan se montrerait si… outrancier. Il y a vraiment des parties de poker où des femmes sont mises en jeu ?

— Pas chez moi, c'est certain. Mais le sultan et Dimitri vivent dans un autre monde.

— Je n'aime pas Dimitri, marmonna Alex. Les rumeurs sur son compte ne vous dérangent pas ? On dit que sa fortune n'est pas entièrement honnête…

— Ce ne sont que des rumeurs, *paidi mou*. Montrez-moi un homme riche qui n'a pas une part d'ombre…

Il s'était approché, la bouteille à la main. La chaleur qui irradiait de lui enveloppa Alex tel un voile.

— J'ai réfléchi, déclara-t-il. Et je crois que vous avez raison. Céder à notre alchimie sexuelle est le seul moyen de la dépasser. Mais j'ai besoin d'être sûr que c'est vraiment ce que vous voulez, et que vous ne présumez pas de vos forces.

— En gros, vous voulez savoir si je suis capable de ne pas tomber amoureuse de vous ?

— Oui, concéda-t-il avec un sourire un coin.

— Alors soyez rassuré. Je sais exactement ce que je veux.

D'une main, Aristos lui effleura la joue.

— Très bien. Tout commence et finit sur cette île.

Elle acquiesça, le souffle court. Aristos prit une gorgée de champagne à même la bouteille, puis la lui tendit.

— Ce n'est pas digne d'une princesse, fit-elle valoir.

— Ce soir, souffla son compagnon, nous allons faire plein de choses fort peu dignes d'une princesse…

Alex déglutit avant de porter à son tour la bouteille à ses lèvres. Elle venait à peine de boire qu'Aristos se pencha pour l'embrasser, pour mêler sa langue à la sienne et goûter aux bulles qui y pétillaient encore.

Il lui reprit le champagne, en but et le lui repassa, tout en l'embrassant entre chaque gorgée. C'était un manège d'un érotisme torride.

— J'adore vous embrasser, gronda-t-il avec un mordillement joueur sur sa lèvre inférieure. Vous me rendez fou, princesse.

Reposant la bouteille, il glissa les mains sur les fesses d'Alex, puis la plaqua contre son bassin. L'impressionnante protubérance qui gonflait son pantalon arracha à Alex un hoquet de stupeur.

— Voilà l'effet que vous produisez sur moi. Ça vous plaît, princesse ?

— Oui…

Avec un sourire, Aristos se mit à genoux devant elle. Étourdie, Alex tenta de deviner ce qu'il comptait faire. Il lui écarta les cuisses, avec douceur mais fermeté, les yeux brûlants d'une intensité telle qu'elle se mit à trembler.

— Aristos, je…

— Faites-moi confiance. Détendez-vous.

Se détendre ? Alex retint un rire hystérique. Plus facile à dire qu'à faire lorsque l'on était vierge ! Mais une petite voix lui soufflait que le moment était mal choisi pour partager cette information.

Sa tension s'évanouit instantanément lorsque Aristos glissa un doigt sous l'élastique de la dentelle noire de sa culotte. Un soupir de plaisir lui échappa et elle prit appui sur ses épaules tandis qu'il caressait la fleur moite de son sexe. Son pouce trouva bientôt la perle nichée au creux de ses cuisses. Alex hoqueta — ses caresses la mettaient à la torture.

— J'ai longtemps rêvé de ce moment, murmura Aristos. Vous avoir entièrement à ma merci, pouvoir faire de vous ce que je veux…

Alex était bien trop ébranlée pour répondre. Son souffle tombait de ses lèvres en saccades extatiques, qui s'accélérèrent lorsque la langue de son compagnon remplaça ses doigts. C'était une caresse si intime, si ardente, qu'elle explosa presque aussitôt contre ses lèvres moites. Elle s'abandonna dans un long cri d'extase, les doigts mêlés à ses cheveux.

Elle se serait sans doute effondrée si Aristos n'avait pas glissé un bras derrière ses genoux pour la porter jusqu'à son lit. Il l'y déposa, prit de nouveau la bouteille pour y boire une gorgée de champagne et la proposa à Alex.

— Vous en voulez ?

— N… non, merci, parvint-elle à répondre.

— Parfait, murmura Aristos, déboutonnant son pantalon de sa main libre. Passons donc à la suite des réjouissances…

Aristos vit la jeune femme écarquiller les yeux lorsqu'il se débarrassa de son jean et l'envoya voler d'un coup de pied à travers la pièce.

— Maintenant, princesse, dites-moi ce que vous préférez. Je suis là pour exaucer tous vos désirs.

— Je… je ne sais pas.

— Vous ne savez pas ce que vous aimez au lit ? Pas de préférence ? Très bien. Moi, je sais ce que j'aime. Je veux voir votre visage pendant que je vous fais l'amour.

Les yeux d'Alex étaient immenses, deux lacs couleur saphir. Aristos se pencha sur elle et embrassa ses seins tour à tour, appliquant juste ce qu'il fallait de pression pour la faire trembler de plaisir. Conscient de n'exercer qu'un contrôle fragile sur son propre désir, il se débarrassa de son caleçon en hâte et, glissant les jambes d'Alex autour de sa taille, se positionna à l'orée de son être. Puis il s'immisça en elle, avec douceur, pour lui donner le temps de s'adapter à sa présence.

Alex crocheta ses chevilles dans son dos pour l'attirer plus profondément, et il se laissa aller avec un grognement. Presque aussitôt, il crut percevoir une infime résistance, une crispation passagère. Se l'était-il imaginée ? L'expression coupable qui troubla le plaisir, sur le visage d'Alex, lui fit comprendre que non. Il se figea, haletant.

— Alex, murmura-t-il d'une voix dangereusement calme. Ne me dites pas que vous êtes… ce que je crois que vous êtes.

Elle se mordit la lèvre, et Aristos jura.

— Je voulais que vous soyez le premier, souffla-t-elle enfin, refermant les doigts sur son bras. C'est mon choix.

— Et vous n'avez pas songé à m'en parler ?

— J'aurai dû. Mais ce qui est fait est fait. *Parakalo*… J'en ai envie. J'ai envie de *vous*.

Elle avait raison. L'acte était consommé, et il était impossible de revenir en arrière.

— S'il vous plaît, insista-t-elle. Continuez…

La vulnérabilité, dans le regard d'Alex, emporta sa décision.

Aristos songea que s'il devait aller en enfer — et il était bien parti —, autant s'offrir un peu de bon temps en chemin. Il se promit de lui rendre cette première fois mémorable.

Il enveloppa ses fesses pour la soulever légèrement du lit et se mit à bouger en elle, avec une lenteur calculée. Une respiration haletante faisait vibrer ses seins sublimes, et il se pencha de nouveau pour leur offrir l'hommage de ses lèvres. L'expérience était d'une intensité presque spirituelle, un mot qu'il n'aurait jamais cru employer un jour pour décrire les choses du sexe. Mais il était adéquat. Déjà, une petite voix lui soufflait qu'aucune autre femme ne le satisferait comme elle. Alex se gravait en lui à chaque nouvel estoc. Le souffle court, il caressa son clitoris pour accompagner ses derniers assauts et vit, à la façon dont ses yeux passèrent du bleu à l'indigo, qu'elle était sur le point de jouir. Le corps souple de la jeune femme se mit à trembler entre ses mains et il cueillit, à même ses lèvres, le cri d'extase qui lui échappa au moment de l'orgasme. Incapable de se contenir plus longtemps, il se déversa à son tour en elle, laissant libre cours à la passion qui le consumait depuis plusieurs semaines.

Un silence épais retomba dans la chambre pendant qu'ils reprenaient leur souffle. Enfin, Aristos se leva pour se rendre dans la salle de bains. Lorsqu'il en ressortit, Alex était assise sur le bord du lit, échevelée, plus sexy que jamais.

— Tu es fâchée ? demanda-t-elle.

— Qu'est-ce que tu crois ? Je suis ton premier amant, bon sang.

— Et alors ?

— Alors, tu as vingt-cinq ans ! Comment est-ce possible ?

— Je te l'ai dit : à Stygos, les occasions étaient rares. Et je n'ai jamais voulu coucher avec Sebastian.

— Tu as donc décidé de te servir de moi pour remédier à ce petit problème ?

— Tu sais très bien que non.

Aristos secoua la tête — il ne savait rien, et c'était bien là le problème !

— Je suis adulte, insista-t-elle. J'ai pris une décision.

— Une décision qui a des conséquences.

— Quelles conséquences ?

Là encore, Aristos n'en savait rien. Réprimant un juron, il ramassa ses vêtements. Il avait besoin de réfléchir.

— Dors. Je dois me lever tôt pour le départ de mes invités.

— Aristos…

Mais il partit sans un mot, redoutant s'il s'attardait de céder une nouvelle fois à la tentation.

Chapitre 10

Lorsque Alex ouvrit les yeux, une migraine lui vrillait le front. Le soleil coulait à flots par les fenêtres — elle avait oublié de fermer les volets.

La nuit passée lui revint soudain en mémoire, et elle enfouit sa tête sous l'oreiller. Faire l'amour avec Aristos avait été une expérience magique, d'une intensité qui dépassait tout ce qu'elle avait pu imaginer. Elle se sentait transformée, plus femme que jamais.

L'étau se resserra sur ses tempes et lui arracha une grimace. La disparition éclair de son compagnon, malheureusement, ternissait quelque peu le lustre de leur nuit de passion. D'accord, elle avait été vierge. Et alors ? Avait-elle été si mauvaise, si maladroite qu'il avait dû se forcer ?

Avec détermination, elle repoussa ses doutes et se dirigea pieds nus vers la salle de bains. Elle prit un cachet d'aspirine au fond de sa trousse de toilette, l'avala avec un peu d'eau et songea pour se rassurer que la fuite d'Aristos n'avait rien à voir avec elle. Elle était sans doute due à sa vision du monde. Redoutant toute forme d'engagement, il devait estimer que déflorer une femme lui donnait des obligations.

Elle se doucha rapidement, puis gagna la terrasse où était servi le petit déjeuner. Aristos y était déjà installé en compagnie de Dimitri Smirnov. Il lui adressa un bref signe de tête lorsqu'elle apparut avant de reporter son attention sur son invité. L'estomac noué, Alex gagna une table éloignée et mangea sur le pouce.

Sa migraine disparue, elle décida d'aller nager. Elle avait pris un risque en couchant avec Aristos, et elle était déterminée à ne pas le regretter. C'était le prix à payer pour le plaisir qu'il lui avait offert. Un plaisir, elle le soupçonnait déjà, dont elle se souviendrait longtemps, et qu'elle redoutait de ne jamais retrouver dans les bras d'un autre homme…

L'avant-dernier invité d'Aristos s'envola à bord d'un Cessna peu après 15 heures. Seul David était encore là, dans l'attente de l'hélicoptère qui devait le ramener à l'aéroport d'Athènes.

— Alors, qu'a dit Dimitri ?

— Il refuse toujours de s'engager, maugréa Aristos. Il prétend qu'il doit étudier son portefeuille d'investissements avant de prendre une décision.

— Mon offre est encore valable, tu sais. Je peux activer mon réseau.

— Merci. Mais je suis sûr que Dimitri finira par se décider. Tout ira bien.

Avec un sourire, David passa une main dans sa tignasse grisonnante.

— Oh ! je sais que tu arriveras à tes fins, Aristos.

— Ce sera mon plus beau tour de passe-passe ! Boucler le financement d'un casino qui ne sera peut-être jamais construit !

— Il le sera. Au fait, j'apprécie beaucoup cette fille.

— Qui ?

— Tu sais très bien de qui je parle.

Son mentor secoua la tête avant de reprendre :

— J'ai parfois l'impression que tu t'imagines n'avoir pas droit au bonheur.

— Peut-être, en effet, répliqua Aristos en s'assombrissant.

— Ou peut-être en as-tu peur…

Même après le départ de David, une heure plus tard, ce

court échange continua de hanter Aristos. Il ne croyait pas au bonheur, il était le premier à l'admettre. La vie lui avait prouvé à plus d'une reprise qu'il s'agissait d'un mythe inventé par des écrivains. *Satisfaction* était sans doute un mot plus juste pour décrire ce qu'un homme était en droit d'attendre de la vie. Et l'argent était un bon moyen de l'atteindre.

Malheureusement, depuis qu'il fréquentait Alex, il n'était plus très sûr de savoir qui il était. Il lui avait presque tout dit de son passé, il lui avait raconté comment il avait tourné le dos à sa famille, pas une fois mais deux. Il l'avait mise en garde contre l'homme égoïste et cynique qu'il était devenu. Mais elle n'avait pas sourcillé.

Il croisa les pieds sur son bureau, songeur. À en croire la jeune femme, sa virginité ne changeait rien à ce qui s'était passé entre eux. Il aurait aimé pouvoir s'en convaincre aussi aisément, se persuader que les choses étaient simples. Mais ce n'était pas le cas et deux possibilités s'offraient désormais à lui : tout arrêter avant qu'il ne soit trop tard, ou continuer sur sa lancée et voir où cette histoire les mènerait.

Avec un soupir las, il appuya sur son Interphone pour demander à Carin de lui apporter un café. Son cerveau ne fonctionnait pas normalement, il en était certain. La preuve : il avait pris la virginité d'une princesse, un acte qui ne resterait pas sans conséquence.

Il en ignorait la nature, mais il ne doutait pas qu'elles viendraient.

Alex hésitait entre descendre dîner et commander quelque chose dans sa chambre lorsque Aristos se présenta à sa porte. Vêtu d'un pantalon de toile beige et d'un T-shirt bleu marine qui soulignait ses muscles, il était sexy en diable.

— Tout le monde est parti ? demanda-t-elle d'un air détaché.

— Oui. Tu veux dîner ?

Alex le dévisagea d'un air méfiant.

— Tu n'es plus fâché ?

— Mes sentiments à ton égard sont nombreux et complexes, mais la colère n'en fait pas partie.

— Tu m'as pourtant quittée un peu brutalement, hier soir.

— Parce que j'avais besoin de réfléchir.

— Je ne suis pas habillée pour dîner, fit valoir Alex.

— Tu pourrais porter un sac-poubelle, tu serais toujours séduisante. Pas besoin de te changer, de toute façon. Enfile juste une paire de chaussures. Semelles de caoutchouc obligatoires, nous allons faire du bateau.

— Du… du bateau ?

— Je pensais que tu aimerais voir le coucher de soleil depuis la mer. Mon chef nous a préparé un pique-nique.

Malgré elle, Alex sentit son pouls s'emballer. Un dîner au soleil couchant sur le pont d'un navire… Un moment d'une telle intimité ne ferait que compliquer la situation. Ou l'aiderait, au contraire, à y voir plus clair.

Elle décida de faire fi de toute prudence, attrapa la première paire de tennis qui lui tomba sous la main et suivit Aristos. Moins d'une heure plus tard, ils jetaient l'ancre dans une crique protégée, à bord du voilier de vingt mètres qu'il barrait lui-même. Aristos jeta l'ancre, ouvrit une glacière et en sortit un jus de fruits pour elle, une bière pour lui.

— J'ai droit à une boisson de femme ? ironisa-t-elle.

Le regard de son compagnon la balaya, ardent, et la fit rougir jusqu'aux oreilles.

— Oui. Tu es bien une femme, à cent pour cent.

Sans crier gare, il fit passer son T-shirt par-dessus sa tête et exposa son torse musclé aux rayons du couchant. Le début de barbe qui lui grisait les joues ajoutait encore à sa séduction, et Alex se força à détourner le regard.

— Nous devrions parler de la nuit dernière, déclara-t-il.

— En effet.

— C'était merveilleux.

Elle reporta son attention sur lui, surprise.

— Je croyais… t'avoir déçu.

— Tu plaisantes ? J'ai juste été pris de court, c'est tout.

Une sensation de chaleur enveloppa Alex, lui coupant momentanément la parole. Enfin, elle murmura :

— Pourquoi es-tu parti, alors ?

Aristos considéra la question, puis soupira.

— Je te trouve follement séduisante. Et je t'apprécie énormément. Mais je ne peux rien t'offrir de plus. Ma plus longue relation a duré trois mois. Je mets plus longtemps à négocier un contrat.

— Je le sais, tu me l'as déjà dit. Et je t'ai répondu que je ne cherchais pas le long terme. Moi aussi, j'ai un projet de vie indépendant de cette histoire. Le fait d'avoir été vierge ne change rien à notre accord.

— Il crée tout de même certaines… attentes.

— Quelles attentes ?

— Tu m'as offert quelque chose de très spécial, Alex.

— Tu as peur, c'est ça ?

— Non, ce n'est pas ce que j'ai dit.

— Tu l'as pensé très fort.

— Je n'ai pas peur. Du tout. Ou alors, j'ai peur de te faire souffrir. C'est ce que je veux éviter.

— Puisque je te répète que je ne cherche pas une relation durable. Tranquillise-toi.

— Très bien. Tant que tu sais à quoi t'en tenir. Tant que tu sais qui je suis…

— Je n'irais pas jusque-là, Aristos. Je me demande si *tu* sais qui tu es.

Une lueur amusée éclata dans le regard de son compagnon. Il porta sa bière à ses lèvres et partit d'un rire sourd.

— Oh ! je sais très bien qui je suis, princesse. Un homme ambitieux, peut-être même moralement corrompu. Pas de rédemption à l'horizon en ce qui me concerne.

— Au contraire, je crois que tu es un généreux qui s'ignore, un homme qui a peur d'admettre qu'il a du cœur.

— J'aurais dû t'engager comme attachée de presse.

— Ton cynisme ne me trompe pas une seconde. Je pense t'avoir cerné.

— Vas-y, je t'écoute. Je suis curieux de connaître le résultat de tes observations.

Alex inspira, puis acquiesça.

— Très bien. David Tennyson t'a peut-être tiré des rues d'Athènes, mais c'est à ta force morale que tu dois ton succès. Tu as dit non à la facilité, tu as travaillé dur et tu as tendu la main à d'autres personnes moins chanceuses que toi. Quand les gens s'approchent un peu trop du vrai Aristos, tu te sers de ton sarcasme pour les repousser. Tu es un loup solitaire. Alors, comment je me débrouille ?

— Pas mal du tout, concéda l'intéressé avec un rire admiratif. J'aime être comparé à un loup solitaire. Mais ne surestime pas ces grandes qualités que tu distingues en moi, princesse. Je ne voudrais pas te décevoir.

— Je n'attends *rien* de toi. Rien d'autre qu'un peu de bon temps. Tu ne me décevras donc pas.

— Mon Dieu, j'ai créé un monstre… Viens par ici.

— Je ne suis pas à tes ordres, répliqua Alex avec amusement.

— Oh si, murmura son compagnon. Viens par ici.

Cette fois, elle ne se fit pas prier. Reposant son jus de fruits, elle glissa dans ses bras.

— Je croyais que tu étais un loup solitaire, chuchota-t-elle.

D'une large main, Aristos descendit le long de son ventre, puis s'aventura sous son bikini.

— Je suis peut-être en train de changer, souffla-t-il tout contre ses lèvres. Parce qu'en cet instant précis, j'ai très envie de compagnie…

Chapitre 11

D'un doigt, Aristos suivit le tracé de la hanche d'Alex. C'était une caresse tendre, admirative, qui n'était pas destinée à la réveiller. Ils étaient amants depuis trois jours et il ne s'était pas lassé d'elle, au contraire. Plus il lui faisait l'amour, plus il avait envie de recommencer.

À contrecœur, il se leva. Il n'avait que trop lézardé, et ses affaires n'avançaient pas. Il devait absolument arracher une réponse définitive à Dimitri. L'incertitude le minait, affectait sa productivité. Il se doucha puis, après un détour par la cuisine pour prendre un croissant et un café, s'installa à son bureau. Carin passa aussitôt la tête par l'entrebâillement, les sourcils froncés.

— Je rêve ou vous sifflotez ?

— Moi ? Non. Je ne sifflote jamais.

— C'est bien ce que je pensais. Vous sifflotiez.

— Il faut une première fois à tout. Rien d'urgent à régler ?

— June vient d'appeler. Elle dit qu'elle vous a envoyé un courriel.

Son attachée de presse ne le contactait qu'en cas de crise, et Aristos ouvrit en hâte son ordinateur. Il s'attendait à un problème dans l'un de ses hôtels, comme la fois où un couple d'oiseaux rares avait élu domicile sur la façade de l'un de ses établissements londoniens, attirant une foule d'activistes opposés à leur éviction. Les oiseaux étaient restés.

Le contenu du message de June le prit de court. C'était

une crise, à coup sûr, mais pas de nature professionnelle. La photo attachée au courriel lui fit tourner la tête. On l'y voyait en compagnie d'Alex sur son bateau, dans les bras l'un de l'autre. Abasourdi, il parcourut le titre qui accompagnait le cliché sur un site people européen.

> Pendant qu'Akathinie attend la guerre, la princesse Aleksandra et le milliardaire Aristos Nicolades se bécotent dans la mer Égée.

Se bécotent ? Qui employait encore de tels mots ?

Thee mou. L'énormité de la situation lui coupa le souffle. Comment était-ce possible ? L'île était close. Aucun paparazzi n'avait pu y pénétrer. Cela signifiait que le cliché venait d'un membre de son personnel.

— Carin ! hurla-t-il, un voile rouge devant les yeux.

Son assistante entra précipitamment, et se figea lorsqu'elle aperçut son expression.

— Fini de siffler, je suppose ?

— Oui. Faites venir Yolande. Et Rolf.

Sa secrétaire à peine sortie, le téléphone d'Aristos sonna. Le nom qui s'affichait à l'écran lui arracha une grimace. *Nikandros.* Évidemment. Il songea un instant à ignorer l'appel, mais se ravisa.

— Nik.

— Tu as soixante secondes pour me dire ce qui m'empêche de monter dans un avion pour venir te tuer.

— J'apprécie beaucoup ta sœur. Je tiens à elle.

— Trouve autre chose. Tu n'as jamais tenu à une femme de ta vie.

— Elle, si.

Un silence lui répondit. De son poing fermé, Aristos se massa la tempe avant de reprendre :

— C'est toi qui as insisté pour l'envoyer sur Larikos. Je ne voulais pas.

— Et tu étais obligé de lui sauter dessus ? Tu ne pouvais pas te retenir ?

— Qu'est-ce que ça peut te faire, au juste ? répliqua Aristos. Alex est adulte.

Il voulait entendre Nik lui dire qu'il n'était pas digne de sa sœur. Lui dire en face.

— Ça me fait que tu es un séducteur impénitent, et que tu vas lui briser le cœur.

Aristos se figea — s'était-il trompé sur les raisons de la méfiance de Nikandros à son égard ?

— Ce qui est fait est fait, Nik. Mais j'entends régler le problème.

— Comment ?

— Nous allons nous marier, bien sûr.

Un nouveau silence accueillit la nouvelle. *Avait-il vraiment dit cela ?*

— Je ne t'ai pas accordé ma permission.

— Je n'en ai pas besoin, rétorqua Aristos avec humeur. Et tu sais très bien que c'est la meilleure chose à faire.

— Parfait. Que ton attachée de presse contacte la mienne. Étouffe cette affaire. Je n'ai pas besoin d'un nouveau scandale, d'autant que je dois me concentrer sur Idas. On dit qu'il a eu une attaque cérébrale.

— Tu penses que c'est vrai ?

— Je m'emploie à le vérifier.

Aristos, pour la première fois depuis des semaines, s'autorisa un regain d'optimisme. Le prince Kostas de Carnelia était un démocrate et un pacifiste convaincu. S'il succédait à son père, tous leurs problèmes seraient réglés.

— Nik…

— J'ai besoin de réfléchir.

Avant qu'il puisse répondre, Nikandros raccrocha. À son tour, Aristos reposa son téléphone. Il regrettait déjà d'avoir pris l'appel. Il aurait dû élaborer un plan d'action *avant* de parler à Nik.

Il se leva et s'approcha de la fenêtre, les mains dans le dos, pour admirer une vue à laquelle il ne faisait plus attention. Depuis trois jours, il se sentait étonnamment calme, en paix avec lui-même. La frustration qui l'aiguillonnait depuis des années, le besoin de prouver au monde entier qu'il avait réussi semblaient avoir brusquement disparu.

Il se frotta la joue, perplexe. Alex était-elle responsable de ce changement ? Étrangement, l'idée de l'épouser ne l'emplissait pas d'effroi, d'autant que le désir qu'il éprouvait pour elle ne semblait pas diminuer. La jeune femme attaquait sa couche de cynisme comme un acide, la dissolvait et lui donnait l'impression, pour la première fois depuis des années, d'être redevenu humain.

Mais combien de temps la magie durerait-elle ? Était-il vraiment le genre d'homme qui rentrait d'une journée de travail, posait son attaché-case et racontait sa journée à sa femme ? Le genre d'homme qui recommençait le lendemain, puis le surlendemain, encore et encore, jusqu'à son dernier souffle ? Comment pouvait-il espérer mener une vie de famille normale, lui qui n'en avait jamais connu ?

Un texto de June l'arracha à ses ruminations. Il se détourna de la fenêtre pour y répondre et ravala le goût amer dans sa bouche. Peu importait qu'il méritât Alex ou non. Ce genre de considération n'avait pas la moindre valeur. Ce qui comptait, désormais, c'était de limiter la casse avant qu'il ne soit trop tard.

Alex était occupée à écrire un long courriel à Nina, dans lequel elle détaillait leur collaboration future, quand Aristos apparut sur le seuil de sa chambre. Il était au téléphone, occupé à donner des instructions sur la façon d'entrer dans l'espace aérien de Larikos, et raccrocha juste avant de pénétrer dans la pièce. Alex réprima les palpitations de son cœur, comme chaque fois qu'elle le voyait après avoir été séparée de lui plus d'un quart d'heure.

— Tu attends quelqu'un ? demanda-t-elle.

— Un bijoutier.

— Un bijoutier ? Pourquoi ?

Aristos pinça l'arête de son nez, s'assit sur le rebord du lit et tapota le matelas. Elle le rejoignit, curieuse.

— Que se passe-t-il ?

— Tu te rappelles notre soirée sur le bateau ?

— Quelle question ! Évidemment que…

— Quelqu'un nous a pris en photo.

Alex se figea, se remémorant leurs étreintes passionnées sur le pont.

— Je croyais que ton île était protégée par un périmètre de sécurité inviolable ?

— Elle l'est. Le coupable est un membre de mon personnel.

— De quel genre de photo parle-t-on ?

— Du genre compromettant, fit Aristos en rallumant son téléphone. La voilà.

Alex étudia le cliché, horrifiée. Plaquée contre Aristos, elle ne portait que le bas de son bikini. Heureusement, l'angle ne révélait rien d'indécent. Mais ce fut l'expression de son visage qui lui fit monter le rouge aux joues. Elle avait l'air… amoureuse.

Rien d'étonnant, lui souffla une voix moqueuse.

— Où… où as-tu trouvé ça ? bredouilla-t-elle.

— Sur Internet. Selon mon attachée de presse, les droits ont été achetés par de nombreux tabloïds.

— Tu ne peux pas les empêcher de publier la photo ?

— Nous essayons. Mais ça prend du temps d'obtenir une injonction.

— Qu'allons-nous faire ? Je suis presque nue sur cette photo. Et je suis une princesse. Il faut absolument réagir !

— J'ai déjà réagi. Je ne fais que ça depuis deux heures.

— Je suis désolée. C'est juste que… C'est choquant.

— D'autant que Nikandros m'a appelé à la première heure ce matin.

À cette nouvelle, Alex pâlit.

— Que t'a-t-il dit ?

— Que j'avais soixante secondes pour lui donner une bonne raison de ne pas me tuer.

— *Theos*… Et comment lui as-tu… expliqué ?

— Une photo pareille s'explique d'elle-même. Plutôt qu'une explication, je lui ai donc offert une solution.

Alex dévisagea son compagnon, méfiante. La lueur dure de son regard lui soufflait qu'elle n'allait pas aimer la suite.

— Laquelle ?

— Nous allons nous marier.

— Nous… Tu es fou ? Ce n'est pas une solution !

— Si tu as mieux, je t'écoute.

— Il suffit d'expliquer à Nik que nous nous sommes un peu… emballés. Il comprendra.

— Et que comptes-tu dire au reste du monde ? Tu vas publier un communiqué ? *Après des semaines de tension sexuelle, Aristos et Alex ont décidé de prendre les choses en main ?*

— Ne sois pas ridicule.

— Il nous faut un plan.

— Nik finira par se calmer. Le voilà, le plan.

— Tu te rappelles, quand j'ai dit qu'il avait menacé de me tuer ?

— Il ne le pensait pas. Il était en colère.

— Oui, *très* en colère.

— Laisse-moi lui parler. Je suis sûre de pouvoir lui faire entendre raison.

Aristos soupira, et son regard s'adoucit.

— Il n'y a pas que ton frère, dans l'histoire. Tu es une princesse, maintenant. Tu dois penser à ta réputation. Les règles ne sont plus les mêmes.

— Aristos, tu n'as aucune envie de te marier.

— Peu importe ce dont j'ai envie. Et puis, nous sommes bien ensemble. Ça pourrait être amusant.

— *Amusant ?*

— Entre autres.

— Non. Il doit y avoir une meilleure solution. J'ai besoin de réfléchir.

Réfléchir, malheureusement, ne servit à rien. Surtout après un coup de fil à Nik, au cours duquel ce dernier expliqua à Alex que la famille ne pouvait pas se permettre un nouveau scandale.

Trois heures plus tard, vaguement ahurie par la rapidité avec laquelle la situation avait dégénéré, Alex essayait des bagues apportées en personne par un bijoutier de Londres. Elle choisit un saphir taille coussin entouré de diamants, posa pour un photographe, puis dîna en compagnie de son fiancé. Pour se rassurer, entre deux gorgées de champagne qui lui parut insipide, elle songea que le processus était encore réversible. Lorsque la tempête passerait, il serait toujours possible de rompre leurs fiançailles. Mais le problème, le vrai problème, c'était qu'elle était tentée par l'idée d'épouser Aristos. Elle l'aimait — inutile de se mentir sur ce point. Peut-être, avec le temps, en viendrait-il à l'aimer lui aussi ?

— Qu'y a-t-il ? s'enquit Aristos en la voyant se renfrogner.

— Rien, marmonna Alex. Tu as réussi à obtenir une réponse de Dimitri ?

— Galina et lui viennent passer le week-end ici.

— Encore ? *Ce* week-end ?

— Oui.

Alex se raidit — devoir faire bonne figure devant les Smirnov était bien la dernière chose dont elle avait besoin. Mais elle se força à sourire.

— C'est bon signe, alors.

— Avec lui, qui sait ?

— Tu es vraiment sûr que tu veux travailler avec ce type ? ne put-elle s'empêcher de demander. Son argent ne serait pas complètement propre, d'après ce que je lis.

— L'argent n'est jamais propre. Ou si rarement qu'il est illusoire d'espérer en trouver. Et puis, nous avons déjà discuté de ça. Maintenant, si tu as fini, que dirais-tu de célébrer nos fiançailles ?

Alex ouvrit la bouche pour refuser, mais la main d'Aristos glissa sur la sienne sur la nappe blanche. Une seconde plus tard, leurs langues se mêlaient en un baiser farouche, embrasé par un mélange de passion, d'impatience et de colère.

Lorsqu'elle reprit conscience de son environnement, les premiers feux de l'aube dessinaient des entrelacs rouges sur le plafond. Ses membres étaient gourds, l'air était lourd du parfum musqué de leurs corps, et elle songea que, quels que fussent ses problèmes, ils pourraient bien attendre encore une poignée d'heures.

Chapitre 12

— Le Sassicaia ou l'Excelsus ? demanda le chef en montrant deux bouteilles à Alex.

Perplexe, elle étudia les étiquettes. Aristos lui avait confié l'organisation du dîner avec les Smirnov, une tâche dont elle voulait s'acquitter à la perfection. Cette mission l'empêchait aussi de se préoccuper des réactions des tabloïds, des paris lancés par les bookmakers sur le temps que durerait leur improbable union. Le seul point positif de l'affaire, c'était que tout le monde semblait avoir oublié la photo qui avait mis cette gigantesque mascarade en branle.

— Je pense que nous devrions servir les deux, répondit-elle enfin. Mais je préfère demander à Aristos.

Sans plus attendre, elle se dirigea vers le bureau du milliardaire. Celui de Carin était vide et elle s'arrêta en entendant la voix de son fiancé filtrer par la porte entrouverte. À la teneur de la conversation, elle comprit qu'il était au téléphone avec son avocat.

— Commencez à rédiger un contrat de mariage.

— Bien sûr, répondit son interlocuteur, en voix libre. Quelle pension dois-je prévoir en cas de divorce ?

Aristos lâcha un montant qui coupa le souffle d'Alex — et celui de son avocat.

— C'est… très généreux.

— Je n'ai pas l'intention d'en arriver là. Alex est un parti stratégiquement avantageux, elle aussi. Ce mariage est dans notre intérêt mutuel.

Un parti stratégiquement avantageux ? Alex sentit son estomac se nouer, mais qu'avait-elle espéré ? Aristos ne lui avait pas fait la moindre promesse d'amour éternel. Il s'agissait d'un mariage arrangé, point.

Elle patienta quelques instants lorsqu'il eut raccroché, puis entra dans son bureau comme si de rien n'était pour discuter de l'organisation du dîner, tout sourires malgré une affreuse envie de pleurer…

Les Smirnov les attendaient sur la terrasse principale lorsqu'ils descendirent ce soir-là. Dimitri, un homme grand et mince, au regard perçant, s'approcha pour embrasser Alex sur les deux joues.

— Félicitations pour vos fiançailles. J'ignorais que vous étiez une princesse.

— Étant donné la situation politique, nous avons préféré ne pas ébruiter ce détail.

— C'est compréhensible.

Après un échange de banalités, ils prirent enfin place à table. Pendant Galina interrogeait Alex sur les préparatifs du mariage, Dimitri et Aristos étaient en pleine conversation. Du coin de l'œil, Alex suivait ce jeu du chat et de la souris, cette partie de poker virtuelle où les deux hommes se jaugeaient, se tournaient autour sans jamais s'exposer. Dimitri souriait, arrogant, en homme sûr d'avoir les meilleures cartes en main.

— J'ouvre un nouveau club à Moscou, annonça-t-il au dessert. Vous devriez venir.

— Je ne sors pas vraiment dans les clubs, répondit Alex avec raideur.

— Celui-là sera spécial. Il y aura des lions en cage et les serveurs seront suspendus au plafond.

— Je préfère les lions en liberté.

Elle sentit Aristos lui serrer le genou sous la table. Le dîner touchait à sa fin, mais Dimitri se déclara à son grand dam en faveur d'un dernier verre. Pendant qu'Aristos s'absentait pour aller chercher du cognac et que Galina regagnait leur chambre, Alex resta seule avec le milliardaire russe.

— Vous ne m'aimez pas beaucoup, n'est-ce pas ? lança ce dernier sitôt qu'ils se retrouvèrent en tête à tête.

— Pourquoi dites-vous ça ?

— Je vous ai demandé de m'appeler Dimitri à deux reprises. Vous avez refusé.

Alex n'était pas une menteuse et n'avait pas l'intention de commencer aujourd'hui.

— Peu importe ce que je pense.

— Ma réputation vous offense, c'est ça ?

— Peut-être devrions-nous choisir un autre sujet de conversation.

— Je souhaiterais mener celui-là à son terme.

Il ne lâchera pas l'affaire. Après une dernière hésitation, Alex capitula. S'il aimait tant la vérité, elle allait lui en servir une tranche.

— Je n'aime pas vos pratiques professionnelles, monsieur Smirnov. Mais mon avis n'a pas la moindre importance. C'est entre Aristos et vous.

— Vous pensez qu'en s'associant avec moi, Aristos ternirait sa réputation ?

— Je n'ai pas dit ça.

— Vous ne devriez pas croire tout ce que vous lisez sur mon compte, Aleksandra.

Son air suffisant fut la goutte qui fit déborder le vase. Excédée, Alex répondit :

— Vous connaissez le proverbe, monsieur Smirnov. Il n'y a pas de fumée sans feu.

Quand Aristos revint, armé de son meilleur cognac, il vit à la raideur d'Alex que quelque chose n'allait pas. Elle s'excusa presque aussitôt, leur souhaita bonne nuit et disparut. Fermement décidé à obtenir une réponse du Russe, Aristos remplit deux verres avec générosité.

— J'ai besoin de savoir si vous me suivez, Dimitri.

— Je recherche un retour sur investissement rapide. Et je ne suis pas sûr que ce projet soit idéal, à cet égard. La construction pourrait être repoussée…

— Elle ne le sera pas, répliqua Aristos, luttant contre une bouffée de colère. Idas est malade. Son fils va monter sur le trône et cette crise va se résoudre.

Dimitri soupira, puis étira un bras sur le dossier du canapé.

— Je ne crois pas que votre fiancée m'apprécie.

— Je suis sûr que vous vous trompez.

— Elle n'aime pas la façon dont je mène mes affaires. Elle ne souhaite pas voir votre nom, ou le sien, associé au mien.

— Elle a dit ça ?

— Oui.

Aristos resserra machinalement son étreinte sur son verre. *Non, Alex n'était pas si stupide…*

— Quoi qu'il en soit, reprit Dimitri, c'est surtout la gestation du projet qui m'inquiète. Je préfère donc, tout bien considéré, ne pas en faire partie.

En une seconde, le Russe venait de mettre des années de travail en péril. Aristos crispa la mâchoire, puis répondit d'un ton égal :

— Je crois que vous devriez réfléchir. C'est une occasion unique.

— On dit toujours ça, Nicolades. Jusqu'à ce qu'une nouvelle occasion unique se présente.

Aristos aurait juré être parfaitement maître de lui, du moins jusqu'au moment où il entra dans sa chambre et trouva Alex encore debout, occupée à lire. Un voile rouge apparut aussitôt devant ses yeux.

— Que s'est-il passé ? demanda la jeune femme.

— Il a retiré ses billes.

— Pourquoi ?

— Sans doute parce que tu lui as dit que tu n'aimais pas sa façon de travailler.

Alex rougit et reposa enfin son livre.

— Il m'a poussée à bout, Aristos. Tu as bien vu qu'il jouait aussi avec toi, ce soir.

— C'est justement pour ça que tu aurais dû garder le silence.

— J'ai parlé parce que je me fais du souci pour toi. Parce que ce n'est pas le genre d'homme avec lequel tu devrais t'associer.

Ravalant une imprécation, Aristos leva les mains au ciel.

— Tout ce que tu avais à faire, c'était de jouer les hôtesses ! Au lieu de ça, tu l'as snobé toute la soirée. Une vraie princesse !

— Je *suis* une princesse, tu n'arrêtes pas de me le rappeler. Et je suis désolée si je ne me suis pas montrée *stratégiquement avantageuse*, ce soir.

Aristos cligna des yeux, déconcerté.

— Pardon ?

— C'est ainsi que tu m'as décrite à ton avocat, au téléphone.

— Oh ! parce que tu écoutes aux portes maintenant ?

— Non, je venais te demander ton avis sur le vin, et j'ai entendu ta conversation par accident.

— C'était une remarque en l'air !

Aristos tourna les talons, furieux, et se mit à arpenter la pièce. Il regrettait d'avoir bu ce fichu cognac qui lui embrumait l'esprit.

— Je comprends ta colère, reprit Alex. Je comprends à quel point cette soirée comptait pour toi. Mais il fallait s'attendre à une telle réaction. Depuis le début, Dimitri est aussi glissant qu'une anguille. Peut-être que c'est le destin. Tu trouveras quelqu'un de mieux.

— Bien sûr. Il me suffit de dénicher un investisseur prêt à mettre cent millions sur la table. Donne-moi juste une seconde.

— Tu sais qu'il emploie des mineures dans ses clubs ? Dieu sait ce qu'elles y font, en plus de servir les clients…

— Pure spéculation de ta part.

— Et toi, tu ne vois pas ce qui se trouve juste sous ton nez. Ou tu *préfères* ne pas le voir.

— Je ne suis pas un boy-scout, Alex. Je t'ai dit que ma vie était pleine de zones grises.

— Mais toi, tu ne l'es pas, gris. Je te connais, maintenant. Et si tu n'y prends pas garde, ton désir de prouver à tous que tu as réussi risque de te détruire.

— Il m'a détruit il y a longtemps, répliqua Aristos, amer.

— Non. Tu as fait ce que tu devais pour survivre. Mais aujourd'hui, tu as le choix. Tu dois décider quelle route tu veux prendre.

Le silence retomba. Avec un haussement d'épaules, Aristos s'approcha de la commode pour se servir un verre d'eau. Quand il se retourna, Alex était occupée à rassembler ses affaires.

— Qu'est-ce que tu fais ?

— Je regagne ma chambre. Je crois que nous avons tous deux besoin de réfléchir.

— Tu fuis, princesse ?

— Oh, non. La fuite, c'est *ta* spécialité. J'ai juste besoin d'une pause.

Chapitre 13

La pause en question dura deux jours. Alex était trop en colère pour tendre à Aristos une branche d'olivier, ce dernier trop occupé à essayer de remplacer Dimitri. Mais, après quarante-huit heures, elle décida de faire le premier pas. Elle ne voulait pas laisser Aristos se murer de nouveau dans ce cynisme contre lequel elle avait tant lutté.

Il était dans son bureau, tourné face à la fenêtre, lorsqu'elle entra à la nuit tombée. Elle déposa un sandwich près de lui et s'enquit :

— Tu as trouvé un nouvel investisseur ?

— Non, répondit-il sans se retourner.

— Il faut que tu manges.

L'homme d'affaires resta immobile, les yeux dans le lointain.

— Tu ne peux pas simplement réduire la voilure du projet pour économiser l'argent qui te manque ?

Cette fois, il pivota vers elle, le regard brûlant.

— Il faudrait redessiner les plans. J'ai vanté à tout le monde ma vision pour ce casino.

— Tu serais toujours le premier à construire un casino sur Akathinie. Ça ne suffit pas ?

— Ce milieu ne comprend que l'ambition. Il faut sans cesse convaincre que tu es le plus gros, le plus fou, le meilleur. Si tu perds ça, tu perds tout.

— Tu peux aussi tout perdre par excès d'ambition, Aristos. Il vaut mieux rêver plus petit que de ne pas rêver du tout.

— Je trouverai un autre investisseur, insista son compagnon. Ton sermon est terminé ?

— Pas tout à fait. Tu es toujours fâché contre moi au sujet de Dimitri ?

— Non. C'est toi qui avais raison.

Alex le dévisagea, bouche bée. Et il n'avait pas pensé à venir la trouver pour le lui dire ?

— Tu es vraiment insupportable, quand tu t'y mets.

— Je t'avais prévenue.

— Ah, c'est vrai, cette excuse pratique consistant à ne rien promettre et à te présenter comme l'homme le moins aimable de la terre. Tu préfères me fermer la porte au nez plutôt que de risquer d'avoir une véritable relation.

— Ma société est en danger. J'ai des circonstances atténuantes.

— Ta société est *toujours* en danger ! riposta Alex. Tu ne vis que pour ça ! Je peux t'aider, Aristos. Mais il faut que tu me fasses confiance.

— Je ne suis pas le héros hollywoodien que tu imagines.

— Non, tu es toi.

— Et tu veux savoir ce que ça veut dire ? Je suis l'homme qui a abandonné sa famille. Pas une fois, deux ! Mon propre père m'a dit qu'ils étaient mieux sans moi. Et il avait raison.

— Non, murmura Alex, le cœur serré. Il avait tort.

— Quand ma mère l'a mis à la porte, poursuivit-il comme si elle n'avait rien dit, mon frère aîné, Vasili, m'a appelé pour me supplier de revenir. Je lui ai répondu qu'il était trop tard.

— Tu étais blessé ! Tes parents t'avaient mis d'eux-mêmes dans cette situation intenable !

— J'étais un monstre, point. Dans ton propre intérêt, tu devrais tourner les talons et partir le plus loin possible.

— Aristos…

— J'attends un coup de fil.

En d'autres mots, laisse-moi tranquille. Alex sentit son cœur se briser en millions de morceaux. Mais elle soutint son regard et déclara d'une voix blanche :

— *Kala.* Sache juste que tu te trompes. Tu te prêtes des facultés de raisonnement et de décision que tu n'avais pas, à l'époque. Tes parents étaient responsables de toi, pas l'inverse. Ne l'oublie pas.

Puis, les larmes aux yeux, elle quitta son bureau.

Le lendemain soir, Aristos la fit convoquer. Le cœur gonflé d'espoir, elle descendit le rejoindre au salon. Avait-il réfléchi à leur conversation ? Décidé qu'elle avait raison de vouloir donner une chance à leur couple ?

— Kostas vient de prendre le pouvoir à Carnelia, annonça-t-il tout de go. Tu es libre de rentrer.

La nouvelle éveilla en elle des sentiments mêlés. D'un côté, elle était heureuse de retrouver enfin sa famille. Mais elle s'inquiétait de ce que ce coup de théâtre signifiait pour Aristos et elle.

— Mon pilote nous ramènera à Akathinie demain à midi, poursuivit le milliardaire.

— Qu'allons-nous faire ? demanda-t-elle de son ton le plus neutre.

— Reprendre le cours de notre vie, répondit Aristos comme si la question le surprenait.

— Non, qu'allons-nous faire *tous les deux* ?

Le visage de son compagnon se froissa.

— J'ai besoin de boucler mon financement.

— Avant cela, je crois qu'il faut régler une question plus urgente : comptes-tu me faire une place dans ta vie ? Si ce n'est pas le cas, très bien. Mais ne me fais pas perdre mon temps.

— Ce n'est pas aussi simple que ça.

— Si. Je n'ai pas envie d'épouser un homme qui ne m'aime pas. Je ne suis pas une potiche. Un mariage, c'est un partenariat. Je veux être celle vers laquelle tu te tournes pour partager tes joies et tes peines.

Le silence éloquent qui accueillit sa remarque lui fit monter les larmes aux yeux.

— Sais-tu que les tabloïds parient déjà sur la durée de notre mariage ? murmura-t-elle.

— Tu ne devrais pas lire ce genre de balivernes.

— Il y a souvent un fond de vérité dans leurs spéculations. C'est comme ça qu'ils font leur beurre.

De nouveau, son compagnon la dévisagea sans un mot. Au prix d'un gros effort, Alex parvint à sourire.

— Parfait. Si tu veux bien m'excuser, je dois aller faire ma valise.

Lorsqu'elle monta dans l'hélicoptère derrière Aristos, le lendemain matin, rien n'était résolu. Alex refusa obstinément de regarder l'île disparaître tandis que l'appareil décollait. Trop de souvenirs douloureux y étaient désormais attachés, aussi réels que la mer où les falaises qui faisaient la beauté sauvage de Larikos.

Le trajet se déroula dans un silence oppressant. Aristos était plongé dans son ordinateur, Alex dans ses pensées. Lorsque le palais royal d'Akathinie apparut, elle avait pris sa décision. Elle ne voulait pas d'un mari qui aurait pour elle les mêmes sentiments que son père avait eus pour sa mère.

L'hélicoptère toucha enfin terre. Aristos avait prévu de continuer le voyage jusqu'à son bureau et le pilote laissa tourner le rotor pendant que le milliardaire descendait lui ouvrir la porte. Stella et Nik, plus loin, apparurent sur le perron du bâtiment.

— Je t'appelle plus tard, déclara Aristos, levant la main pour lui caresser la joue.

— Ce ne sera pas nécessaire.

Il tressaillit comme si elle l'avait giflé, mais ses lunettes de soleil dissimulaient son expression.

— Nous avons besoin de temps, renchérit-elle. De réfléchir à ce que nous voulons.

— Alex…

Elle le fit taire d'un doigt sur ses lèvres.

— Tu sais ce que je ressens pour toi. Tu sais que je t'aime. Ce sont tes propres sentiments que tu dois examiner.

Elle l'embrassa fugitivement, et recula lorsqu'il voulut l'attirer contre elle. Puis elle s'éloigna à grands pas, retenant ses larmes.

Aristos lui avait appris à ne pas redouter l'avenir, à le saisir à bras-le-corps. C'était exactement ce qu'elle avait fait, avec courage. Restait à savoir où cette décision la mènerait…

Aristos remonta dans son hélicoptère après la rebuffade d'Alex et se fit déposer chez lui. Il passa la semaine à travailler d'arrache-pied, errant lorsqu'il s'accordait une rare pause dans sa maison trop grande, trop impersonnelle, située sur les falaises d'Akathinie.

Il savait pourquoi le lieu lui paraissait soudain sans âme. C'était parce qu'Alex n'y était pas. Son effervescence, sa joie de vivre lui manquaient. Elle venait de sortir de sa vie. Il avait failli la rappeler, pour corriger l'erreur qu'il était conscient de commettre, mais il avait renoncé. Il n'était pas prêt.

Lorsque le dernier investisseur sur lequel il comptait encore refusa de combler le vide laissé par Dimitri, Aristos eut l'impression de recevoir une condamnation à mort. Il ne lui restait plus, à ce stade, qu'à accepter la défaite et à admettre ses fautes.

Alex avait vu juste. S'il continuait dans cette voie, s'il s'obstinait à prouver quelque chose qui n'avait plus besoin de l'être, il sombrerait corps et âme. Il devait s'arrêter.

La lumière lui vint quelques jours plus tard, au beau milieu de la nuit. Il se leva, dessina un croquis sommaire et l'envoya à son architecte en lui demandant s'il n'y avait pas un moyen de préserver sa vision tout en réduisant le coût du projet. Puis il attendit. Et attendit encore.

Deux jours plus tard, Barry Schindler arriva sur l'île et le trouva mal rasé, drogué à la caféine.

— Des problèmes de sommeil ? ironisa l'architecte.

— Quelques-uns.

— Je pense pouvoir t'aider.

Deux expressos plus tard, Aristos étudiait le projet modifié selon ses instructions par Barry. Celui-ci lui glissa, avec une surprise avouée, qu'il préférait même les derniers plans aux précédents.

— Combien ? voulut savoir Aristos.

— Tu as économisé cinquante millions.

Ce qui lui laissait un déficit de cinquante. C'était jouable. Il décrocha aussitôt son téléphone et appela son plus gros investisseur, une banque américaine. Ces derniers acceptèrent de rajouter dix millions. Il passa d'autres coups de fil, et un étrange phénomène se produisit. En apprenant que Dimitri s'était désisté, d'autres financiers qui s'étaient tenus à l'écart du projet *à cause* du Russe se mirent à l'appeler.

Deux jours plus tard, il avait ses cinquante millions et l'accord officiel du gouvernement au projet modifié. Un journal financier anglais lui consacra une pleine page, ainsi qu'à l'organisation caritative que financerait le futur casino, la Fondation Hector Rigatos, destinée à lutter contre l'addiction au jeu.

Envahi d'un intense sentiment de satisfaction, il reposa le journal et sortit sur la terrasse pour admirer les montagnes. À ce spectacle majestueux, il reconnut qu'il était temps pour lui de faire son propre saut dans l'inconnu. Il était trop tard pour corriger les erreurs qu'il avait commises, mais l'avenir était encore vierge. S'il voulait avoir une chance avec Alex, il devait affronter ses démons.

Il devait se réconcilier avec sa famille.

Chapitre 14

Alex entra en compagnie de Stella dans la salle de bal sous les flashs des journalistes. En ce jour de fête nationale, la liesse était générale. La guerre venait d'être évitée, l'avenir s'éclaircissait enfin. Se rappelant son rôle officiel, Alex plaqua un sourire de circonstance sur ses lèvres.

— Tu ne me trompes pas une seconde, lui souffla sa sœur à l'oreille. Je sais que tu fais la tête. Détends-toi. Et bois un coup, ajouta-t-elle en lui glissant une flûte de champagne dans les mains.

— Aristos a annoncé qu'il ne viendrait pas ce soir, murmura Alex avec le même sourire factice. Il a une partie de poker sur le yacht de Vardis Melonakos.

— C'est toi qui lui as dit que vous aviez besoin de temps.

— Il était censé refuser.

— Ce qui est fait est fait. La balle est dans son camp. Bois, maintenant.

Le cœur lourd, Alex obéit. Sa vie sentimentale était peut-être un désastre, mais sa nouvelle famille, elle, la comblait de joie. En la matière, ses rêves s'étaient concrétisés au-delà de toute espérance.

D'un coup de coude, Stella attira son attention sur le prince Kostas de Carnelia, en pleine conversation avec Nik de l'autre côté de la pièce.

— Regarde Kostas, on croirait presque qu'il dirige Akathinie. Quelle arrogance… Je le déteste.

Alex sourit — l'arrivée du prince Kostas avait surpris tout le monde. Nik l'avait invité comme symbole de réconciliation entre leurs deux pays.

— Nik n'en dit pourtant que du bien, fit-elle valoir.

— C'est de la poudre aux yeux, maugréa Stella. Kostas est un lâche. Il aurait pu prendre le pouvoir il y a longtemps. Je n'éprouve que du mépris pour lui.

Comme si Kostas les avait entendues, il braqua soudain son regard sur les deux femmes.

— Il est très séduisant, chuchota Alex.

— Si tu aimes les brutes, oui.

— Je croyais que tu l'appréciais ? On dit que c'est un démocrate convaincu, l'opposé de son père. Qu'il est brillant.

— Qu'il *l'était*.

Au même instant, Kostas se pencha pour dire quelque chose à Nik, puis se dirigea vers elles.

— Oups. Ne te retourne pas, il arrive !

Aussitôt, Stella pâlit.

— Il vient vers nous ? Tu es sûre ? Pourquoi ?

— Tu es sur le point de le savoir.

Le prince s'arrêta devant elles, inclinant la tête pour les saluer. Alex sourit, mais Kostas concentra presque immédiatement son attention sur Stella.

— Me ferez-vous l'honneur d'une danse ?

Un lourd silence s'ensuivit. Alex crut un instant que Stella allait refuser, mais son éducation prit le dessus et elle accepta d'un sourire raide.

Restée seule, Alex prit appui contre une colonne, celle-là même derrière laquelle elle s'était cachée le soir où elle s'était introduite dans le palais sous une fausse identité. Elle s'était acheté, pour la soirée, une robe particulièrement sexy — dans les limites de ce que pouvait se permettre une princesse. Elle voulait prouver au monde qu'elle n'était pas affectée par l'absence de son fiancé, officiellement retenu par « d'autres engagements ».

Deux hommes vinrent lui proposer de danser : le duc dont Aristos prenait plaisir à se moquer et un ami de Stella. Elle refusa sous prétexte qu'elle avait mal aux pieds. Une excuse minable, elle le savait et s'en fichait. Elle en avait assez des faux-semblants.

— Je me demandais pourquoi la plus belle femme de la soirée refusait de danser, fit une voix dans son dos. J'ai donc décidé de venir lui poser la question directement.

Aristos.

Le cœur battant à cent à l'heure, Alex se retourna. Contrairement aux autres invités, Aristos ne portait pas de smoking, mais un costume sombre sur une chemise ouverte. Elle le dévisagea, si émue que ses yeux s'embuèrent.

— Oh, non. Pas de larmes, princesse. Ou alors des larmes de joie.

Elle déglutit, tentant de ne pas pleurer. Que voulait-il dire par là ?

— Tu n'es pas censé jouer au poker ?

— Si. Mais j'ai changé d'avis. Je n'arrivais pas à me concentrer et je suis parti. Mais il y a trop de monde ici. Suis-moi…

Sans lui laisser le temps de répondre, il la prit par le bras et l'entraîna vers les jardins. Ils s'éloignèrent du bâtiment et se dirigèrent vers un coin qu'elle reconnut aussitôt : c'était la fontaine où il lui avait conseillé de faire un saut dans l'inconnu. Ils s'assirent sur la margelle, Aristos les jambes étendues devant lui. Une bouffée de son parfum chatouilla le nez d'Alex, qui dut se retenir pour ne pas se blottir dans ses bras.

— Tu avais raison, annonça-t-il après un long silence. J'avais besoin de réfléchir à mes priorités. J'ai compris que la vie que je menais ne me convenait plus. Je veux me réveiller près de toi le matin. Je veux te confier mes joies et mes peines.

— Aristos…

Il leva la main, puis poursuivit :

— J'ai un lourd passif, Alex. J'ignore si je serai jamais capable de vaincre totalement mes démons.

— Nous avons tous les nôtres, lui confia-t-elle. Les miens me poussaient à refuser toute prise de risque. Tu m'as appris à ne pas les écouter.

— Quant à moi, j'avais tendance à tourner le dos à mon passé, à l'enfouir si profondément qu'il n'existait plus. Je n'ai jamais voulu te laisser partir, Alex. Mais avant de revenir, il fallait que j'affronte mes propres angoisses. Que je découvre qui je suis. Qui *j'étais*. Je suis donc rentré chez moi, dans ma famille.

Alex le dévisagea, bouche bée.

— Vraiment ? Comment ça s'est passé ?

— C'était difficile. Inconfortable. Merveilleux.

— Je suis contente que tu aies sauté le pas. Ils étaient heureux de te voir ?

— Oui. Je crois que les choses vont s'arranger. Ma mère était très émue. Pour Vasili, c'était plus dur. J'ai trahi sa confiance. Il faudra que je la regagne.

Cette fois, Alex ne put résister. Elle se plaqua contre lui et encadra son visage de ses mains.

— Tu as fait le premier pas. Donne-lui un peu de temps.

Il acquiesça, les yeux brûlants d'une émotion si intense que, cette fois, elle ne put retenir ses larmes. Elle déposa sur ses lèvres un long baiser salé.

— Tu m'as sauvé, souffla Aristos lorsqu'il put enfin parler. Sans toi, je ne suis rien. Veux-tu devenir ma femme ?

— Tu m'as déjà posé la question, lui rappela-t-elle avec un petit rire. Et j'ai accepté.

Avec ferveur, son fiancé lui prit les mains pour les embrasser tour à tour.

— Oui, mais j'ai oublié un détail d'importance.

— Quoi donc ?

— Je t'aime, *agapi mou*. Je crois que je t'ai aimée dès le premier jour. C'est pour ça que j'ai voulu éviter de me retrouver seul avec toi sur Larikos.

— Je savais que tu allais m'attirer des ennuis, souffla Alex contre son cou.

Avec un soupir rauque, il l'attira contre lui et l'embrassa à lui en couper le souffle.

— Où est ta chambre ?

Saisissant une bouteille de champagne au passage, ils grimpèrent l'escalier qui menait aux suites royales. Alex dut faire appel à toute sa volonté pour ne pas commencer à le déshabiller dans le couloir, et ils étaient tous deux haletants de désir lorsqu'ils titubèrent enfin, enlacés, à l'intérieur.

— Je t'aime, princesse, déclara Aristos en laissant tomber sa veste à terre.

Alex avala une gorgée de champagne, puis lui retourna une moue sceptique.

— Je vais avoir besoin de preuves.

Son fiancé s'approcha, les yeux dans les siens.

— J'en ai plusieurs. Ça risque de prendre du temps.

Elle pouffa, les joues brûlantes d'excitation.

— Toute la nuit ?

Mais Aristos secoua la tête.

— Non, princesse. Toute la vie.

Retrouvez prochainement,
dans votre collection

DIADÈME

Le défi de Matteo Santina, de Sarah Morgan - N°19

SÉRIE : LA COURONNE DE SANTINA

Izzy Jackson… ce seul nom suffit à mettre le prince Matteo hors de lui. Car cette femme à la réputation scandaleuse ne peut représenter qu'une menace pour ses fiançailles. Et, parce qu'il est hors de question qu'il la laisse gâcher la dernière chance qu'ont les Santina de se réconcilier avec leur peuple, il doit la tenir à distance le temps des festivités. Même si cela implique de supporter la présence de cette femme dont le simple contact suffit à l'électriser…

Le play-boy de Santa Christobel, de Maisey Yates

Depuis que la famille royale l'a rejetée car elle a donné naissance à un enfant illégitime, Carlotta se tient aussi éloignée que possible de la Cour. Donc, lorsque son père lui demande d'épouser le prince Rodriguez, Carlotta décide d'accepter, avec l'espoir de renouer avec sa famille. Hélas, elle craint le pire. Car, si elle est attirée par son futur époux, lui ne semble pas déterminé à abandonner ses habitudes, et ses maîtresses, pour leur mariage de façade…

Le pouvoir de la passion, de Kristi Gold - N°20

Prince du royaume d'Azzril, Dharr a accepté toutes les contraintes liées à son rang. Sauf une : épouser Raina Kahlil. Un mariage arrangé que Dharr a fait le pari, il y a dix ans, de ne jamais conclure ! Certes, tôt ou tard, il devra assurer sa descendance. Mais, c'est à lui seul de choisir celle qui portera son enfant et éclipsera l'envoûtante Raina – à condition que ce soit seulement possible…

Le parfum du scandale, de Charlene Sands

Lorsque Portia a aperçu le roi Juan Carlos pour la première fois, elle en a eu le souffle coupé. Alors, comment refuser quand il requiert ses compétences pour l'aider à retrouver les chefs-d'œuvre perdus de la famille royale ? Pour autant, cette proximité ne signifie en rien qu'elle se laissera aller à une aventure ! Car, dès que Juan Carlos apprendra son secret, il n'aura d'autre choix que de s'éloigner d'elle pour ne jamais la revoir.

Retrouvez prochainement,
dans votre collection

DIADÈME

Pour quelques nuits avec le cheikh, d'Annie West - N°21

Sous le regard sombre du cheikh Amir, Cassie frémit. Pourquoi cet homme la retient-il prisonnière dans ce campement perdu au milieu des montagnes ? Loin de la rassurer, le prince ne fait que l'inquiéter davantage lorsqu'il lui explique qu'elle va devoir jouer, toute une semaine, le rôle de sa maîtresse, et que sa liberté est à ce prix... Comment pourra-t-elle partager le lit de cet homme dangereux, sans céder au désir qu'il lui inspire malgré elle ?

L'héritier de Haverton Manor, de Melanie Milburne

Pour échapper au désir brûlant qu'éveillait en elle Eduardo Silveri, l'homme en qui son père voyait le fils qu'il n'avait jamais eu, Bella n'a plus mis un pied à Haverton Manor depuis des années. Mais, aujourd'hui, elle n'a pas d'autre choix : depuis la mort de son père, il est son tuteur légal, et lui seul peut lui donner l'autorisation dont elle a besoin pour se marier. Hélas, Eduardo n'est pas du tout disposé à lui donner cet accord, et le désir qu'elle éprouve pour lui est toujours aussi fort...